진메 마을
진메 사람들

진메 마을
진메 사람들

4

김용택 지음

문학동네

■ **일러두기**

• '김용택의 섬진강 이야기'는 1948년부터 2012년까지 섬진강 마을의 역사와 사람살이를 기록한 산문집이다. 마을 사람들의 정서와 언어를 훼손하지 않기 위해, 입말과 방언은 표준어로 고치지 않고 살려 썼으며, 지역명은 현 행정구역명과 다를 수 있다.

• 『진메 마을 진메 사람들』에는 저자와 출판사의 동의하에 『그리운 것들은 산 뒤에 있다』(창비, 1999)의 내용 일부가 재수록되어 있다.

감

아침 안개가 끼었다.

안개가 사라지면서 앞산 감들이 사람들의 얼굴처럼 붉게 나타난다.

오늘, 성민이 할머니가 돌아가셨다.

사람들이 감처럼 붉은 얼굴로

성민이 할머니 영구차를 둘러싸고 있다.

마을이 조용하다.

나는 성민이 할머니에게 두 번 절했다.

진메 마을의 가을은 찬란하다.

진메 마을에 남은 사람은 스물다섯이다.

그들이 산다.

널어놓은 벼가 마른다.

강물이 흐른다.

앞서 간 진메 마을 사람들에게

그리고 남은 이들에게

이 책을 바친다.

2013년 1월

김용택

차례

제2부 ◉ 잊지 못할 사람들

제3부 ● 언제나 함께 하고 싶은 사람들

:

잘 가라
다시 오지 않을 날들아
아침 해와 지는 해가 고왔던 세월들아
그 세월의 물결 위에
꽃같이 환하게 피어나던
얼굴들아
저문 해를 따라
모를 꽂던 정다운 손길들아
푸르른 강 언덕 느티나무에
봄바람아
밤새워 울던 새들아
잘 가라

제
1
부

━━━━

그
리
운
사
람
들

아버지

산울림

아부지, 왜 이리 무덤까지가 멀다요.
오늘도 나는 아버지 무덤에 닿지 못하고
해진 풀잎과 나무들 사이를 헤매며 길 찾지 못합니다.
아부지, 죽음에서 삶까지 길이 왜 이리 멀다요.
야 이놈아,
없는 세상의 길을 찾지 말고 논을 찾아라, 논을.

아버지가 돌아가신 지 꼭 14년이 되었다. 내가 처음 시집을 냈던

1985년 1월에 돌아가셨으니 말이다.

돌아가시기 직전에 아버지는 어머니와 우리에게 아주 쉽고 간단한 유언을 남기셨다. 어머니에겐 "당신 나랑 사느라고 참 애썼구만. 사람 사는 것이 참 허망허고만인"이라고 하셨고, 우리 모두에겐 "사람 사는 것이 금방이여, 사는 것이 바람 같은 것이다"라는 말씀을 남기셨다.

아버지는 그리 좋아하시던 선산 솔밭 아래 지금 누워 계신다. 아버지가 돌아가신 지 3년 후에 묘를 이장했는데 땅을 파고 관뚜껑을 열었을 때의 모습을 나는 잊을 수 없다. 관을 열자 들리던 솔바람 소리, 파헤친 땅속을 찾아들던 햇빛, 그제야 나는 비로소 아버지가 돌아가신 것을 실감할 수 있었다. 아버지의 뼈는 당신이 살아생전 그리도 많이 돌아다니셨던 산천의 햇빛과 바람으로 목욕을 한 후 깨끗이 닦여 다시 땅에 묻혔다.

나는 이장이라는 일은 산 인간들이 죽음을 다시 확인하고 안심하는 일이며 햇빛과 바람으로 새로이 뼈를 씻어 영원히 땅에 묻는 일이라고 믿는다. 그러나 영혼은 땅에 묻히지 않고 이 강산을 훨훨 날아다니리라.

섬진강 12
아버님의 마을

세상은 별것이 아니구나.
우리가 이 땅에 나서 이 땅에 사는 것은
누구누구 때문이 아니구나.
새벽잠에 깨어
논바닥 길바닥에 깔린
서리 낀 지푸라기들을 밟으며
아버님의 마을까지 가는 동안
마을마다
몇 등씩 불빛이 살아 있고
새벽닭이 우는구나.
(…)
아버님의 마을에 닿고
아버님은 새벽에 일어나
수수빗자루를 만들고
어머님은 헌 옷가지들을 깁더라.
두런두런 오순도순 깁더라.
아버님의 흙빛 얼굴로,

어머님의 소나무 껍질 같은 손으로
빛나는 새벽을 다듬더라.
그이들의 눈빛, 손길로 아침이 오고
우리는 살아갈 뿐,
우리가 이 땅에 나서 이 땅에 사는 것
누구누구 무엇무엇 때문이 아니구나.
비질 한번으로 쓸려나갈
온갖 가지가지 구호와
토착화되지 않을
이 땅의 민주주의도,
우리들의 어설픈 사랑도 증오도
한낱 검불이구나.
빗자루를 만들고 남은 검불이구나 하며
나는 헐은 토방에 서서
아버님 어머님 속으로 부를 뿐
말문이 열리지 않는구나.
목이 메이는구나.

아버지는 미남이었다. 모두들 잘생긴 사람이라고 했으며 밥술깨
나 먹게 생긴 얼굴이라고들 했다. 아버지는 5남 3녀, 8남매의 많은

형제 가운데 다섯째였다. 아버지 아래로는 여동생 두 명과 남동생 한 명이 있었다. 지금은 아버지의 큰누님하고 작은여동생, 그리고 큰형님과 남동생이 생존해 계신다.

아버지는 일제강점기 끝 무렵 징용당해 일본 북해도 탄광에 끌려갔다가 해방과 더불어 돌아오셨다. 잘생기고 멋진 모습에 어울리게 아버지는 아주 멋진 유성기를 들고 오셨다고 한다. 스물두 살 때 어머니와 결혼해 4남 2녀를 두셨다. 결혼한 후 잠깐 큰집에 얹혀살다가 분가하셨고, 우리 아버지 또래의 가난한 사람들이 겪어야 했던 온갖 가난과 배고픔, 그리고 시대의 변화에 따른 갖은 시달림을 다 겪으셨다. 어머니 말씀에 의하면 두 분이 어린 나와 함께 분가할 때 숟가락 몽댕이 하나 없이 맨몸으로 분가를 했단다.

아버지는 제금(딴살림)을 나온 그때부터 피와 땀으로 범벅이 된 논과 밭을 장만하셨다. 논밭뙈기 하나 없던 아버지는 그래도 남의 집 머슴살이는 죽어도 싫었던지 강변의 버려진 땅을 일구거나 남의 집 논을 빌려 농사를 짓고 곡식을 팔아 논과 밭을 장만하셨다. 예나 지금이나 가진 게 없는 사람들이 몸뚱이로 삶을 살아내듯, 아버지는 돌아가실 때까지 등에서 지게를 벗은 적이 없으셨다. 손에서 낫과 괭이와 삽과 풀과 곡식을 놓은 적이 없으셨다. 언젠가 강가에서 나뭇짐을 받쳐놓고 땀을 씻으실 때 나는 아버지의 허리와 등에 두껍게 박힌 푸르스름한 멍과 살 속을 파고든 짚자국을 보았다. 아버지는 오직 땀 흘려 일한 노동의 힘으로 살림을 일구셨다. 배짱이 두둑해서 무슨 일을 하든 대담하셨다. 땅에 대한 열망이 대단해서 빚을 지고라도 논을 사셨다.

우리 동네 징검다리 바로 건너 밭 세 마지기가 아버지 명의로 된 최초의 땅이었다. 70도 경사에 가까운 이 자갈밭에 아버지는 닥나무를 많이 가꾸셨다. 지금이야 밭에 닥나무가 하나도 없지만 5, 60년대까지는 닥나무야말로 농촌에서 가장 확실한 살림 밑천이어서 금나무라고까지 했다. 아버지는 밭 구석구석에 닥나무를 심으셨다. 보리를 갈 때도 닥나무를 위해 일부러 거름을 많이 했다. 무더기로 여기저기 자란 닥나무는 비탈밭 흙의 흘러내림을 방지해주었을 뿐 아니라 보리를 갈고 난 후 농한기가 되면 닥나무를 베어 삶아껍질을 벗겨 팔았다. 닥껍질이 바로 현금이 되었다. 한 해 닥나무가 잘되고 거기다 조금만 빚을 내어 보태면 논 한 마지기쯤은 어렵지 않게 장만할 수 있었다. 다른 곳에 돈을 쓰지 않으면 말이다. 아버지는 이 확실한 수입원인 닥나무를 어머니보다 아끼셨다고 한다. 밭에서 밭일을 하다가 연하게 새로 나오는 닥나무 새순 한 가지만 부러져도 아버지에게서 날벼락이 떨어지곤 했단다.

아버지는 또 소를 잘 키우셨다. 소도 아무 소나 키우지 않으셨다. 순창 장이나 임실 장에 나가 가장 좋은 송아지를 골라 비싼 값을 주고 사오셨다. 사람들은 그럴 때마다 "규팔이 돈지랄, 소지랄한다"고

비웃었지만 아버지는 콧방귀도 뀌지 않으셨다. 아버지는 아무리 멀더라도 가장 좋은 장소에 가서 가장 좋은 풀을 베어다가 여름이고 겨울이고 가리지 않고 쇠죽을 끓여주셨다. 어찌나 소를 귀하게 여기셨던지 소 몸에 쇠똥 하나 묻히지 않으셨다. 아버지가 데려온 소들은 몇 달 안 가 금방 살이 붙고 윤기가 자르르 흘렀다. 50여 마리쯤 되는 동네 강변 소 중에서 가장 '빛나는' 소는 틀림없이 우리 집 소였다.

아버지는 소를 사람과 똑같이 키우셨다. 아니, 우리보다 더 소중하게 다루셨다. 아버지가 들에서 늦게 오셔서 혹 어머니나 우리가 쇠죽을 끓여 퍼주면 소는 꼭 뿔짓을 하고 식식거리며 쇠죽 바가지를 뿔로 받으며 잘 먹지 않았다. 소가 황소일 때는 더 그랬다. 그러다가 아버지가 지게를 지고 집 안에 들어서시면 소의 눈빛이 달라졌다. 아버지가 쇠죽을 퍼주면 순순하게 잘 먹었다. 소가 사람을 알아보는 것이다. 늘 손으로 쓸어주고 닦아주고 먹이를 주는 아버지와 소는 정이 들 대로 들었을 것이다.

우리 집에서 소가 팔려나갈 때마다 식구들은 눈시울을 붉히곤 했다. 한번은 몇 년 동안 우리와 잘 지낸 암소를 팔게 되었는데, 소가 동구길을 벗어날 때 뒤돌아보며 어찌나 크게 울던지 식구들이 다 울어버린 적이 있었다. 정든 소를 팔 때마다 아버지는 이놈의 소 다시 키우는가 봐라 하셨지만 또 소를 사오시곤 했다. 전라북도 종우種牛 대회에서 2등까지 한 황소를 키운 적도 있다. 그 큰 황소에 예쁜 꽃띠로 온갖 장식을 해서 마을길을 나갈 때는 온 동네 사람들이 다 동구까지 나왔다. 지금도 아버지의 빈 소막이 있고 밤나무로 손수 만든 소구유가 있다. 그 소구유는 내가 잘 다듬어 내 방에 두었다.

아버지는 송아지를 사다가 잘 키워 1년이나 2년마다 소를 팔곤 하셨는데, 소 판 돈과 닭껍질을 판 돈에 한 해 농사지은 곡식들을 몽땅 팔고 빚까지 내서 땅을 사셨다. 논 판 사람은 고깃국 먹고, 논 산 사람은 보리밥 먹는다는 말처럼 우리는 해마다 논을 사면서도 여전히 가난했다. 아버지는 논을 사도 그냥 아무 논이나 사지 않았다. 내집평 들에서도 좋은 논만 골라 사셨다. 얼마나 힘들여 일을 하셨는지, 내가 중학교에 들어갈 때쯤엔 내집평 들판 깊숙이까지 논을 사기 시작해서 꼭 좋은 논으로만 열두 마지기를 차지하셨다. 말이 열두 마지기지 내집평 들에서 논 열두 마지기를 갖는다는 것은 엄청난 일이었다. 우린 그렇게 부자(?)가 되었던 것이다.

아버지는 농사를 지으실 때도 그냥 시늉으로 아무렇게나 짓지 않았다. 무엇이든지 철저하셨다. 가을철 깊은 산골짜기 하나를 모두 차지해서 놉(일꾼)을 얻어 칡덩굴을 몽땅 베어 산 아래쪽에 쌓아두었다가 10리도 넘는 길을 멀다 않고 그 마른 칡덩굴을 논까지 져 나르셨다. 산에서 징검다리까지 짊어와 쌓아두었다가 징검다리에서 내집평 들까지 져 날랐다. 먼 길이었다. 지금도 마른풀을 지게 가득 지고 강길을 걷는 아버지의 휘어진 등이 눈에 선하다. 해가 뜨기 전부터 어스름 달빛이 내릴 때까지 그렇게 먼 길을 오가시며 그 많은 풀을 논으로 가져가 봄날 어머니와 함께 썰어 논에 깔았다. 말이 쉽지 동네에서 그 먼 길을 오가며 그 힘든 일을 하는 사람은 아버지 혼자였다. 바람이 심하게 부는 날 강 가운데 징검다리에서 바람을 이기며 오래 서 있던, 그 힘들어하시던 모습을 어찌 내가 잊겠는가.

내집평, 그 유명한 3대논 서 마지기가 당신 논이 되었을 때의 아버지 심정을 상상하면 지금도 내 몸이 뜨거워져온다. 아버지는 3대논 밑으로도 서 마지기 버선배미를 더 사셨다. 아버지는 들판에 서면 거의 호랑이였다. 누군가 우리 물꼬에서 물을 빼가는 날엔 온 내집평 들판이 쩌렁쩌렁 울렸다. 욕도 사정없이 하셨다. 삽자루를 손에 불끈 쥐고 논두렁을 오가며 지르는 고함 소리에 질리지 않을 사람이 없었으며, 아무도 아버지와 맞서지 못했다. 땅이 쿵쿵 울릴 것 같은 발걸음에 땅을 디딜 때마다 장딴지에 파랗게 불거진 핏줄들이 꿈틀거렸다. 산비탈을 구르는 바위같이 당당한 아버지의 모습은 마치 치달리는 산 같고, 거침없는 큰 물굽이 같고, 성난 호랑이 같았다.

가을철에 누가 우리 물꼬에서 미꾸라지를 잡다가 들키는 날에는 누구의 소쿠리건 미꾸라지가 많이 들었건 아니건 간에 사정없이 내동댕이쳐졌다. 미꾸라지를 잡으려면 논의 벼가 상하기 때문이었다. 아주머니들은 미꾸라지를 잡다가 아버지가 들판에 나타났다 하면 "아이쿠, 저 욕쟁이 나타났다"며 어디론가 슬슬 도망갔지만, 아버지는 그 미꾸라지 잡던 장소에 서서 온 들판에다 대고 욕을 해대셨다. 오죽 욕을 잘하면 내집평 들에서 모두 '욕쟁이'라 불렀을까.

이 3대논을 지으시며 아버지가 유행시킨 말이 하나 있다. "어이, 굉장허이"라는 말이다. 지금도 사람들은 논에 벼가 잘되면 "굉장허구만" 하고 말하곤 한다. 논일이 농촌 일의 전부였을 때 물우리 동네에서 제일 농사를 잘 짓는다는 충렬이라는 농부가 살았는데, 우리 논 바로 위쪽에 그의 논이 있었다. 아버지와 그분은 서로 경쟁이라도 하듯이 농사를 잘 지으셨다. 어느 해 그분의 논에 벼가 무지무지 잘되었다. 그분이 우리 아버지가 지나가시자 "어이, 규팔이, 이 논 벼 좀 보라고. 굉장허이" 하셨단다. 참으로 벼가 엄청나게 잘되어 아버지도 할말이 없어 입을 꽉 다물고 산그늘 내린 논두렁에 앉아 둘이 담배를 피우며 농사 이야기를 두런두런 하셨단다. 그런데 며칠 후 태풍이 몰려와 그 잘된 논의 벼가 다 쓰러져버렸는데, 쓰러진 벼를 보고 서 있는 그 충렬이 양반 곁에 나란히 서며 아버지가 "어이 충렬이, 굉장허이" 하셨던 모양이다. 그러자 쓰러진 벼를 뚫어져라 바라보고 있던 그 어른이 느닷없이 아버지의 귀싸대기를 갈기고는 휙 몸을 돌려 휘적휘적 가버리더란다. 아버지는 볼을 싸쥐고 아무 말도 못한 채 멍하니 그분의 흰 수건 동여맨 뒷머리만 쳐다보다가 돌아오셨다. 그 뒤로 "굉장허이"라는 말이 유행했다고 한다. 아무튼 아버지는 내집평 들판에서 가장 큰소리를 치는 만큼 벼 농사를 가장 잘 짓는 농군이셨다.

아버지는 언제나 필요한 사람 수보다 많은 놉을 얻으셨다. 열한 명이 하루 동안 할 수 있는 일이라면 언제나 열두 명의 일꾼을 얻으셨다. 그래서 우리 집 모내기나 벼 베기는 일찌감치 일이 끝났다. 사람들은 우리 집 일하는 것을 좋아했다. 일이 수월했기 때문이다. 모내기가 일찍 끝나기 때문에 어린 나를 큰 소에 태우고 집으로 돌아오며 풍물굿을 칠 때도 있었다. 하루 일을 끝내고 해 지는 들길을 지나 소를 타고 강길을 오던 시절이 나에게 있었다. 저녁연기 오르는 집을 향해 찔레꽃 핀 강길을 그렇게 돌아왔던 것이다.

· · ·

나는 아버지가 술 한잔 입에 대시는 것도, 노래를 부르시거나 춤을 추시는 모습도 보지 못했다. 하지만 농악놀이 때 굿가락에 대해선 꼭 시비를 가리곤 하셨다. 물론 아버지가 굿마당에 들어선 모습은 한 번도 본 적이 없다.

아버지는 집을 꾸미는 것에 남다른 욕심을 보이셨다. 젊었을 적에 일본에 징용 갔다 돌아오면서도 다른 것은 다 제쳐두고 유성기를 가지고 오신 분이니까. 아버지는 집을 지을 때도 남다르게 지으려고 노력하셨다. 방 앞문, 천장 바로 밑에 예쁜 문살을 넣은 창을 달고 파란 유리를 끼우셨다. 시장에 가면 어쩌다 조화에 빨간 전등이 달린 것들을 사오기도 하셨는데, 나하고는 그런 것이 영 맞지 않았다.

어느 해 아버지가 장에서 남포등을 사오셨다. 남포등은 아무 집에서나 달지 않았다. 석유 심지가 크기 때문에 불꽃이 컸고 불꽃이 크니 석유가 많이 소비되었다. 그 석유가 아까워 사람들은 남포등을 달지 않았다. 이 남포등은 집안이나 동네에 큰일이 있을 때 서로 빌려주었는데, 어쩌다 밤늦게까지 벼 훑기를 할 때나 밤새워 농악놀이를 할 때, 아니면 초상이 났다거나 결혼식을 할 때만 이 남포등 불을 밝혔다. 물론 석유는 일을 추리는 그 집에서 넣어야 했다. 아버지는 이따금 가지런한 처마 서까래가 예쁘게 보이게끔 남포등을 켜곤 하셨는데 어머니는 절대 반대였다. 석유만 아깝게 닳는다는 것이다. 어머니는 늘 그 남포등을 광방에 걸어두셨는데, 우리 집 광방은 미닫이 한 장 사이를 두고 큰방과 이어져 있었다.

우리 집 형제는 내가 맏이이고, 그 아래로 각각 네 살 차이의 둘째와 셋째 남동생이 있으며, 넷째와 다섯째는 여동생, 그리고 막둥이가 있다. 아마 그때가 70년대, 그러니까 우리 마을에 전깃불이 들어오기 직전이었을 것이다. 동생들이 방 안에서 베개를 던지며 장난을 치고 있었다. 어머니는 부엌에서 밥을 지으시고, 나는 집에 없었다. 부엌에서 밥을 하고 있는데 방 안에서 아이들이 벽을 쿵쿵 울리며 집이 무너져라 장난하며 싸우고 울고불고 난리가 나면, 참다 참다 참지 못한 어머니가 끝에 불이 벌겋게 붙은 부지깽이를 들고 방에 들어가 닥치는 대로 이놈 저놈 때려놓았다. 그러면 조금은 잠잠했다가 서서히 또 장난질을 했다. 마치 못자리에서 와글와글 울다가 하도 시끄러워 웩웩 고함을 지르면 뚝 그쳤다가, 한 마리 두 마리 서서히 울기 시작하면 언제 우리가 혼났느냐는 식으로 와글와글 우는 개구리들같이 말이다. 한 번 두 번 혼을 낼수록 어머니는 부아가 치밀어 약이 오를 대로 오르게 마련이었지만, 대개는 부엌일이 더 다급해 그저 부아만 더 부풀어오를 뿐이었다.

그렇게 화가 있는 대로 다 올랐을 때쯤 방 안에서 우당탕 쨍그랑 무엇인가 박살나는 소리가 들렸다. 무엇이, 틀림없이 큰 무엇이 박살난 것이다. 그제야 아이들 떠드는 소리도 뚝 그친다. 어머니가 후다닥 방 안으로 뛰어들어가서 보면, 아니나 다를까, 아 요놈들이 광방 문을 열어놓고 베개를 던지며 장난을 하다 그 베개가 광방으로 날아가 어머니가 그렇게 소중히 간수하시던 남포등 유리가 박살나버린 것이다. 동생들은 딱 얼어붙고 어머니는 입을 쫙 벌리는가 싶더니, 이내 어머니가 들입다 손에 잡히는 대로 눈에 띄는 대로 동생들을 패기 시작했다. 아무리 때려도 도망가지 않는 둘째는 그대로 두들겨 맞고 기회만 있으면 잽싸게 튀는 셋째는 튀어버렸다. 도망가지 않은 둘째를 실컷 두들겨 패고 그래도 분이 안 풀리고 아버지에게 혼날 일이 걱정되어 이웃집 현철이네 집에 가셨단다. 현철이네 집은 진작부터 남포등이 있었던 것이다.

"나는 어쩔까 몰라 아 글씨 아새끼들이 장난하다가 그만 호야유리를 깨부렀당게. 애아부지 알면 큰일인디, 대처나 이 일을 어쩐대야, 근디, 고것이 얼매나 비싼 것이데야?"

잔뜩 겁을 먹은 어머니 얼굴에다 대고 현철네 어머니는 너무도 간단하게 "50원" 하더란다.

"참말이여?"

"근당게."

어머니는 다리에 힘이 쏙 빠지더란다. 멍하니 서 있다 집으로 돌아온 어머니는 부엌일을 계속하면서 이 어처구니없는 호아 사건을 어찌해야 할지 도무지 감정을 추스르지 못하셨단다. 너무나 겁먹은 나머지 50원 어치보다 몇 배로 아이들을 두들겨 패셨던 것이다.

어머니는 지금도 그때 이야길 이따금 하시며 아우들에게 미안함을 비치곤 하신다. 50원 어치보다 몇 배로 더 맞은 아우들도 이제 다 어른이 되어 50원 어치보다 몇 배나 컸던 어머니의 걱정을 이야기하며 배꼽을 쥐고 웃는다. 이야기를 잘하시는 어머니는 그때 현철이네 어머니가 "50원" 하던 그 순간을 그렇게 실감나게 이야기하며 크게 웃으시는데, 그럴 때면 우리가 마치 그때 시절로 돌아간 느낌이 들곤 한다.

아, 50원이 아름답던 그 시절이여!

인간 박한수

　인간 박한수, 그를 이야기하면서 진메를 빼놓을 수 없듯이 진메를 이야기하면서 그를 빼놓을 수는 없다. 인간 박한수가 진메 마을에서 차지하는 크나큰 비중은 자타가 인정하고도 남음이 있다. '인간'이라는 말을 이름 앞에 붙이는 것은 절대 내 자의가 아니다. 그분이 늘 중요한 대목에서 자기 이름 앞에 붙이는 말이며, 한수 형님이 술에 취해 무슨 말을 시작하려 할 때 우리가 미리 붙여주는 말이기도 했다. 우리가 인간이란 말을 붙여주며 웃으면 한수 형님은 "이런 좆만헌 것들이" 하며 큰 솥뚜껑 같고 제주도 화산돌 같은 손으로 우리의 머리를 퍽 때렸다.

　형님은 말보다 욕이 항상 먼저 나간다. 쟁기질할 때도 "이런 니기

미 이랴자랴"이지 그냥 순한 말로 소를 부리며 쟁기질을 하는 것을
나는 한 번도 보지 못했다. 술을 들지 않은 보통때도 할말이 있으면
그냥 "좆도"가 앞서 실례를 한다. 노태우씨가 대통령을 할 때 이장
을 했던 한수 형님은 진메 마을 역대 이장 중에서 가장 욕을 잘하는
이장이었다. 이장 일을 볼 때도 동네 사람들 앞에서는 조심조심 말
을 하지만 목소리가 점점 높아지면 또 그놈의 육두문자가 먼저 튀
어나왔다.

그러나 한수 형님의 욕은 욕으로 들리지 않았다. 시옷 자가 들어
가는 욕이건 '개' 자가 앞에 들어가는 욕이건 'ㅈ' 받침이 들어가는
욕이건, 그 욕만 똑 떼어놓고 따지고 들면 할말이 없지만, 우리 전
라도 농민들이 일하며 쉬며 하는 말 중에 욕 안 들어간 말이 있다면,
그런 대화가 있다면, 생각만 해도 싱겁고 맥 풀리는 일이다. 우리 아
버지도 내집평 들에서 욕쟁이라는 별명을 얻었고 우리 할머니도 욕
이라면 절대 누구에게 뒤지지 않는 분이었다. 아랫집 큰아버지의 욕
도 대단했으며 성만씨 어머니도 우리 할머니와 쌍벽을 이루었다.

아무튼 한수 형님의 입은 잘 썩은 두엄자리만큼 걸었으되 그 욕
은 욕이 아니었다. 판소리 중 아니리나 북장단이랄까. 판소리를 들
으면서, 특히 내가 존경해 마지않는 박동진 선생의 판소리에 욕이
안 들어가는 것을 나는 상상할 수가 없다. 욕은 기묘하고 절묘한 일
상생활의 리드미컬한 언어감각에서만 우러나온다. 한수 형님의 욕

섞인 대화에는 찰밥같이 기름기 자르르한 그 무엇이 있었다. 모든 일이 그렇듯 욕 또한 어떤 분위기를 벗어나면 그건 참말로 욕이 되어 불쾌하고 역겨운 법이다. 다른 사람에게 가면 진짜 욕이 되기 십상인 것을 차진 대화로 만들 줄 아는 사람, 한수 형님은 그런 분위기를 잘 가지고 태어난 독특한 분이다.

한수 형님은 올해(1996년) 55세다. 1942년생이니까 나보다 6년 앞서 태어났다. 그러나 그분과 나의 인생의 폭과 깊이는 6년 이상의 차이가 난다. 형님에 비하면 나는 무엇이든 조족지혈에 불과하다. 인생이 꼭 나이만큼 연륜이 붙는 것은 아닐 것이다. 그분은 한 번도 진메 마을을 떠나지 않았다. 그분은 학교엘 조금밖에 다니지 않았다. 형님에게선 학교 냄새가 조금도 나지 않는다. 돌아다봐라. 나라를 말아먹고 못된 도둑질을 애국으로 위장해서 나랏돈을 들어먹는 사람치고 많이 배우지 않은 이가 있는가. 못 배운 사람은 조금만 잘 못을 하면 감옥 가고, 많이 배우고 좋은 자리에 있는 사람은 몇억을 먹어도 죄가 되지 않는 게 우리의 현실이다. 아무튼 한수 형님에게 선 허위와 가식이 없는 인간 본연의 몸짓이 보인다. 학교 교육을 전혀 받지 못했어도 훌륭하게 세상을 살아가는 이들을 나는 얼마든지 보면서 살고 있다. 내가 책을 보고 무얼 안다는 게 얼마나 부끄럽고 욕된 것인가를 나는 진메 마을에서 살아오는 동안 뼈저리게 느꼈다. 교육을 통해 습득한 교양이란 제 살이 아니다. 늘 자기에게 유리한 방향으로 잘 써먹는 게 교양이다. 날것은 싱싱하다. 충동적인 삶을 사는 농촌 사람들의 삶은 때로 거칠지만 가장을 겸한 겸손이 아니어서 좋다.

한수 형님은 여덟 살 때 6·25전쟁을 치렀다. 피란 갔다 와서 어느덧 열 살이 넘자 형님은 본격적으로 진메 마을의 온갖 것에 몸과 맘을 섞으며 농군의 기초과정을 아버지와 이웃 어른들로부터 배우기 시작했다. 나무하기, 풀 베기, 마당 쓸기, 톱질하기, 토끼 잡기, 노루 잡기, 새 잡기, 낚시 등을 배우고, 봄에 씨 뿌리고 가꾸고 논두렁 풀 깎고 논매고 논물 보고 보리 베고 나락 베고, 괭이질, 낫질, 쟁기질 등을 배우며 진문이, 종길이, 종안이, 계안이, 용수 형님 들과 산과 들에서 어울려 싸우며 일을 배웠다. 배고프고 추운 시절에도 그들은 끊임없이 일을 배웠다. 망태 만들고, 덕석 만들고, 장작 패고, 아침저녁으로 쇠죽을 끓여 소 먹이고, 개 키우고, 긴긴 겨울을 지내는 법들을 몸에 익히며 자랐다.

내가 제일 인상 깊게 기억하는 형님의 모습은 자치기를 하는 모습이다. 새끼자가 공중으로 뜨면 잘 가늠해서 잡아야 하는데 그걸 조준하지 못해서 늘 헛손질하는 모습이 매우 우스웠다. 또한 공을 다루는 기술이 없어 공의 방향, 공이 튄 거리 등을 통 가늠하지 못하는 한수 형님은 공놀이가 벌어지면 늘 헛발질을 하고 공보다 신이 더 멀리 공중에 떠서 사람들을 웃겼다. 그러면서 한수 형님은 한 집의 가장으로 자라나며 상일꾼이 되어갔다. 남의 집 일에서나 내 집 일에서나 제 몸 사리고 아끼는 분이 결코 아니었으며 쪼잔하고 쩨쩨하고 어물어물하는 성격이 아니었다. 그래서 그분은 한때 배짱대로 노름을 하다 크게 잃기도 했다. 형님은 빚에 쪼들리다 못해 한때 사우디아라비아로 일을 갔지만 크게 재미를 보지 못한 것 같았고, 비행기를 타고 외국에 한번 나가봤다는 것을 늘 긍지로 여겨서 혹 누가 외국 이야길 하면 몸을 흐느적거리며 "나도……" 하면서 끼어들곤 했다.

한수 형님은 외아들이었다. 그 밖에 딸이 셋인데 큰누님은 우리 당숙모가 되어 같은 동네에 살고 막내는 나와 동갑인데 정읍으로 이사 간 태수의 아내가 되었다. 한수 형님의 아버지 박용한이라는 분은 중원 바닥에서 아무도 대적할 사람이 없었다고 할 정도로 기운 세고 배짱 좋고 이 근동에서 가장 힘센 장사였다고 한다. 그렇지만 일찍 세상을 뜨셔서 한수 형님이 홀어머니를 모시고 집안을 다스리며 살았다. 한수 형님은 아들 셋, 딸 하나를 두었는데 모두 서울에서 살고, 지금 집엔 두 내외와 허리가 기역 자로 굽은 노모가 살고 있다. 한수 형님네 집은 진메 마을의 북쪽 맨 끝이다. 집 뒤란엔 대나무밭이 있어 늘 참새들이 재잘거리다 한수 형님이 술 마시고 큰소리를 치면 울음을 뚝 그치고 포르르 날아오르곤 한다.

지금은 너무나 늙었다. 어떨 때는 짠해 보이기도 하지만 나는 형님의 손을 보면 늘 감동한다. 형님은 일을 찬찬히 하는 이가 아니다. 우악스럽게 힘을 쓰고 몸을 아끼지 않았기 때문에 늘 몸 어딘가에 상처가 나 있었다. 손을 보면 성한 곳이라곤 한 군데도 없이 온통 상처투성이다. 그런 손을 보고 있으면 무슨 나무토막이나 돌멩이를 보는 것 같다. 한수 형님은 늘 불안하다. 경운기를 몰다가 죽을 고비를 몇 번 넘겼으며 오토바이를 타다가 몇 번인가 뒤집어지고 떨어졌다. 무쇠 같았던 그의 몸도 이제 나이를 이기지 못하는지 술을 조금만 들어도 비척거린다.

어느 해 추석 안날, 그러니까 팔월 열나흗날 객지에서 돌아온 사람들과 동네 사람들이 어우러져 밤이 깊은 줄 모르고 윷놀이를 했다. 두시가 넘어가자 하나둘 자리를 뜨고 한수 형님은 술이 너무 취해 있어서 내가 가자고 했다. 형님은 "씨벌 좆도"를 찾으며 비척비척 걸었다. 달이 환하게 진메 마을을 비추고 있었다.

"어이 용택이, 씨벌 뭣이냐. 이 인간 박한수가 그런 놈이 아니여. 나도 자식이 있단 말이시, 자식이."

그는 밑도 끝도 없이 횡설수설 비틀거리며 걸었다. 나중엔 울먹이는 듯해서 쳐다보니 새벽 달빛에 눈물이 반짝였다. 형님은 걸음을 멈추고 흔들흔들하며 내 손과 어깨를 잡고 내 가슴을 치며 울었다. 달빛은 적막하고 세상은 고요했다. 이따금 회관 마당에서 "모야―""개야―" 소리가 들려왔지만 판이 식어가는 중이었다. 나는 비틀거리며 울먹이는 형님을 집까지 모셔다드렸다. 동네에서 제일 끝인 형님네 집엔 불이 꺼져 있었다. 그 집 또한 적막했다.

그해 추석엔 집집마다 서울에서 아들딸들이 다 추석을 쇠러 왔는데 한수 형님네 집엔 자식들이 아무도 오지 않았던 것이다. 그래서 형님이 달빛 아래 흐느꼈던 것이다. 지금도 그때 형님의 들먹이던 어깨며 달빛을 생각하면 코끝이 찡해온다.

대개 말 많은 사람이 일은 않고 뒷짐 지고 괭이자루, 삽자루 들고 서서 남의 일에 감 놔라 배 놔라 하는 법인데 한수 형님은 그러지 않았다. 형님보다 나이가 들었든 아니든 일은 안 하고 잔소리만 하면 형님은 "좆도 씨벌, 일도 안 하면서 니기미 잔소리는, 아 빨리 일이나 혀" 했다. 말을 많이 하면서도 형님은 남의 묘 쓰는 데나 남의 집 일을 가서나 어렵고 힘든 일은 도맡아 했다. 진메 마을 사람 그 누구도 형님의 일 앞엔 잔소리 없이 수긍하고 고마워했다. 공동으로 하는 마을 일에도 늘 앞장섰고, 조금만 비위에 거슬리는 행동을 하거나 경우가 빠지게 말을 하면 제일 먼저 나서서 싸웠다. 힘도 좋고 입도 걸고 목소리도 커서 앞장서기에 꼭 맞아떨어졌다. 형님의 말은 언제나 옳았다. 형님은 자기가 말을 해놓고 꼭 동의를 구했다.

"안 그런가 이 사람아, 안 그런가 용택이."

형님은 늘 인간을, 인간성을 옹호했다. 인간성이 어쩌니 저쩌니 말을 앞세우진 않았지만 늘 그의 행위는 옳았다. 빌딩이 천 층 만 층으로 올라가고 컴퓨터로 온갖 것을 다하고 인공위성이 아무 별에나 간들 그게 무슨 소용이겠는가. 인간을 옹호하지 않는다면, 인류의 안녕과 자연의 질서를 망가뜨리고 코앞의 이익에만 눈을 까뒤집는 다면 그게 무슨 가치가 있단 말인가. 인간성이 짓밟히는 이 현실 속 에서 오늘도 나는 한수 형님의 모습을 바라보며 웃고 운다. 형님은 참 인간적인 분이다. 그래서 그는 스스로 자기 이름 앞에다 '인간'이 란 말을 굳이 붙이는지도 모른다.

한수 형님에 관한 이야기는 무척이나 많다. 큰 산은 뒤로 좀 물러 나서 보아야 한다. 바짝 다가가서 산을 보면 나무 몇 그루, 돌멩이 몇 개, 풀 몇 포기, 흙덩이밖에 보이지 않는다. 한수 형님은 우리 동 네에 남아 있는 이 시대 마지막 농군 중 한 분이다. 한수 형님이야말 로 토종이다. 그분은 이 너절한 세상에서 빛나는 인간성을 간직하 고 있는 존재다. 속이 굳고 곧은 분이다. 농사꾼 중의 농사꾼이다. 그의 이름 앞에 '참농군이요 참인간'이란 말을 나는 감히 놓는다.

풍언이 양반

풍언風言이 양반의 본명은 양병호다. 누가 어찌해서 풍언이라는 호를 지었고 왜 그런 이름으로 불렸는지 잘 모르지만, 사람들은 그 어른을 모두 풍언이 양반 또는 풍언이 아재라고 불렀다. 나이 든 사람들에게는 풍언이 아재였으며, 어린 사람들에게는 풍언이 양반이 었다.

올게심니와 풍언이 양반에 얽힌 이야기는 아주 유명해서 진메 마을에서 두고두고 회자되었고, 지금도 그 저력이 좀처럼 수그러들지 않고 있다가 때만 되면 불쑥 솟아나 동네 사람들을 웃긴다. 진메에 살았던 사람치고 그 이야기를 모르는 이는 없다. 모른다면 간첩이 다. 요즘에도 추석이나 설 명절이 돌아와 사람들이 모여들어 배부르게 음식을 먹고 "아이고메, 배불러 죽겠네" 하면 꼭 누군가의 입에서 "그려, 글먼 벼락바우로 가지 그려"라는 말이 나온다. 배부르다고 하면 벼락바위로 가라고 하는 말은 어떻게 생겨났는가. 지금부터 그 이야길 해보자.

흉년이 든 어느 해 초가을이었단다. 초가을이 되어 곡식들이 조금씩 익어갈 때면, 같은 논에 같은 날 심은 곡식이라도 일찍 자라 일찍 익은 곡식이 있게 마련이다. 올된 곡식 말이다. 똑같은 시기에 똑같은 논에 벼를 심어도 일찍 패서 익은 벼가 있고, 같은 감나무에서도 일찍 익은 감이 있다. 그렇게 일찍 익은 곡식과 과일을 미리 거두고 음식들을 장만해서 추석 진에 조상께 바치는 조그만 행사를 치르곤 했는데, 이 행사는 명절처럼 날짜가 정해진 것도 아니고, 동네 사람들이 똑같이 날을 잡아 일제히 이 '명절 아닌 명절'을 치르지도 않는다. 또 꼭 치러야 하는 일도 아니다. 그렇다고 집집마다 맘대로 하는 행사는 아니고 같은 집안끼리 날을 잡아서 행사를 치렀다. 김씨들은 며칟날, 문씨들은 며칟날, 양씨들은 또 그다음 날, 이런 식이었다.

아무튼 집안끼리 날을 잡으면 추석이나 설처럼 차례상을 차리는데, 다른 명절 때와 다르게 저녁 무렵에 차례를 지냈다. 올게심니의 어원은 잘은 모르지만, 올된 곡식을 모든 짐승이나 사람이 손대고 입 대기 전에 조상께 미리 바친다 해서 생긴 말이 아닌가 한다. 올게심니 때 만든 쌀이 올기쌀이고 이 올기쌀을 다음 해 올게심니 때까지 단지에 넣고 밀봉해서 윗목에 모셔놓는다. 이 올기쌀을 넣어두는 단지를 조상단지라고 하는데, 어떤 일이 있어도 이 조상단지의 쌀엔 손을 대지 않았고, 한번 놓았던 자리에서 옮기지도 않았다. 지금도 우리 동네 아랫마을인 천담에는 이 조상단지를 모셔놓은 집이 있다. 농민들에게 쌀은 신성하고 엄숙한 것이었다. 그 쌀에 신이 없으리란 법이 어디 있겠는가. 그 조상단지는 아마 쌀신이었으리라. 그렇게 잘 보관된 쌀은 제사 때 제샛밥을 하는 데 쓰였다.

어느 해 이 올게심니를 했는데 풍언이 양반이 배고픈 김에 상에 차린 음식을 어찌나 배가 터지게 많이 먹었던지 도저히 견딜 수가 없을 지경이었단다. 헉헉거리고 북북 기다가 드러눕고 엎어지며 식식거리다 이렇게 있다가는 큰일 나겠더란다. 어찌할 줄을 모르는 중에도 이 궁리 저 궁리 머리를 굴리다가 퍼뜩 어떤 생각이 떠올라 풍언이 아재는 벼락바위로 달려갔다. 벼락바위에 도착한 풍언이 아재는 윗옷을 활딱 벗고는 벼락바위에서 제일 매끄러운 곳을 찾아 바위에 배를 대고 엎드려서는 슬슬 문질렀단다. 끙끙 앓고 식식거리며 벼락바위에 배를 문지르다가 땀이 나면 물속으로 들어가 몸을 담그고 가만히 앉아 있었단다. 몸을 물에 담그고 있다가 땀이 식으면, 물 밖으로 나와 다시 벼락바위에 배를 문지르고 또 물에 들어가고 몇 번 그렇게 반복하는 동안 자기도 모르게 숨소리가 골라지고 배가 조금씩 꺼지더란다. 말하자면 억지로 소화를 시켰던 것이다.

이 이야기를 그저 자기 혼자서만 알고 지냈으면 아무도 모르게 그 일이 묻혀버릴 뻔했는데, 아, 이야기 좋아하는 이 양반이 어느 날 그 배불러 고생했던 경험을 잘 정리해서 동네 사람들이 많이 모인 시원한 느티나무 아래에서 재미지게 이야기를 했단다. 그 뒤로 동네 사람들은 누가 배만 부르다고 하면 "벼락바우로 가라"고 하며 풍언이 양반의 올게심니 때 고생담을 떠올리며 웃었다.

풍언, 바람 풍 자에다 말씀 언 자를 써서 풍언이니 눈치 빠른 사람은 이 양반의 말솜씨에서 그 호가 붙었음을 금방 알아챌 것이다. 풍언이 양반 하면 얼른 떠오르는 것이 참으로 많다. 우선 쌈지와 부싯돌과 쌈지 속에 들어가는 짧은 곰방대, 그리고 정력제라면 산과 들과 냇가에서 그냥 날것으로 안 잡숴본 것이 없다는 일화들이 떠오른다. 이 여러 가지 자잘한 일보다 가장 크게 인상에 남는 것은 두말할 필요 없이 그의 기막힌 말솜씨다. 그분은 이야기꾼으로서 갖추어야 할 모든 면들을 두루 갖추고 있었다. 또하나, 망태, 덕석, 짚신 만드는 솜씨가 참으로 신기에 가까울 정도였다. 풍언이 아재가 만들어놓은 망태나 짚신은 작품이었다. 짚으로 만든 맷방석에 밤색으로 물들인 삼으로 무늬를 놓으면 그야말로 곡식을 널기가 아까울 정도로 완벽에 가까운 덕석이 되었다. 풍언이 아재가 만든 짚신도 신기 아까울 정도였다. 그런데 그보다 더 중요한 것은 풍언이 아재는 절대 시간을 따로 잡아서 이야기를 하지 않았다는 점이다. 반드시 손으로 무슨 일인가를 하면서 이야기했다.

무더운 여름날 점심을 먹은 동네 남자들은 동네 앞에 있는 시원한 느티나무 그늘 아래로 모여들었다. 느티나무 그늘에 들어선 사람들은 "식사들 허셨소?" 하며 자기가 앉을 자리를 찾았다. 동네 사람들이 그렇게 자기가 앉고 누울 자리를 차지하고 나면 사람들은 이야기도 하고 잠을 자기도 하며 한가롭게 더위를 피하고 식혔다. 사람들은 옛날부터 강변에서 넓적한 바위들을 가져다가 느티나무 아래에 여기저기 늘어놓았다. 낮잠 자고 쉴 자리다. 이 잠자리, 쉴 자리를 하나씩 차지하고 사람들은 매미 소리를 들으며 늘어지게 잠을 잤다. 더위에 시달리며 고된 일로 한나절을 보낸 농군들의 낮잠은 꿀같이 맛있었을 것이다. 아이들은 강변에서 물장구치며 떠들고 용조 형은 햇볕에 등짝이 벗겨질 정도로 새까맣게 그을릴 때까지 작살로 고기를 잡았다. 동네 사람들이 코를 골며 잠이 들 때쯤 풍언이 양반은 꼭 짚신을 만들 새끼를 꼬거나 다 꼰 새끼로 짚신을 만들었다. 어떤 때는 망태를 만들기도 하고, 동그란 맷방석을 만들기도 했다. 이 어른이 만든 맷방석이 지금도 그 집에 걸려 있다. 다 낡고 탈색이 되었지만 그때 그 솜씨는 날이 갈수록 빛나 보인다.

아무튼 그렇게 느티나무 밑에서 코 고는 소리가 들리고 한두 명쯤은 잠이 오지 않아 뒤척일 때 누군가 도란도란 이야기를 시작하는데, 꼭 풍언이 양반의 이야기 소리다. 처음엔 가만가만 이야기를 시작하는데, 이를테면 청개구리를 잡아서 날것으로 입에 넣고 꿀꺽할 때의 일, 그러니까 펄펄 산 청개구리가 입안으로 폴짝 뛰어들어가 꼬물거리는 모습이랄지, 올챙이알을 입에 집어넣고 우물우물하다 꿀꺽 삼켰을 때의 느낌이라든지, 집 없는 달팽이나 산속의 도마뱀을 산 채로 꿀꺽 삼켰다든지, 도롱뇽의 알을 먹었다든지 하는 것이었다. 아무튼 풍언이 아재의 이야기를 듣고 있으면 우리 동네에 살아 움직이는 벌레나 곤충은 안 먹어본 것이 없을 정도였다. 독사나 꽃뱀 껍질을 벗겨 쌈지에 싸가지고 집에 와 밥상에서 고추장에 찍어 먹어도 그게 뱀인지 뱀장어인지 아무도 모르더란 이야기들을 슬슬 꺼내기 시작하면 잠자던 사람들이 하나둘 부스스 눈을 뜨고 있다가 낄낄 웃으며 일어나 앉아 풍언이 양반 쪽으로 모여든다. 아이들이고 어른들이고 풍언이 양반의 이야기 속으로 빨려들지 않는 사람은 느티나무 아래 아무도 없었다. 지나가던 나그네도 이 양반의 이야기를 듣다가 가던 길이 늦어지곤 했던 것이다.

무슨 일이든 풍언이 양반이 말하면 다 구성지고 재미난 이야기가 되었다. 그냥 이야기가 되는 것이 아니라 모든 것들이 다 살아 움직이고 펄펄 뛰었으며 아무렇지 않은 이야기도 그분이 하면 배를 움켜쥐고 뒹굴어야 했다. 그런데 그렇게 남을 웃겨놓고 본인은 어떤 경우에도 웃지 않았다. 그게 더 웃겼다. 이야기의 내용에 따라 눈과 입과 얼굴의 표정이 천태만상으로 변하며 이야기를 더 실감나게 했다.

풍언이 양반은 천성적으로 타고난 이야기꾼이었다. 이야기 도중에 말을 뚝 끊고는 짚신 뒤꿈치를 조이고, 담배를 대통에 다져넣기도 하고, 끙끙 짚신끈을 잡아당기면서 그분은 사람들을 잔뜩 긴장시켰다가 어이없이 이야기를 끝내고, 끝났는가 싶으면 또 이야기를 이어갔다. "아, 그리갖고는 내가 이 청개구리를 이렇게 잡아서" 하며 잔뜩 맛을 돋우어놓고는 "끙" 하며 이야기를 끊고 뜸을 들인 후, 사람들의 마음이 딴 곳으로 슬슬 쏠리기 직전에 또 이야기를 시작하곤 했다. 적절한 때에 이야기를 시작했고 끝냈으나 매 순간 그분은 청중들의 심리를 읽고 있는 듯했다. 눈을 크게 뜨고 "아, 그랬단 말이시" 하며 이야기를 뚝 끊고는 짚신 뒤꿈치를 다지던 그 모습이 지금도 눈에 선하다.

그분은 아무리 우리가 배꼽을 쥐고 웃어도 자기는 절대 웃질 않았다. 오히려 정반대로 잔뜩 정색하고 웃는 사람을 하나하나 점검이라도 하듯 우리가 웃는 것을 휘 둘러보았다. 어떨 때는 그분의 이야기가 끝난 후에 한참 있다가 누군가 느닷없이 웃기 시작하면 모두 "아, 그 이야기가 그러니까 그랬구나" 하며 뒤늦게 데굴데굴 뒹굴며 배꼽을 잡기도 했다. 그분은 아름다운 말솜씨, 장인다운 일솜씨를 이야기와 함께 풀어낼 줄 아는 훌륭한 농민이었다. 이야기를 끝낼 즈음엔 언제나 신기할 정도로 솜씨 좋게 짚신이 다 마무리되어 있었다.

풍언이 양반은 아들이 하나였다. 큰집, 작은집엔 아들딸들이 많았는데 그분은 현복이라는 외아들과 딸이 둘 있었다. 아들을 하나 더 보려고 산이나 냇가나 들에 있는 정력제는 다 잡수셨지만 끝내 아들도 딸도 더는 보지 못하고 세상을 뜨고 말았다. 그분이 세상을 뜨던 때는 집안 텃논에 심어놓은 벼가 자리를 잡아가고 있었고, 개구리가 유난히 많이 우는 여름밤이었다.

벼락바위는 지금도 여전하고 느티나무는 지금도 그 잎이 무성하기만 하다. 거기에 앉아 있으면 그때 느티나무 그늘을 꽉 메우고 앉아 그분의 이야기를 들으며 웃고 떠들던 붉은 얼굴들, 환한 얼굴들이 떠오르곤 한다. 햇빛을 차단해주는 느티나무 그늘은 훌륭한 무대였고, 여기저기 사람들이 눕고 앉고 엎드릴 수 있는 바위들은 좋은 객석이었으며, 거기 눕고 앉은 사람들은 대단한 관객들이었다. 풍언이 양반은 어떨 땐 판소리 사설로, 어떨 땐 모노드라마 배우 같은 몸짓과 표정으로 사람들을 사로잡고 놓아주지 않았다.

바람처럼, 말로 사람들의 마음을 흔들었던, 아름다웠던 진메 사람. 풍언이 양반은 지금도 우리가 배부르면 생각이 나 웃는, 웃음이 절로 나오게 하는 배우로 남아 있다.

기타와 하모니카

몹시 무더운 여름날이었다. 어찌나 날씨가 무덥고 후텁지근하던지, 그리고 불볕이던지 사람들은 일 나갈 엄두를 내지 못하고 축 늘어진 몸으로 모두 느티나무 아래에서 쉬고 있었다. 눈만 뜨면 강물로 뛰어들던 아이들도 물가에 가지 않고 모두 느티나무 아래에서 놀고 있었다. 한마디로 가만히 앉아 있어도 등줄기에 땀이 주르륵 흘러내리는 여름날이었다. 세시, 네시만 되면 하나둘 일어나 축 처진 어깨에 지게를 짊어지고 일터로 가던 사람들은 낮잠에서 깨어나 멍하니 햇살이 뜨겁게 내리쬐는 강물만 멀거니 바라보고 있었다.

네시쯤이었을까, 마을로 나오는 고샅길에서 세 사람이 활기찬 모습으로 뜨거운 햇살 속을 걸어오고 있었다. "저게 누구여, 누구?"

사람들이 그 뜨거운 불볕 속을 걸어오는 세 사람을 일제히 바라보았다. 늘어질 대로 늘어진 오후였지만 그래도 움직이는 사람이 있다는 게 신기하다는 시선들이었다. 세 사람이 서서히 정자나무 그늘 가까이 다가왔다. 종환이 형과 형의 아버지, 그리고 웬 낯선 신사였다. 그때 종환이 형 나이는 열일곱 살이나 열여덟 살 정도였지만 키는 훌쩍 컸다. 목이 길고 팔다리가 길어 그의 아버지나 그 낯선 신사보다 커 보였다. 얼굴에 주근깨가 있는 형은 잔뜩 긴장한 얼굴로 망태에다 닭 한 마리를 묶어 넣어 어깨에 메고 있었다.

종환이 형이 느티나무 그늘 아래로 들어서더니 동네 사람들에게 인사를 하기 시작했다. 웬일인가? 사람들은 어리둥절했는데 그의 아버지가 말하기를 종환이가 전주 무슨 비누 공장에 취직이 되어 간다고 했다. 사람들은 놀랐다. 그 신사는 그 공장 사장인가 뭔가 되는데 종환이 형의 먼 친척뻘이라고 했다. 동네 사람들은 잠이 깨고 정신이 번쩍 들었다. 그러니까 다른 동네로 머슴살이를 가는 게 아니라 공장에 '취직'이 되어 간다는 말이 너무 낯설고 신기했던 것이다. 또 월급을 받는다고 했다. 월급이 뭐여? 그것도 몰라. 머슴 살고 받는 것이 새경이라면 월급은 그 달 그 달 받는 새경이래. 참나, 그런 새경도 있네그려. 사람들은 월급에 대해 한마디씩 했다. '머슴'이 아니라 '취직'이라니, 그리고 월급을 타다니. 하여튼 종환이 형은 잔뜩 긴장한 얼굴로 닭이 든 망태를 멘 채 동네 어른들에게 일일이 인사를 했다. 동네 젊은이들은 종환이 형을 모두 부러운 눈으로 전송했고 또래들은 동구 밖까지 따라가며 인사들을 했다. 사람들은 우두커니 서서 또는 앉아서 '취직'이 되어 뜨거운 햇빛 속을 가는 종환이 형을 바라보았다. 유난히 큰 키, 건들거리는 손, 한쪽 어깨에 매달린 망태 속의 닭을 보며.

그런데 그 이튿날 종환이 형이 다른 날과 다름없이 빈 지게를 짊어지고 풀을 베러 강길을 가고 있었다. 사람들은 다시 한번 놀랐다. 취직이 되어 갔던 종환이 형이 그 이튿날 아침에 지게를 짊어지고 강길을 가고 있다니, 동네 사람들은 정말 어리둥절할 수밖에 없었던 것이다. 그날 낮이 되어서야 사람들은 종환이 형이 임실 차부에서 완전히 사기를 당해서 가지고 간 닭과 망태, 그리고 몇 푼의 돈까지 고스란히 빼앗겨버린 채 빈 몸으로 돌아왔다는 사실을 알았다.

동네 사람들에게 '취직'과 '월급'이라는 말이 던진 파문은 대단했다. 그 설렘과 두려움, 그리고 신선함만 남긴 채 종환이 형은 다시 산과 들로 나무와 풀을 찾아다녔다. 동네 어른들은 그에게 별명을 하나 달아주었는데, 바로 '가다꾸리 비누 공장장'이었다. '가다꾸리'란 비누를 만들 때 쓰던 얼레짓가루의 일본말인데, 종환이 형 기죽일 일이 있으면 누구나 다 '가다꾸리 비누 공장장'이라는 말을 했다. 그러다 나중에는 그 말을 줄여서 '가다꾸리'라고 했다. 종환이 형이 취직해서 월급을 받으러 간다는 공장은 비누 공장이었다. 우리 동네 가다꾸리 비누 공장장의 모습이 지금도 눈에 선하다. 큰 키에 망태에다 닭을 넣어가지고 동구길을 끄덕끄덕 가던 그의 모습이.

가다꾸리 비누 공장 사건은 그렇게 종환이 형에게 싱거운 별명만 남긴 채 끝나버렸다. 사람들의 머릿속에서도 점점 지워져가고 있었다. 그러던 어느 여름날이었다. 밤까지 이어지는 무더위에 벼락바위에서 잠을 잔 젊은이들이 하나씩 아침잠에서 깨어나 덮고 잤던 헌 포대기, 헌 담요, 헌 오버 등을 챙겨 집으로, 혹은 논으로 가거나 쇠죽감을 베러 갔다. 계안이 형과 진문이 형의 잠자리가 일찍 비어 있었지만 누구 하나 개의치 않았다. 늘 일어나보면 누군가는 자다가 추워서 집으로 가고 아예 집에서 안 나온 사람두 있고 일찍 깨어 들에 간 사람도 있었기 때문이다. 나도 일어나 헌 오버를 둘둘 말아 옆구리에 끼고 집으로 가고 있었다. 그때 이상하게도 진문이 형과 계안이 형이 생각났다. 그들의 잠자리가 이상하리만치 휑하게 썰렁했다. 엊저녁에 계안이 형과 진문이 형이 우리와 떨어진 강 저 위쪽에서 두런거리며 미역을 감던 모습이 언뜻 머리를 스쳤다. 그리고는 나도 그만 잊었다. 어제저녁 어둔 강물에 까맣게 머리를 맞대고 미역을 감던 둘의 모습이 잠깐 스치고 지나갔을 뿐이었다. 그런데 점심시간이 가까워지자 동네 분위기가 점점 이상스럽게 변해갔다. 서서히 소문이 퍼지기 시작한 것이다. 계안이 형과 진문이 형이 아침밥도 먹으러 오지 않았다는 것이다. 윗집 아랫집에 사는 이 동갑

내기들이 한꺼번에 없어졌다는, 아직은 확인 안 된 소문이 삽시간에 마을에 퍼졌다.

그 둘이 없어진 게 틀림없다는 증거가 하나둘 나타나기 시작했다. 점심시간이 되어도 그들은 돌아오지 않았을 뿐 아니라 둘의 빈 지게 두 개가 도롱곳에서 나란히 발견되었다. 이슬에 젖었다가 마른 맨지게를 계안이 형의 형님이 논두렁에서 가지고 왔던 것이다. 낫이 꽂힌 빈 지게가 진문이 형과 계안이 형의 집 앞 공동 우물가에 받쳐 있었다.

사람들의 의견은 분분했다. 많은 의견 중 압도적인 것은 요놈들이 일하기 싫으니까 지금 어느 산속에서 농땡이를 치고 있을 거라는 것이었다. 하지만 진문이 형과 계안이 형네 식구들은 난리였다. 해가 저물어가도 그들의 행방은 묘연했다. 일터에 나갔거나 그들을 찾으러 갔던 사람들이 돌아와 공동 샘에서 몸을 씻고 더러 앉아 이 이야기 저 이야기로 걱정과 농담을 주고받을 때였다. 계안이 형네 집에서 갑자기 큰 소리가 솟아올랐다. 사람들은 우르르 그 집 마당으로 들어갔다.

계안이 형 어머니가 마당에 다리를 쭉 뻗고는 아이고아이고 하며 울고불고 야단이었다. 계안이 형 어머니 아버지는 "그놈들이 도망을 갔어. 도망을 갔당게. 아, 광에 있는 콩자루가 없어져부렀어" 하며 가슴을 쳤다. 계안이 형 어머니의 말씀에 의하면 저녁을 지으려고 광에 곡식을 가지러 갔더니 아, 글쎄 늘 거기 있던 콩자루가 보이지 않더라는 것이다. 웬일인가 여기저기 찾아보다가 후다닥 짚이는 게 있더란다. 계안이 고놈이 그 콩을 가지고 가부렀구나, 도망을 가부렀구나. 계안이 형 어머니는 콩도 콩이지만 그놈이 없어져버린 게 더럭 겁이 났던 것이다. 진문이 형 어머니도 후다닥 자기 집 광에 가보니 아니나 다를까 그 집에서도 "아이고메" 소리가 솟아올랐다.

삽시간에 진메가 긴장을 했다. '도망'과 '콩', 대단한 사건이었다. 과연 그들이 도망을 갔으면 어디로 어떻게 가서 지금은 어디에 있단 말인가. 그들이 대단해 보이기도 했고 겁 없는 철딱서니들로도 보였다. 계안이 형과 진문이 형! 그들은 우리 동네 최초의 도망자들이었다. 수백 년 동안 잠잠하고 평화로웠던 조용한 호수 같은 마을에 그들이 일으킨 파문은 대단한 것이었다. 그렇구나, 도망을 가서 외지로도 갈 수가 있구나. 보아라! 지금 며칠 지났는데도 그들은 아무 소식이 없지 않은가.

그 일이 있고 보름쯤 지났을까. 그보다 짧은 기간이었는지도 모른다. 어느 날 아침에 또 동네가 수선스러워졌다. 그 둘이 돌아온 것이다. 그것도 그냥 돌아온 게 아니라 진문이 형은 기타를 둘러메고 계안이 형은 하모니카를 들고 왔다. 더군다나 그들은 갑자기 서울말을 썼다. 우리더러 "야들아, 너그들 시방 어디 가냐?"가 아니고 "얘들아, 너희들 지금 어디 가니?" 했다. 머리에다 기름까지 척 바르고 그들은 지게를 지고 나무를 하러 다녔다. 그 둘은 꼭 같이 어울렸다. 밤이 되면 그 또래 젊은이들은 진문이 형네 집 아랫방에 모여 진문이 형의 기타를 쳤다. 아니, 세상에 태어나 처음 기타를 구경했다. 형들은 〈아리랑〉이나 〈앵두나무 처녀〉나 〈신라의 달밤〉 같은 노래들을 불렀다. 진문이 형은 어디서 어떻게 그렇게 짧은 시간에 기타를 배웠는지 금방 몇 곡을 연주하며 노래를 불렀고, 계안이 형은 하모니카를 멋지게 불었다.

달이 높이 뜬 밤이면 계안이 형은 동네 가운데에 있는 높고 넓은 바위에 올라서서 달을 쳐다보며 하모니카를 불었는데 〈목포의 눈물〉이나 〈단장의 미아리고개〉 같은 곡이었다. 계안이 형의 하모니카 소리가 들리는 밤은 유난히 달이 밝았다. 꼭 달을 보고 부는 것만은 아니었다. 하모니카를 부는 형의 시선은 늘 어떤 집에 머물러 있었다. 그 집엔 아주 예쁜 누님이 살고 있었던 것이다. 계안이 형이 그 누님을 만나 사랑을 고백했는지 몰라도, 그 누님의 집을 향한 계안이 형의 하모니카 소리는 달빛 아래 늘 간절했다. 우리의 마음을 구슬프게 하기도 했고, 싱숭생숭 들뜨게도 했다.

그 뒤에도 계안이 형과 진문이 형은 훌쩍 도망을 가곤 했는데, 대개 한 달을 넘기지 못하고 집에서 가져간 곡식이나 돈이 다 떨어지면 빈털터리로 돌아왔다. 물론 집안 어른들에게 되게 혼이 났지만 그들의 들랑거림은 계속되었다. 그들은 계속 마을을 들락거리며 여기저기 도시 냄새를 풍겼으며 기타 소리와 하모니카 소리를 흘렸다. 그들의 도망과 귀향은 아무리 큰 난리에도 끄떡없던 마을을 흔들어놓았다. 그때가 아마 1960년대 전후였을 것이다. 내 기억이 확실한 건 아니지만 말이다. 그들의 들랑거림도 나중엔 마을 사람들에게 별 영향을 미치지 못했다. 며칠 안 보이면 며칠 후엔 또 오겠지 하고 말았다.

산업화의 조짐은 그렇게 시작되었다. 수백 년 동안 끄떡없이 견고했던 마을 공동체의 해체가 그렇게 시작되었던 것이다.

큰아버지의 투망

아버지 바로 위 큰아버지는 우리 동네에서 투망을 제일 잘 던지셨다. 또 풍물굿판의 마지막 대포수 역할을 훌륭하게 해내셨다. 대포수 역이라는 게 중 바랑 짊어지듯 빈 자루 짊어지고 작대기로 총 흉내를 내는 정도가 고작이었지만, 그분이 빠지면 굿판이 제대로 이루어지지 않았다. 큰아버지는 어깨춤에 능했고 때로 끝쇠를 잡으셨지만, 단연 어깨춤이 먼저였다. 큰아버지는 아주 단순하게 어깨를 들먹이며 덩실덩실 춤을 추셨지만, 그 춤을 추며 자기도취에 빠진 모습이 구성졌다.

큰아버지는 우리 동네에서 한자와 한글을 아는 유식한 편에 속해 오랫동안 이장을 맡아보셨다. 마을 이장을 하려면 장부를 정리

할 줄도 알아야 하고 회의도 주관해야 하기 때문에 글을 알아야 했는데, 큰아버지는 한문과 한글을 쓸 줄 아셨던 것이다. 마을 회의가 있는 날 밤이나 동네에 부역이 있는 날이면 큰아버지는 계안이 형이 하모니카로 달빛에 울적한 심사를 달래며 좋아하는 여자를 향해 연정을 불태우던 동네 앞의 그 바위에서 "내일 아침에 동네 길 풀을 빌랑게, 한 사람도 빠짐없이 낫, 지게, 바작을 짊어지고 나오시오" 또는 "오늘 저녁에 마을 정자나무 아래서 동네 공사가 있으니 나오시오" 등을 외치셨다. 하도 오랫동안 그 일을 하셔서 누구도 그 목청을 따를 자가 없었다. 새마을운동이 시작되고 그 호랑이 물어갈 놈의 마이크가 들어오고 마을 회의가 신식이 되어가면서 구장ㅁ帳도, 큰아버지의 그 우렁차고 구성진 목소리도, 멋들어진 고함 소리도 동네에서 사라져버렸다.

큰아버지의 투망질은 유명했다. 그분은 절대 투망을 두 번 던지지 않았다. 단 한 번으로 승부를 보았는데, 실패하더라도 그날은 두 번 다시 투망을 던지지 않았다. "동팔이(큰아버지 성함) 투망질허네" 하는 소리를 들은 적은 있어도, 큰아버지가 투망을 던지는 것을 시작부터 끝까지 지켜본 사람은 우리 동네에 아무도 없었다. 고기떼를 본 큰아버지는 조그마한 다래끼를 메고 투망을 들고 강으로 가서는 먼 곳에 떨어져 노는 고기떼의 모양을 유심히 관찰하셨다. 높은 바위에서 한 손엔 투망, 한 손엔 다래끼를 든 채 그렇게 서 있는 모습이 큰아버지의 투망 시작이었다. 그럴 때 사람들은 큰아버지가 투망을 시작했구나 하고 생각했다. 그렇게 오래오래 관찰하다가 고기떼가 적당한 거리에 다 모여들어 노는 데 열중하면 큰아버지는 이제 투망을 어깨에 메고 그야말로 천천히 거짓말 좀 보태 한서너 시간 동안 조금씩 조금씩 앉은걸음을 하다 쉬고 또 앉은걸음을 하다 쉬며 계속 고기로부터 눈을 떼지 않은 채, 때로 바위 뒤에 숨고 때로 바위처럼 미동도 없이, 숨소리도 죽인 채 멈추어 있는 것이다. 그러면서 계속 천천히 움직이지도 않는 것처럼 차츰차츰 고기떼를 향해 갔다. 그 시간이 어찌나 긴지, 동네 사람 누구도 큰아버지의 투망질의 시작과 끝을 보지 못했다는 것이다.

큰아버지의 끈질긴 인내력과 놀라운 침착성은 강변에 깔린 바위들 같았다. 점점 고기떼까지 다가가다 고기가 조금이라도 사정거리에서 멀어지면 물로 들어서는데, 거짓말 하나도 안 보태고 아무리 멀리 고기를 쫓아가더라도 큰아버지는 절대 물결 소리 하나 내지 않았고, 그림자도 물결도 숨긴 채 고기를 따라갔다. 그러다 고기가 사정거리 안에 들어섰다고 판단되는 순간 큰아버지의 번개 같은 투망 솜씨가 발휘된다. 투망이 어찌나 넓게 펴지는지, 둥그렇게 펴져 떨어지는 투망을 보고 감탄하지 않는 이가 없었다. 투망이 던져져 물에 떨어지는 그 순간, 그동안 움직임을 멈추었던 동네의 모든 것들이 동시에 움직이는 것 같았다. 정지된 화면이 다시 움직이기 시작할 때처럼 말이다. 그사이의 인내와 침착은 그 누구도 따를 자가 없었다. 투망이 물에 떨어지는 순간 사람들이 우르르 강변으로 달려가면 큰아버지가 무거워진 투망을 두 손으로 들고 나오셨다. 투망 사이로 반짝반짝 빛나는 싱싱한 물고기들을 한 마리 한 마리 땅에 떨어뜨려 다래끼에 주워 담으시며 큰아버지는 "그것 참 몇 마리가 새어나갔거든" 꼭 그 말씀을 하셨다. 그렇게 잘 던진 투망 한 번으로 큰아버지는 세숫대야로 하나쯤은 거뜬히 물고기를 잡으셨다.

큰아버지는 투망질을 자주 하는 것도 아니었다. 그렇다고 잊어버리고 있지도 않았다. 잊어버릴 만하면 그렇게 강변 바위 위에 우뚝 서서 멀리 물고기를 고르고, 살금살금 기고, 미동 없이 바위처럼 앉아 있는 모습을 동네 사람들에게 보여주었다. 그렇게 말이 많기로 유명한 양반이었지만 투망질은 거의 신기에 가까웠다. 신비롭기까지 했다. 투망질은 큰아버지의 엄숙한 행사였던 셈이다. 큰아버지의 투망은 참으로 완벽했으며 천하에 없는 사람이 와도 절대 빌려주는 법이 없었다. 동네 사람들은 아무도 큰아버지의 투망을 빌리려 감히 입도 빵긋하지 않았다. 그건 일종의 법 같았다.

큰아버지는 가장 큰 통의 투망을 썼다. 명주실로 잘 만들어 한 코도 떨어지거나 찢어지거나 풀어진 적이 없었다. 투망질을 하고는 반드시 긴 장대에 매어 쫙 펴서 말린 다음 떨어지고 풀어진 코를 손질해두었던 것이다. 감물을 잘 들인 큰아버지의 투망은 늘 완벽했다. 아마 큰아버지가 가지고 있는 물건 중 그 무엇보다 소중한 것이었으리라. 감히 아무도 넘보지 못하는 그 어떤 신성한 자기만의 물건. 그렇다고 큰아버지가 그 투망을 꼭 자기 혼자만 사용한 것은 아니었다. 칠석날이나 백중날 동네 사람들이 고기를 몰아 투망을 던져야 할 때 큰아버지는 그 귀신같은 투망질을 유감없이 발휘해, 단한 번으로 완벽에 가깝게 고기들을 잡으셨다. 대단한 솜씨였다. 놀라운 솜씨였다. 감탄이 저리절로 나오는 솜씨였다.

큰아버지는 술을 무척 좋아하셨지만 이 근동에서 큰아버지에게 술을 얻어먹었다는 사람은 한 명도 없었다. 사람들은 모두 큰아버지를 '꼼보'라고들 했다. 한때는 삼판(벌목) 일을 하셨고, 그 일로 재미도 조금 보셨던 것 같다. 큰아버지는 또 감장사, 밤장사도 하셨는데 그 장사치들 속에서도 큰아버지가 지독한 '꼼보'라는 말을 들은데는 그럴 만한 이유가 있었다.

큰아버지는 진메 마을과 이웃 새말 마을에서 유일하게 처음으로 아들을 순창에 유학을 보내셨다. 대단한 일이었다. 우리 마을에서는 아무도 아들을 중학교에 보낼 생각을 한 사람이 없었고 그럴 줄도 몰랐는데, 큰아버지는 당신의 큰아들 용수 형님과 용국이 형님을 순창으로 보내셨던 것이다. 그다음 나와 한 살 차이인 동생 용식이, 그 아래 용기, 도수까지 모두 학교를 보냈다. 덕분에 나도 용수 형님이 있는 순창으로 중학교를 가게 되었다. 참으로 대단한 일이었다. 농촌 살림에 아들들을 줄줄이 순창으로 중고등학교를 보내니 돈이 달리고 늘 절약할 수밖에 없었다. 지금 용수 형님은 전주에서 형사로 있고, 용국이 형님은 초등학교 교사다. 그 아래 용식이는 대학 2학년 때 죽었다. 그 아래 용기는 기업인 박태준씨의 수행비서로 있다.

이 지독한 꼼보 큰아버지의 잔소리는 참으로 유명해서 내 글재주로는 감당하기 힘들어 생략한다. 일례로 어쩌다 일을 하다 낫을 잃어버렸다 치자. 그러면 그 낫으로 인해 집안은 며칠간 모두 편할 날이 없이 시끄러웠다.

병제의 똥무더기

작은집에 머슴을 살러 들어온 병제는 우람한 체격에 영화배우 박노식만큼 얼굴이 넓적하고 힘이 센 청년이었다. 얼굴에 초승달 같은 흉터가 있었다. 조금은 바보스럽기도 했지만 그 바보스러움이 사람들에게 우직한 믿음을 주었다. 동네 사람들은 병제가 큰아버지 댁 머슴을 살러 들어가자 열흘도 견디지 못하고 나갈 것이라고들 했다. 모두 이구동성으로 그러지 않으면 손가락에 장을 지지라고들 했다. 그런데 이상한 일이었다. 병제는 끄떡도 않고 하루하루 머슴살이를 잘도 해냈다. 기운이 세니 풀도 나무도 엄청나게 많이 해 날랐다. 집채 같은 나뭇짐을 지고 징검다리를 건너는 병제를 보고 동네 사람들은 그저 멍할 뿐이었다. 한 달 두 달이 지나도 모두 장을 지져야 할 동네 사람들의 손가락은 멀쩡했고 병제도 멀쩡했다.

문제는 엉뚱한 곳에서 생겨났다. 큰아버지 집에서 그 말이 나온 게 분명한데, 이야기인즉슨 병제가 밥을 너무 많이 먹어대는 바람에 큰일이라는 것이었다. 보통 한 끼에 큰아버지의 네 끼 밥을 마파람에 게 눈 감추듯 한다는 것이었다. 동네에 또 이상한 소문이 떠돌기 시작했다. 들판 이곳저곳 산 이곳저곳에 사람 똥인지 짐승 똥인지 모를 커다란 똥덩이가 나타나기 시작했다는 것이었다. 사람들은 그 똥덩이가 틀림없이 병제 똥이라고 했다. 병제는, 우리 동네에 사는 모든 남녀노소가 그냥 병제라고 불렀다. 그에게 존칭은 없었다.

그러거나 말거나 병제는 언제나 사람 좋은 웃음을 빙긋이 웃으며 소처럼 일을 잘했다. 많이 먹고 많이 일했지만 일하는 모양새는 영 거칠었다. 논두렁을 베라고 하면 거지 젓갈 집어먹듯, 가위로 머리 깎아놓듯 들쭉날쭉했고, 소풀을 베어오면 그게 소가 먹을 풀인지, 논에 거름으로 쓸 풀인지 모를 정도로 아무 풀이나 거추장스럽게 해 가지고 왔다. 나무도 이것저것 안 가리고 베면 벤 대로 다듬지 않고 그냥 대충 다발만 크게 해서 짊어지고 와서 부엌에다 턱 부리면 그만이었다.

병제는 여름밤에는 벼락바위에서 잠을 잤다. 초등학교를 졸업한 뒤 지게대학에 입학해야(사람들은 초등학교를 졸업하고 중학교에 가지 않은 사람들더러 모두 지게대학에 입학한다고들 했다), 그러니까

지게 지고 일하는 데 익숙할 만한 나이가 되어야 벼락바위 잠을 잘 수 있었다. 어린아이들은 마을 앞 느티나무 아래 강변에서 잠을 잤다. 벼락바위는 열여섯이나 열일곱 사이의 장가를 가지 않은 청년들만의 잠자리였다. 아이들은 끼워주지 않았고 장가든 젊은 사람들도 강변 잠을 자지 않았다.

젊은이들이 모이는 여름밤의 강변은 오랫동안 잠들지 못했다. 때로 싸움판이 벌어져 동네에서 어른들이 달려오기도 했고, 달이라도 떠서 강변을 더욱 환하게 비추면 젊은 청년들은 잠들 줄을 몰랐다. 강냉이 꺾어다 삶아먹기, 오이 따다 먹기, 강 건너 성만이 양반네 복숭아 따다 먹기, 닭서리, 노래자랑 등이 끊이지 않았다. 병제는 그중 늘 놀림감이었다. 벼락바위 제일 높은 봉우리에 올라가 그 큰 덩치로 빙긋이 웃으며 박자도 가사도 맞지 않는 그놈의 〈신라의 달밤〉을 부르면 하늘에 떠 있는 진메의 달도 배꼽을 잡고 웃는 바람에 달빛이 흐릴 지경이었고, 우리는 데굴데굴 구르고 바위를 손바닥으로 내려치며 웃었다. 사람들이 배꼽을 쥐고 뒹굴며 웃든 말든 병제는 끝까지 〈신라의 달밤〉을 불러제꼈다. 커다란 달그림자를 바위에 길게 떨어뜨리고 말이다.

병제는 똥의 양이 많고 똥덩어리가 클 뿐 아니라 똥도 자주 싸는지 벼락바위 근방에서 병제 똥은 자주 발견되었다. 이른 아침 일찍 일하러 가다 병제 똥을 안 밟은 사람이 거의 없었다. 병제의 똥을 벌컥

밟은 사람들은 어김없이 이슬 묻은 풀잎에 신발을 대충 문질러 닦고 잠자는 병제의 엉덩이를 한 번씩 들입다 걷어차며 화를 풀었다.

그럭저럭 병제도 우리 진메 마을 사람이 되어가던 어느 해 가을이었다. 내가 중학교에 다닐 때였고, 병제는 기적처럼 큰아버지 집에서 머슴살이를 두 해째 하던 해였을 것이다. 어느 일요일날 우리 집에서 놉을 얻어 평밭머리 칡밭의 칡넝쿨 거두는 일을 했다. 그때만 해도 가을철엔 풀갓을 서로 차지해두고 꼭 놉을 얻거나 품앗이로 봄 논갈이 때 쓸 풀들을 베어 쌓아두었다. 봄이 되면 그 풀들을 산에서 짊어지고 자기 논으로 가져다 썰어 밑거름을 했다. 우리 아버지의 퇴비 장만은 유난스럽다 못해 지독했다. 우리 풀갓에서 3대 논까지는 거의 10리도 넘는 길이었다. 아버지는 풀갓에서 풀을 말려 나무에 달아두었다가 이른 봄까지 시간 나는 대로 강 건너 징검다리에까지 짊어다두었고, 또 거기서 3대논까지 져 날랐다. 겨울 내내 틈틈이 그 일을 하셨다. 그리고 봄철엔 작두를 논으로 가지고 가서 며칠씩 풀을 썰어 뿌려 봄갈이를 했다. 나도 일요일이면 하루 내내 우리 논에서 아버지 어머니랑 풀을 썰어야 했다.

그 풀을 하던 가을날이었을 것이다. 그날이 마침 일요일이어서 나도 잔심부름을 해야 했다. 풀을 베는 산에 물 떠다주기, 술 가져다주기, 3킬로미터도 더 넘는 곳으로 점심이나 새참 가져가기 등 할 일은 참 많았다. 힘든 일을 할 때면 어머니는 새참을 꼭 찰밥으로 해

주셨다. 나는 찰밥을 지게에 짊어지고 풀 베는 산 아래 냇가로 가져
갔다. 병제도 물론 그곳에 있었다. 가을 따가운 햇살 속에서 고된
일을 하는 사람들의 얼굴은 구릿빛으로 그을리고 땀으로 범벅이 되
어 번들거렸다. 병제에게는 한 양푼의 찰밥이 주어졌다. 병제는 커
다란 숟갈로 입이 찢어져라 밥을 우겨넣고는 김치 가닥을 손으로
집어 하늘로 입을 쫙 벌리고 잘도 사려넣었다. 꿀꺽, 꿀꺼덕 하는
소리가 물이 홈통으로 빨려들어가는 소리 같았다. 목젖이 꿈틀거렸
다. 뱀이 개구리를 잡아먹을 때 툭 불거진 배처럼 목줄이 불거졌다
가 꺼지곤 했다. 그렇게 몇 번 꿀꺼덕꿀꺼덕 밥을 삼키는 것을 나는
침을 삼키며 바라보았다. 숨이 막힐 지경이었다. 상당히 큰 양푼의
찰밥을 마파람에 게 눈 감추듯 해버렸다. 아버지가 "병제야, 누가 안
빼사묵은게 찬챙이 묵어라이" 하는 소리가 떨어지기도 전에 병제는
개구리 배처럼 툭 불거진 큰 배를 슬슬 긁더니 냇가로 가서 바위에
엎드려 냇물을 그냥 벌컥벌컥 들이켰다. 마치 소가 물을 먹는 소리
같이 쪼로록 소리가 들리는 듯했다. 그러더니 어딘가로 슬그머니 사
라졌다.

나는 대충 그릇들을 챙기고 냇가에 가서 씻을 건 씻고 집으로 가
려고 강변을 걸어갔다. 어느 작은 바위 밑으로 발을 내딛는 순간,
무엇인가 벌커덕 밟히는 게 있었다. 얼른 발을 내려다보았다. 아,
똥, 똥, 그놈의 병제가 싸질러놓은 똥을 밟아버린 것이다. 똥은 덩

어리가 아니었다. 그렇다고 설사도 아니었다. 소화가 잘된, 아주 소화가 잘된 약간 묽은 똥이었는데 그 둘레가 큰 양푼 둘레만했다. 아무리 큰 황소가 똥을 싸도 그렇게 크고 넓게는 싸지 못하리라. 차곡차곡 층층이 싼 묽은 똥의 한가운데에 내 발이 빠져 똥으로 덮여 있었다. 나는 똥을 닦는 것도 잊은 채 풀을 베러 산으로 끄덕끄덕 오르는 병제의 넓은 등에다 대고 고함을 질렀다.

"야, 이 똥덩어리 병제야, 이 개자식아."

내가 큰소리로 욕을 해대자 병제는 잘 간 낫을 들고 천천히 돌아서더니 입이 찢어져라 환하게 소리 없이 웃을 뿐이었다. 가을햇살에 병제의 웃음이 더욱 환해 보였다. 사람들 속에서 키득키득 웃는 소리가 들렸다. 아직 식지 않은 그 뜨뜻한 똥무더기에서 발을 빼낸 다음 강에 가서 씻고 냄새 맡아보고 씻고 냄새 맡아보고 또다시 씻어도 냄새는 쉽게 지워지지 않았다. 나는 씨벌놈, 씨벌놈 혼자 욕을 해대며 집으로 돌아왔다.

지금도 그때 일을 생각하며 내 발을 내려다보면 병제의 그 텁텁스러운 똥이 보이고 똥냄새가 나는 것 같다. 그래도 예나 지금이나 동네 사람들 그 누구도 병제를 미워한 사람은 한 명도 없었다. 나처럼 동네 사람 그 누구도 병제를 미워할 수 없었을 것이다. 그렇게 병제는 사람 좋은 웃음으로 많은 밥을 먹고 많이 싸고 많은 일을 거뜬히 해냈다. 한 번도 큰아버지와 다툰 적이 없었다. 그저 누가 아무리 뭐라고 해도 자기 하고 싶은 대로 일을 했으며, 큰아버지 또한 그런 병제에게 남다르게 따뜻한 인정을 베푸셨다. 3년인가 4년인가 병제는 큰아버지 댁에서 머슴을 살고 고향으로 갔다. 산 같은 덩치, 쇠똥보다 큰 똥무더기, 사람 좋은 웃음을 진메에 남겨둔 채 말이다.

병제의 명연설

어느 여름밤이었다. 김대중씨의 연설 흉내가 한창 유행하던 때였다. 어디서 어떻게 전해졌는지는 몰라도 우리는 높다란 돌멩이에 올라서기만 하면 그냥 밑도 끝도 없이 말도 안 되는 소리로 김대중씨의 연설 흉내를 냈다. 나무하러 가서 나무를 다 해놓고 묘똥(무덤) 위에 우뚝 올라서서 아무 데나 대고 그 흉내를 냈고, 냇가에서 벌거벗고 바위에 올라서서는 "에ㅡ"로 시작되는 연설을 했다.

그중에서 용식이의 연설은 대단히 인기가 있었다. 용식이는 아랫곁 큰아버지의 셋째인데, 중학교 때부터 가방에다 한자로 '나라 국國' 자를 써가지고 다닐 정도로 정치적(?) 야심을 품었던지라 밤나무 밑에서 꼴을 베다가 쉴 참이면 마을에다 대고 "에, 친애하는 진메 마을 국민 여러분" 어쩌고 했다. 목소리도 우렁찼을 뿐만 아니라 내용도 근거가 있었다. 용식이는 풀을 베면서도 앞산이 히야다지게 노래를 잘 불러제꼈다. 고3 때 순창중학교와 순창농림고등학교의 총연대장이 되었던 용식이는 대학에 가 ROTC 훈련을 받고 집에 와서 죽었다.

아무튼 우리는 저녁밥을 먹고 하나둘 벼락바위로 밤잠을 자러 나갔다. 달이 휘영청 밝았다. 아이들이 거의 모였을 때쯤 또 그놈의 연설이 시작되었다. 하나둘 돌아가면서 벼락바위 꼭대기에 올라가 달을 보며 혹은 강물을 보며 말이 안 되는 연설들을 했다. 그야말로 한심하고 앞뒤도 맞지 않는 내용이어서 늘 배꼽을 잡고 데굴데굴 구르기 십상이었다. 그렇게 한 사람씩 돌아가며 웃기는 연설이 진행되는데, 저쪽 구석에서 병제가 반듯이 누워 자고 있었다. 달빛 아래 시커먼 병제 몸뚱이는 깍짓동만해 보였다. 모두들 단박에 장난기가 발동해서 병제를 흔들어 깨웠다.

"병제야, 다음은 니 차례여, 니 차례."

"병제 파이팅, 이병제 파이팅!"

꼴마리에서 손을 꺼내며 부스스 일어난 병제는 어리둥절해서 주위를 뚤레뚤레 쳐다보고 달도 한번 바라보다 두 손으로 얼굴을 쓱쓱 문지르더니 엉거주춤 일어났다. 그리고 꼴마리를 추키더니 병제는 우리들을 보고 '히―' 하고 웃었다. 그의 큰 얼굴에서 이가 달빛을 받아 하얗게 드러났다. 멈칫멈칫 헤벌레 웃더니 침을 꿀꺽 삼켰다. 어색하게 웃던 그가 갑자기 정색을 했다. 우리도 긴장이 되었다. 교교했다. 어디선가 물소리가 희미하게 들렸다. 그때였다. 느닷없이 병제가 하늘을 향해 외쳤다.

"사람은 밥을 많이 먹어야 똥을 많이 싼다!"

그러고는 털썩 앉아버렸다. 우리는 그 소리가 무슨 얘기인지 잘 알아듣지 못했다. 워낙 느닷없는 소리였기 때문이다. 잠시 후 그 뜻을 알아채면서 여기저기서 웃음이 터지고 급기야는 바위를 치고 모두들 뒹굴며 웃기 시작했다. 참으로 당연하고 옳은 연설이었고, 더도 덜도 아닌 병제의 진리였다. 밥을 많이 먹어야 힘을 쓰고 또 똥을 많이 싸게 되는 것이다. 똥을 많이 싸야 그 똥이 거름이 된다.

우리는 그날 밤, 그 달빛 아래 우뚝 서서 외치던 병제의 그 우람한 모습을 잊지 못한다.

소처럼 느린 당숙

여름철 점심밥을 먹으면 모든 동네 남자들은 강가 정자나무 아래로 모여든다. 누가 오라고 하지도 않고, 누가 부르지도 않고, 무슨 일이 있는 것도 아니지만, 동네 사람들은 모두 밥숟갈을 놓기가 바쁘게 정자나무 아래로 끄덕끄덕 모여든다. 더위와 힘든 일에 지친 몸을 이끌고 강 언덕에 있는 커다란 정자 아래 그늘로 모이는 것이다. 진메 마을 정자나무는 북쪽과 남쪽으로 툭 터진 강가에 있기 때문에 그 그늘 아래 들면 아무리 더운 여름날에도 선풍기 앞에 앉아 있는 것보다 시원하다. 그 그늘 아래에 들면 아무리 더운 날에도 더위를 피할 수 있었다.

그렇게 정자나무 아래에 앉아 피서를 하거나, 누워 느긋하게 잠을 잘 때 느닷없이 소낙비가 들이닥칠 때가 있다. 비는 우골이라는 골짜기에서 묻어왔다. 누군가 "우골에 비 묻었네" 하면 사람들이 하나둘씩 잠에서 부스스 깨어 하얗게 비를 몰고 오는 바람을 바라보며 "저 비가 참말로 여그까장 소낙비로 올랑가 안 올랑가" 미적미적할 때 소낙비는 어느덧 마을 끝 윤환이네 집으로 하얗게 달려온다. 후드득 한두 방울 느티나무 잎을 때리는 소리가 들리는가 싶으면 소낙비는 어느덧 '쏴 ―' 하고 동네를 다 적시며 내린다. 사람들은 너도 나도 집으로 뛰었다. 아이들이고 어른들이고 모두 집을 향해 후닥닥 집으로 뛰어가는데, 아무리 소낙비가 장대같이 내려도 절대 뛰지 않는 어른이 한 분 있었으니, 우리 당숙이었다. 당숙은 아버지의 한 살 아래 사촌동생이었는데 무던히도 행동이 뜸직해서 동네 사람들은 그 당숙을 '늦대 중의 상늦대'라고 불렀다. 우리 동네에서는 행동이 느린 사람을 늦대라고 불렀는데 그 당숙이 우리 동네에서 제일 느린 분이어서 상늦대라는 별명이 붙었던 것이다.

당숙은 아무리 소낙비가 많이, 급히 쏟아져도 그 소낙비를 다 맞고 걸으면 걸었지 절대 뛰는 법이 없을뿐더러 동네 사람 누구도 그분이 뛰는 것을 본 적이 없다고 했다. 그 당숙이 지게를 지고 앞산을 향해 오르거나 들이나 산길을 가는 모습은 누가 보아도 한갓지고 평화로웠으며 느긋했고 그 느림은 산과 강과 들과 바람과 햇살과 한몸처럼 아름다운 조화를 이루기까지 했다. 그분에게는 세상에

급한 일이란 아무것도 없었던 것이다. 말도 느렸으며 별로 웃지도 않았고, 살림에 욕심도 크게 부리지 않았다. 모든 일에 느긋한 여유를 가지고 있었다. 비가 오면 맞는 것이다. 비를 맞는 게 도대체 어떻단 말이며 안 맞으면 또 어떻단 말인가. 모든 게 그런 식이었다. 당숙이 싸움을 하거나 큰소리를 지르는 경우를 동네 사람들은 보지 못했다.

여유가 산 같았던 당숙은 일찍 돌아가셨다. 소낙비가 쏟아질 때면 사람들 다 불 맞은 뭣처럼 집을 향해 뛸 때 혼자 깐닥깐닥 비를 다 맞으며 걷던 그 당숙의 성함은 김명옥이었다. 당숙은 우리 동네의 마지막 징잡이었다. 그의 징소리와 강과 산이, 그의 느린 몸짓이, 어쩌면 오래도록 한몸이었는지도 모른다. 지금도 귀를 기울이면 동네 어느 구석에서 당숙의 징소리가 은은하게 들리는 듯하다.

내 작은누이
복숙이

　우리 형제는 내 밑으로 아우 둘과 누이 둘, 그리고 막둥이 이렇게 4남 2녀다. 다른 집은 아이들을 키우면 하나쯤은 꼭 애기 때 잃기도 했지만, 우리 집 형제들은 못났어도 실수 없이 자란 콩들처럼 잘 자랐다. 어머니에게는 큰 복이다.

　나는 아우들이나 누이들을 다 좋아했지만, 누이 중에서 복숙이를 제일 좋아했다. 복숙이는 어려서부터 찬찬하고 감성이 풍부했으며 가난한 살림살이를 잘 견디어주었다. 해숙이는 얼굴이 예쁘게 생겨 얼굴값을 한답시고 어렸을 때부터 사나운 기가 흘렀다. 복숙이는 너부데데한 얼굴이 못생겼지만, 그래서 그랬는지 나는 복숙이에게 더 마음이 많이 쏠렸다. 복숙이는 나중에 어여쁘게 자라 미대를 갔지만 집안 살림 형편 때문에 도중에 그만두었다.

엄마 보고 싶어요

바쁜 철이 되어가니

겨울에 그렇게나마 고와진 손발

또 거칠어지겠군요

엄마 딸

곧 직장 갖게 될 것 같아요

엄마

나 학교 못 다녀도 괜찮아요

너무 걱정 마시고

몸 편하세요.

어머니의 딸이 된 것

그리고 이렇게 많이 크게 된 것 감사드립니다

엄마

집에 갔다가 올 때마다

동구 밖까지 짐 이어다주시고

오래오래 서 계시다가

징검다리 건너

밭에 드시던
어머니 뒤돌아보며
어머니, 어머니 하며 들길 걸을 때
차마 발걸음이 떼어지지 않고
등뒤 물소리에
목이 메어
산천이 뿌연해지곤 했어요
엄마
이 세상 사람들에게
좋은 딸이 될게요
아름다운 하늘 아래
밭매고 계실 엄마에게
사랑하는 엄마의 작은딸
복숙 올림.

_「섬진강 23 — 편지 두 통」 중에서

　복숙이는 학교를 그만두고 직장을 잡았지만 곧 해고되었다. 그러
다가 결혼을 했고 두 아이의 어머니가 되어 노동운동을 하다 해직
된 남편과 산다.
　고등학교 다니던 어느 토요일이었다. 나는 그날도 순창 자췟집에

서 집으로 돌아왔다. 순창에서 고등학교를 다니고 있던 나는 토요일이면 쌀과 김치를 가지러 와야 했다. 집에 들어서자 나는 늘 그랬던 것처럼 마루에 걸터앉아 숨을 돌렸다. 강 건너 밭에서는 어머니가 일을 하고 계셨다. 어머니가 일하시는 데를 가야겠다는 생각을 하며 신발을 찾으려고 고개를 숙이던 나는, 검정 통고무신 한 짝에 눈이 딱 멎어버렸다. 아, 앞부분이 닳고 닳아서 구멍이 뚫린 복숙이의 검정 고무신이 뒤집힌 채 거기 다른 신발들과 섞여 있었다. 나는 고무신을 집어 들고 닳고 닳아 뚫린 그 구멍에 가만히 손을 대어보았다. 닳고 닳아서 얇아진 그 얇음에, 그 보드라움이 파르르 떨려 내 가슴을 울렸다. 그 보드라움이 나를 전율케 했다. 강길을 걸어 학교에 다니는 복숙이의 모습이, 땀방울로 범벅이 된 어머니의 얼굴이, 아버지의 지게 진 모습이 흐려졌다. 서러웠다. 앞산이, 세상이 뿌연해졌다. 그것은 세상을 조심스럽게 걸어다니는 어린 보행자가 만들어낸 슬프고 또 아름다운 모양이었다. 아무 소리도 없이 그렇게 구멍난 신을 신고 다닌 복숙이의 마음이 내 가슴을 울렸다. 복숙이는 그때 초등학교 3학년이었다.

그 신은 복숙이 1학년 입학 때 어머니가 사 신긴 검정 다이아 고무신이었다. 어머니는 꼭 그러셨다. 3년 동안 신을 신, 3년 동안 입을 옷을 우리에게 사 신기고 옷을 입히셨다. 겨우 발에 맞고 몸에 맞을 때쯤이면 신과 옷은 다 닳아 떨어지고 말았다. 아, 지금도 눈에 선한 내 작은누이 복숙이의 구멍 뚫린 검정 다이아 고무신, 그 고무신을 들고 앉아 앞산을 보던 나. 복숙이는 언젠가 그 고무신을 유화로 그린 적이 있다.

시골 앵두꽃 핀 우물에서 물을 길어 사랑하는 사람에 권해주면 딱 좋을 그런 잔잔한 모습과 마음을 가진 내 작은누이 복숙이.

누님의 초상

섬진강 4
누님의 초상

앞산 뒷산이 파릇파릇해지고 진달래꽃이 피어나고 강 건너 밭
에 푸른 보리들이 싱그럽게 쑥쑥 자라기 시작하면 텃밭에 장다리
꽃이 피며 흰나비들이 강을 건넜습니다. 그런 봄날이면 누님들은
텃밭 장다리꽃 앞에 서서 사진을 찍었습니다. 나비들이 훨훨 날
아 강물에 제 그림자를 비추면 누님들은 그 하얀 나비를 따라가
며, 꿈꾸는 얼굴로 서서 살짝 살짝 웃으며 사진을 찍었습니다.

하얀 적삼, 검정 치마, 하얀 버선, 긴 가르마 머릿길, 길고 검은

머리채 끝에 달린 붉은 갑사댕기, 누님들은 둥그런 어깨들을 기대고 앉고 때론 서서, 여럿이 때론 단짝과, 때론 독사진을 찍었습니다.

사진사는 일중리에 살았습니다. 사진사가 왔다 하면 누님들은 거울 앞에서 부산을 떨었습니다.

누님들은 그렇게 사진을 찍어 자기 얼굴을 들여다보았습니다. 장다리꽃이 피고, 장다리꽃에 나비가 날고, 가르맛길 너머 먼 길들이 하얗게 뻗은 길이 이어졌습니다.

누님들은 밤이면 모여 수들을 놓았습니다. 호롱불을 가운데 두고 둥그렇게 앉아 한 땀 한 땀 자기들의 꿈을, 희망을 수놓았습니다. 베갯잇에 댈 베개딱지에 하얀 학을 날게 했고, 횃대를 덮을 횃대보에 붉은 목단꽃과 나비를 수놓았습니다.

누님들은 이따금씩 우리 집에 모여 이마의 머리칼들을 뽑았습니다. 반듯하고 하얗게 넓은 이마들을 만들었습니다. 머리칼에다 재를 묻히고 실로 머리칼들을 뽑았습니다.

누님들은 강을 건너 나물을 캐러 다녔습니다. 진달래가 피고 따뜻한 햇볕이 내리쬐는 강길을 한 줄로 걸어가며 강가 갯버들 가지를 꺾어 버들피리를 불었습니다. 강 건너 나무 찍는 형들을 향해, 흘러가는 강물에 버들피리를 불었습니다.

나에게는 누님이 없었습니다. 사촌누님이 둘 있었습니다. 요순이 누님과 수남이 누님이었습니다. 요순이 누님이 제일 큰집 누님이었고 수남이 누님은 그 아래 큰집 누님이었습니다. 그 누님들은 늘 우리 집에 와서 놀았습니다. 아버님이 사랑방에서 주무셨기 때문에 누님들이 우리 집으로 자러 오기도 했습니다. 그럴 때 동네 누님들이 우리 집으로 다 모였습니다. 삼니 누님, 순자 누님, 영자 누님, 순임이 누님 들이었습니다. 누님들은 온갖 수다와 온갖 이야기들을 하다가 밤이 깊어지면 동네에서 서리를 해다 먹었습니다. 따내린 긴 머리채가 얌전히 놓인 누님들의 등짝을 바라보는 일이 나는 늘 좋았습니다. 호롱불에 반짝이는 동백기름 바른 머릿결이 좋았고 하얀 가르맛길이 좋았습니다. 함께 까르르 웃는 웃음소리들을 들으며 나는 잠이 들기도 했고 잠에서 깨어나기도 했습니다.

어느 해 겨울밤이었습니다. 나는 심한 열에 들떠 헤매고 있었습니다. 방구석에서 조그마한 것이 나타나서 점점 커지면서 내 몸을 짓누르면 나는 고함을 지르며 깨곤 했습니다. 어머님은 물수건을 내 머리에 얹어 식혔습니다. 그날 저녁에도 이웃집 수남이 누님이 우리 집으로 자러 왔습니다. 누님은 내 머리를 손으로 짚어주었습니다. 서늘하고 시원한 손이었습니다. "야 좀 봐. 머리가 불덩이네" 하며 누님은 내 곁에 눕더니 나를 가만히 안아주었습니다. 누님의 가슴은 솜털처럼 포근하고 깊었습니다. 나는 그 하얗고, 그리고 깊디깊은 어느 나락으로 어지럽게 빠져들었습니다.

잠이었습니다.

꿈도 없는 깊고 아늑하고 어지럽고 포근한 잠.

그리고 나는

아픔에서 잠과 함께 깨어났습니다.

그 누님들이 꽃가마를 타고 하나하나 가르마 같은 동구길을 걸어 시집들을 갔습니다.

아, 봄.

장다리꽃만 피면 나는 그 누님들의 하얀 이마가 생각났습니다.

달이 뜨면,

앞산에 달이 뜨면 그 달빛 아래 누님들의 모습이 하얗게 드러났습니다.

그리하여 나는 그 누님들을 그리워하며 두 편의 시를 누님들에게 바쳤습니다.

누님, 누님들 중에서 유난히 얼굴이 희고 자태가 곱던 누님. 앞 산에 달이 떠오르면 말수가 적어 근심 낀 것 같던 얼굴로 달그늘 진 강 건너 산속의 창호지 불빛을 마루 기둥에 기대어 서서 하염 없이 바라보고 서 있던 누님. 이따금 수그린 얼굴 가만히 들어 달 을 바라보면 달빛이 얼굴 가득 담겨지고, 누님의 눈에 금방이라 도 떨어질 듯 그 그렁그렁한 눈빛을 바라보며 나는 누님이 울고 있다고 생각했었지요. 왠지 나는 늘 그랬어요. 나는 누님의 어둔 등에 기대고 싶은 슬픔으로 이만치 떨어져 언제나 서 있곤 했지 요. 그런 나를 어쩌다 누님이, 누님이 가슴에 꼭 껴안아주면 나는 누님의 그 끝없이 포근한 가슴 깊은 곳이 얼마나 아늑했는지 모 릅니다. 나를 안은 누님이 먼 달빛을 바라보며 내 등을 또닥거려 잠재워주곤 했지요. 선명한 가르맛길을 내려와 넓은 이마의 다소 곳한 그늘, 그 그늘을 잡을 듯 잡을 듯 나는 잠들곤 했지요.

징검다리에서 자욱하게 죽고 사는 달빛, 이따금 누님은 그 징 검다리께로 눈을 주며 누군가를 기다리는 듯했지요. 강 건너 그 늘진 산속에서 산자락을 들추며 걸어나와 달빛 속에 징검다리를 하나둘 건너올 누군가를 누님은 기다리듯 바라보곤 했지요.

그러나 누님. 누님이 그 잔잔한 이마로 기다리던 것은 그 누구도 아니라는 것을, 누님 스스로 징검다리를 건너 산자락을 들추고 산그늘 속으로 사라진 후 영영 돌아오지 않을 세월이 흐른 후, 나도 누님처럼 마루 기둥에 기대어 얼굴에 달빛을 가득 받으며 불빛이 하나둘 살아나고 사라지는 것을 바라보며 누님이 그렇게나 기다리던 것은 그 누구도 아니며 그냥 흘러가는 세월과 흘러오는 세월이었다는 것을 알게 되기까지, 나도 얼마나 많은 아름다운 것들과 헤어져 캄캄한 어둠 속을 헤매이며 아픔과 괴로움을 겪고 그보다 더 아름다운 것들과 만나고 또 무엇인가를 기다렸는지요. 아름다운 것들이 얼마나 아픔과 슬픔인지요 누님.

누님, 누님의 세월, 그 세월을, 아름답고 슬픈 세월을 지금 나도 보는 듯합니다.

누님, 오늘도 그렇게 달이 느지막이 떠오릅니다. 달그늘진 어둔 산자락 끝이 누님의 치마폭같이 기다림의 세월인 양 펄럭이는 듯합니다. 강변의 하얀 갈대들이 누님의 손짓인 양 그래그래 하며 무엇인가를 부르고 보내는 듯합니다. 하나둘 불빛이 살아났다 사라지면서 달이 이만큼 와 앞산 얼굴이 조금씩 들춰집니다. 아 앞산, 앞산이 훤하게 이마 가까이 다가옵니다. 누님, 오늘밤 처음으로 불빛 하나 다정하게 강을 건너와 내 시린 가슴속에 자리잡아 따사롭게 타오릅니다. 비로소 나는 누님이 따뜻한 세월이 되고, 누님이 가르쳐준 그 그리움과 기다림과 아름다운 바라봄이 사랑의 완성을 향함이었고, 그 사랑은 세월의 따뜻한 깊이를 눈치챘을 때 비로소 완성되어간다는 것을 알았습니다. 누님, 오늘 밤 불빛 하나 오래오래 내 가슴에 남아 타는 뜻을 알겠습니다. 누님, 누님은 차가운 강 건너온 사랑입니다. 많은 것들과 헤어지고 더 많은 것들과 만나기 위하여, 오늘 밤 나는 사랑 하나를 완성하기 위하여 그 불빛을 따뜻이 품고 자려 합니다. 누님이 만나고 헤어진 사랑을 사랑하며 기다렸듯 그런 세월, 그 정겨운 세월······ 누님의 초상을 닦아 달빛을 받아 강 건너 한 자락 어둔 산속을 비춰봅니다.

이 시를 쓸 때 나는 지금 살고 있는 집 바로 뒷집에서 혼자 잠을 잤다. 내 잠자리가 그 집이었다. 그 집은 우리 작은집이었다. 네 칸 홑집이었는데 마당이 넓고 행랑채가 두 채였다. 큰방 뒷문을 열면 툇마루가 있고 그 아래에 바로 작은 옹달샘이 있었다. 옹달샘가에는 앵두나무꽃이 피고 붉은 앵두가 많이도 열렸다. 그 집은 빈집이었다. 작은아버지가 이사를 가는 바람에 비어 있어서 내가 혼자 그 큰 집에다 내 책을 옮겨놓고 군불을 때며 공부했다. 해가 질 때 뒷문을 열면 산그늘에 잠긴 감나무들이 나를 팽팽하게 긴장시켰다. 나무와 나무 사이, 풀잎과 풀잎 사이, 이끼 낀 검은 바위와 바위 사이의 적막들이 나를 팽팽하게 긴장시켰다. 나는 그 긴장이 견딜 수 없으면 나무와 나무 사이, 바위와 바위 사이를 지나 저문 산을 탔다. 산에는 흰 꽃들이 피어 있었다. 80년대 초엔 데모하던 친구들이, 최루탄 냄새 나는 친구들이 찾아와서 자고 갔다.

그렇게 지내던 어느 날 나는 책을 보다가 마루로 나섰다. 아, 그때 참으로 아름답고 둥근 달이 검은 앞산 머리에 곱게도 떠 있었다. 나는 마루 기둥에 어깨를 기대고 서서 달을 쳐다보았다. 참으로 적막하고 아름다운 달밤이었다. 나는 누님들이 불현듯 떠올랐다. 하얀 박꽃이 피어나는 초가집 처마 밑으로 물동이를 이고 들어가는 누님들. 징검다리에서 머리를 감고 말리던 누님들의 그 치렁치렁하고 검은 머리칼이 내 마음에 차곡차곡 서늘하게 쌓였다. 나는 가만가만 달빛을 밟으며 마을 밖으로 걸어나가 징검다리로 갔다. 수없이 죽고 사는 달빛과 물소리 아래 강 건너 어둔 산자락 하얀 억새를 꺾어 집으로 돌아와 저녁 내내 끙끙 앓으며 이 글을 썼다. 그리고 나는 비로소 내가 시를 쓸 수 있겠다는, 가슴 벅찬 감동의 고동 소리를 들으며 벌벌 떨었다.

아, 아름다운 달이여. 마당 가득 고여오던 달빛이여. 내 영원한 청춘의 고향이여.

나는 이 시를 매우 좋아한다.

엿장수
우리 할아버지

할아버지가 엿장수를 하실 때였단다. 어느 날 엿판을 메고 어느 마을을 지나는데 느닷없이 소낙비가 쏟아져 할아버지는 비를 피하고는 강을 건너 다른 마을로 가게 되었다. 강물 앞에 이르니 물이 금세 불어나 붉덩물이 흐르더란다. 할아버지는 아랫도리옷을 홀딱 다 벗어 엿판 위에 얹고 조심조심 강을 건너기 시작했다. 조심조심 발로 강바닥을 더듬으며 차츰차츰 강 가운데로 들어갔다. 깊은 데가 있겠지, 깊은 데가 있겠지, 하며 말이다. 그런데 강 가운데를 지나 강을 다 건너도록 물 깊이가 무릎을 넘지 않아, 그냥 벌거벗은 아랫도리를 홀라당 드러낸 채 강을 다 건넜다는 것이다. 강 건너에서 그 모습을 보던 사람들이 얼마나 웃었을까. 지금 생각해도 절로 웃음이 나온다.

할아버지는 그렇게 엿판을 메고 노래를 멋들어지게 부르며 강산을 떠도셨다. 나중에는 나무를 켜서 판자를 만들어 팔기도 하고, 한 봉(벌)을 많이 키우기도 하셨지만, 가난에서 크게 벗어나지는 못했다.

할아버지의 얼굴을 나는 기억하지 못한다. 약간 얽은 얼굴이셨으며, 지독하게 노래를 좋아하고 놀기도 좋아하셨다고 한다. 마음이 너그러우셔서 며느리들이 그릇을 깨거나 실수를 해도 나무라는 말씀을 하신 적이 없다고 한다. 아버지와 어머니의 말씀을 들어보면 할아버지도, 우리의 전통적인 농부들이 다 그렇게 살 수밖에 없었듯이 자연주의적인 낙천성을 타고나신 분이었던 것 같다. 할아버지는 5남 3녀를 두셨고, 우리 아버지가 넷째였다. 할아버지는 6·25전쟁 때 군인들이 마을을 소각시킨 후 순창으로 피란을 시키는 과정에서 총에 맞아 돌아가셨다. 한 번도 가난에서 벗어난 적이 없는 할아버지, 엿판을 짊어지고 쩔렁이는 가위 소리에 맞추어 노래를 부르며 진달래 핀 산길을 돌아오시곤 했다는 할아버지, 때론 엿판 위에 진달래꽃을 꺾어 짊어지고 오실 때도 있었다는데, 그럴 땐 꼭 술에 얼큰하게 취하신 채, 희야다지게 육자배기를 부르며 동네에 들어서시곤 했단다.

사람이 자연이었던 농부 엿장수, 우리 할아버지 이름은 옛사람답

지 않게 '김영철'이다. 술에 취하면 베잠방이 풀어헤치고 호미 들고
작대기 들고 멋들어지게 육자배기를 불러제꼈다는 우리 할아버지.
그 할아버지의 얼굴을 나는 기억하지 못한다.

제2부

———

잊지 못할 사람들

저 강변에
고삐 풀린 황소와
아롱이 양반

강변에 파릇파릇 풀이 자라는가 싶으면 어느덧 산천은 푸른색으로 물들어간다. 그리고 겨우내 우리 안에 있던 소들이 한 마리 두 마리 강변에 나와 겨울의 묵은 때를 씻는다. 소들은 새로 난 풀을 먹고 털갈이를 하며 반질반질 윤기가 돌기 시작한다.

강 건너나 강 이쪽 강변에 조금 늦게 소를 가지고 나오면 소 맬 자리가 없을 만큼 집집이 소들을 길렀다. 소는 농부들의 절반 살림이었다. 그리고 살림을 마련하고 불리는 유일한 경제적인 기반이 되었다. 소 살 돈이 없는 가난한 농가들은 부잣집에서 '배내기 소'를 얻어왔다. 어린 암소를 가져다 길러 그 소가 커서 어른 소가 되어 새끼를 낳으면 어미는 소 주인이 갖고 새끼는 기른 사람이 가졌다. 우리 아버지도 처음엔 그렇게 배내기 소를 기르기 시작했다. 어미소를 주인에게 돌려주고 새끼소를 키워 팔아 큰돈이 되면 다시 작은 소를 사고 남은 돈은 살림에 보태 썼다. 소를 갖는다는 것은, 그것도 자기 소를 갖는다는 것은 대단한 일이었다. 암소를 크게 키우면 농사짓는 데 품을 하나 더 얻는 셈이었다. 소와 사람이 하루 쟁기질을 해주면 이틀 품을 얻게 되니, 한 일이 배로 불어난 셈이 된다. 그래서 사람들이 무엇보다 소를 애지중지했던 것이다.

소를 '암내 붙인다'는 것은 짝짓기를 시키는 일인데 이따금 동네 사람들이 강변에 모여 소 짝짓기를 시키기도 했다. 힘센 장정들이 암소 배 아래에다 커다란 나무 작대기를 양쪽으로 넣어 잡고 수소를 가진 사람은 암소로부터 10여 미터쯤 떨어진 곳에서 수소를 몰아간다. 수소는 잔뜩 흥분한 상태로 콧김을 씩씩 뿜으며 달려가서는 암소 엉덩이에서 주춤 멈추는가 싶다가 앞다리를 들고 암소를 올라타는데 이때 기다랗고 분홍색을 띤 성기가 쑥 나온다. 대개의 수소들은 암소의 거기를 찾지 못한다. 이때 소를 끌고 온 사람이 수소의 그것을 잡아 암소 거기에 대주면 수소는 사정없이 암소 등에서 순식간에 사정을 해버린다. 힘센 수소에게 당한 암소는 그냥 허리가 곱사등이 되어버린다. 그러면 잘되었다고 여긴다. 짝짓기가 잘 안 된 듯 싶으면 다시 한번 시도를 하는데, 수놈이 힘껏 돌진을 해와도 힘이 없으면 암소 엉덩이만 쳐다보며 '히─' 하고 고개를 쳐들고 웃어버린다. 그것을 보고 '소가 다 웃는다'라고 했단다. 그렇게 짝짓기를 시킨 어른들은 소들을 강변에 매놓고 짝짓기 하느라 수고들 했다고 술은 자기들이 먹는다. 온갖 이상한 소리들을 다 하면서 말이다. 동네 앞 강변에서 소들이 짝짓기를 하는 아침풍경은 지금 생각해도 참으로 신비스러웠다. 그런 날 아침 동네는 유난히 조용했다. 어린아이나 여자 들은 특히 집 밖으로 눈길 돌리는 일조차 삼갔다.

강변에 풀들이 자랄수록 소들은 살이 쪄간다. 암소들은 이 논 저 논에서 봄갈이 일을 하지만 수소들은 강변에서 그냥 놀기만 한다. 강변에는 쇠똥이 점점 늘어나기 시작한다. 그렇게 싸놓은 쇠똥이 어느 정도 마르면 순창 양반 그러니깐 종환이 형님 아버지가 꼭 바재기와 삼태기를 가지고 강변을 돌아다니며 쇠똥을 긁어 담아 짊어지고 집으로 가져갔다.

우리는 강변에 소를 매놓고 꼴을 베는데, 쇠똥이 있는 자리는 풀이 우북하고 검푸르다. 거기는 또 까치독사라는 꽃뱀이 사는데 쇠꼴을 베다가 우북한 풀밭을 건드리면 그놈의 까치독사가 고개를 반듯 쳐든다. 풀 속에서 뱀 대가리가 불쑥 나오면 엉겁결에 꼴 베던 낫으로 그놈의 목을 쳐 날리기도 한다. 풍언이 양반이 그 꼴을 보면 얼른 달려와 껍질을 벗겨 쌈지에 넣었다. 까치독사는 남성 양기 부족에 그만이라는 것이다.

여름이 가까워올수록 소들은 할 일 없이 하루 종일 강변에서 풀

뜯어먹다가 앉아 되새김질을 하다가 일어서서 먼 산 보기를 반복하며 한가롭게 지낸다. 1천여 미터가 넘는 길이에다 넓은 곳은 30여 미터가 넘는 폭의 강변엔 소고삐가 엉키고, 서로 닿지 않도록 매놓은 소들이 벌겋게 놀았다. 거기다 새끼 송아지들까지 섞여 뛰노는 모습은 말 그대로 전원 풍경 그 자체다.

진메는 다른 동네와 달리 이렇게 소를 매놓을 수 있는 강변이 있는데다 풀갓 또한 많으니 자연 소가 많았다. 우리 동네에서 제일 부자였다는 꺽지 낚시의 달인 성만이 어른네 집은 한때 소고삐만 한 짐이 넘었다고 한다. 한 집에서 그렇게 키운 게 아니라 배내기를 놓은 소가 그렇게 많았다는 뜻이고, 진메 사람들은 부자라는 말 대신 꼭 그렇게 "그 집은 말여, 소고삐가 한 짐도 넘는다"라고 말했다.

논 갈고 밭 갈고 하는 농사일이 다 끝난 여름날엔 소들이 모두 강변으로 모여든다. 놀고먹어 힘을 어디다 쓸 데 없는 황소들은 바로 옆의 암소들 때문에 괜히 헛침을 질질 흘리며 안절부절못하며 소고삐를 코에 걸고 빙빙 돌아 강변 풀밭에 커다란 원을 그리곤 한다. 그래도 직성이 풀리지 않으면 앞발 뒷발로 땅을 파서 뒤로 훅훅 흙을 뿌리고 뿔로 땅을 푹푹 파는 뿔짓을 하기도 한다.

어쩌다가 그런 힘센 황소의 고삐가 끊어지기라도 하는 날에는 동네에 난리가 난다. 강변에 있는 아무 소나 그냥 올라타는 것이다. 암내도 내지 않은 소를 올라타고 이리 뛰고 저리 뛰며 난리를 피우니 소들이 가만히 있을 리 없다. 어떨 땐 강변의 소들을 다 건드리고 돌아다니다보니, 소고삐들이 끊기고 뽑혀서 강변이 그야말로 붉은 소들이 훌훌 뛰어다니는 소 난장판이 될 때도 있다. 서로 고삐들이 얽히고설켜 뒤잡이가 나면 그야말로 불꽃 튀는 소들끼리의 싸움판이 벌어지는데 아무도 덤벼들어 싸우는 소들을 말릴 사람이 없었다. 그런데 딱 한 사람 아무리 사나운 소도 그 사람 앞에 서면 꼼짝 못 하고 고개를 숙이고 꼬리 내린 채 얌전한 색시가 되게 만드는 사나이가 있었으니, 바로 아롱이 양반이었다.

훅훅 콧김을 뿜고 모래바람을 일으키며 앞발 뒷발로 흙을 파 던지며 뿔로 생땅을 파헤치고 가만히 있는 강변 바위를 뿔로 받아 들먹거리는 소를 보면 모두 새파랗게 질리게 마련이다. 그런 소가 뛰어 강변을 난장판으로 만들면 사람들은 "아롱이, 아롱이 어디 갔어" 하며 아롱이 양반을 찾았다.

아롱이 양반은 그렇게 무서운 발짓, 뿔짓을 하는 고삐 풀린 소 앞에 서서 처음엔 "워워" 하며 소를 달랜다. 그래도 눈이 붉게 충혈된 소가 힐끔거리며 그 드센 기세를 늦추지 않으면 아롱이 양반은 다시 소 앞에 떡 버티고 서서 "워워, 이놈의 소야, 가만히 있어 가만, 가만" 하며 살살 움직이며 손을 소 가까이 내민다. 어떤 소는 거기서 기세에 거의 눌린다. 아롱이 양반이 워낙 덩치가 크고 험악하게 생겨서일까, 아니면 땅을 굳게 딛고 선 아롱이 양반의 두 다리의 힘

살과 불거진 핏줄에 질려서일까. 아무튼 웬만한 수놈들은 거기서 얌전하게 아롱이 양반의 손에 고삐가 들려진다. 몇 번 등을 어루만지고 탁탁 두드려주면 끝이다.

그런데 그보다 더 센 놈이거나 아니면 성질이 날 대로 난 놈들은 그 정도에서 물러서지 않고 별짓을 다하며 아롱이 양반 주위를 빙글빙글 돈다. 아롱이 양반도 두 손을 내밀고 워워 달래며, 그렇게 달래도 듣지 않으면 서서히 웃옷을 벗어 두 손에 들었다가 뒤로 휙 던진 다음 소를 따라 돌던 몸짓을 딱 멈추고 턱 선다. 우뚝 서서 소를 뚫어지게 쳐다보며 소 가까이 접근을 시도하며 소를 어르고 달랜다. 그리고 서서히 손을 뻗쳐 쇠코뚜레 가까이 내밀며 워워, 이놈의 소, 하며 달래다 갑자기 손을 휙 뻗쳐 쇠코뚜레를 두 손으로 꽉 잡아 소머리를 위로 번뜻 쳐든 다음 느닷없이 한주먹으로 코를 쥐어박아버린다. 그러면 끝이다. 나는 그의 그런 행동 앞에 코피를 흘리며 코를 숙이지 않는 소를 보지 못했다.

강변의 소들은 해가 넘어가기 시작하면 더욱 나댄다. 그리하여 해 지는 강변은 더욱 소란해지게 마련이다. 들에서 돌아오는 사람들, 강변에서 뛰노는 아기들 부르는 소리, 소 울음, 염소 울음, 산골 마을 특유의 해 저물 녘이 찾아온다. 해가 넘어가고 산그늘이 강변을 덮기 시작할 때 소들이 더욱 나대는 이유는 그 무렵 쇠파리라는 커다란 파리가 극성을 떨며 소의 피를 빨아먹으려 들기 때문이다.

이 쇠파리는 상당히 큰 파리인데 해 저물면 사람한테도 덤벼든다. 소꼬리나 머리가 닿지 않는 곳에 새까맣게 달려들어 피를 빨고 날아 갔다가 금세 또 달려들어 피를 빨아먹었다. 그래서 주인이 바빠서 늦도록 소를 데려가지 못하면 소들이 난리를 치게 된다.

그런 어느 날 저녁판이었다. 아버지는 암소보다 수소를 많이 키 우셨는데 그날도 무슨 일로 그만 소 가져오는 것이 늦어졌다. 강 건 너에 있던 우리 황소는 쇠파리에 견디다 못해 훌훌 뛰다 그만 소고 삐가 풀어지고 말았다. 소는 사정없이 이리 뛰고 저리 뛰다가 그때 마침 암내 낸 암소 한 마리가 있었던지 그만 거기서 그들끼리 그 짓 을 하고 말았던 것이다. 짝짓기를 끝낸 우리 집 소는 그때부터 '고삐 풀린' 소가 되어 강변을 훌훌 뛰어다니기 시작했다. 아버지와 나도 소를 따라 고함을 지르며 뛰었지만 소를 잡거나 따를 수 없었다. 소 는 내집평 들 앞 강변을 뛰더니 용소 강변을 지나 물우리까지 장장 3킬로미터도 더 되는 험한 길을 뛰어 달아났다. 그리하여 면 소재지 앞인 물우리 뱃마당에 가서야 숨을 돌리고 서 있었다.

지독히 사나운 소였다. 한 10리쯤은 거뜬히 단숨에 뛰어가버린 것이다. 소가 멈춰 서서 가까이 다가갔더니, 큰일이 나 있었다. 코 뚜레가 떨어져버린 것이다. 굴레 벗은 말 꼴이었다. 우린 지친 숨 을 몰아쉬며 어떻게 해야 할지를 몰라 소 앞에 앉아 있었다. 아버지 는 소보다 더 지치고, 화가 머리끝까지 치솟았는지 얼굴은 하얗게 질려 있고, 땀으로 범벅이었다. 풀물 든 옷이 후줄근하게 젖어 몸에 착 붙어 있었다. 식식거리던 숨이 잦아들자 아버지는 계속 암내 낸 그 암소 임자를 육두문자로 욕을 하셨다.

그때 어머니와 아롱이 양반이 소고삐와 쇠코뚜레를 가지고 달려와 어떻게 쇠코뚜레를 꿰고 고삐를 이어가지고 캄캄한 강길을 걸어 집으로 왔다. 아버지는 암소 주인하고 저녁 내내 싸우셨다. 일부러 암내 낸 소를 우리 수소 옆에 매어두었다는 것이 아버지의 주된 주장이었다. 그러면서 짝짓기 값을 달라는 것이었다. 그때 수소를 가진 집에서는 한 번 짝짓기를 시키고 얼마씩 돈을 받았다. 그때 돈을 받았는지 안 받았는지 모르지만 아무튼 우리 동네 최대의 '소 도망 사건'이었다.

아롱이 양반의 성은 임씨였다. 진메에도 오래전부터 임씨가 두어 집 살고 있었는데 아롱이 양반은 어디서 왔는지 처음엔 동네에서 머슴을 살다가 돈을 조금 모아 독립했다. 힘이 장사였고 오기와 뚝심이 강한 분이었다. 누구에게도 꿀리거나 지지 않으려고 했다. 그만큼 무슨 일이든 잘했던 것이다. 지금도 저 텅 빈 강변을 보면 성난 황소 앞에서 당당하고 억세게 땅을 딛고 서 있는 아롱이 양반의 그 힘줄 불거진 장딴지가 보인다. 그 다리는 그 어떤 힘에도 꿈쩍하지 않고 땅에 굳게 뿌리를 박은 거대한 다리였다. 생전 뽑히지 않을 것 같은. 그러나 그분도 고향을 떠서 떠돌다 일찍 돌아가셨다고 한다.

취꽃이 핀
암재 할머니 댁

    뜨거운 뙤약볕 속에 탈곡기로 보리타작을 하고 있는 곳을 암재댁은 빵 소쿠리를 이고 찾아간다. 막 보리타작을 끝낸 사람들의 모습은 말이 아니다. 온몸에 보리 까시락과 흙먼지를 뒤집어쓰고 눈만 빤하게 번들거린다. 더위와 싸우기도 힘이 부치는데, 거기다가 농사일 중에서 가장 힘든 보리타작을 하니, 땀으로 온몸이 젖어 여기저기 간지럽고 자주 쉬지도 못하고, 땀 닦을 새도 없이 바쁘게 맡은 일을 하다보면 꿉꿉하고 환장할 지경이다. 보리타작은 숨 돌릴 새 없이 바쁜 일이다. 보리를 가져다가 탈곡기 옆에 쌓는 사람, 무섭게 돌아가는 탈곡기에 보릿대를 통째로 집어넣는 두 사람, 탈곡기 옆에 서서 보리를 들어 탈곡하는 사람에게 주는 두 사람, 탈곡기에서 쏟아지는 보리를 긁어가는 사람, 그 보리를 담는 사람, 탈곡기에서 쏟아지는 보릿대를 가져가는 사람, 가져간 보릿대를 쌓는 사람 등 이렇게 보리타작을 하는 동안은 숨도 제대로 쉬지 못하고 부지런히 움직인다. 한 가지 일 중에서 가장 분주하고 바쁘고 일손이 척척 맞아떨어져야 하는 일이다. 한 사람이 잠깐 일을 중단하면 금방 일 전체가 중단되는 심각한 사태에 직면한다.

그렇게 바삐 일사불란하게 작업이 진행되다가 잠깐 쉬는 사이, 가재 구멍같이 빤하게 뚫린 입으로 물을 벌컥벌컥 들이켠 사람들이 먼지를 대충 털고 암재댁 빵 바구니로 모여든다. 빵 바구니가 열리기가 무섭게 다짜고짜 빵을 집어먹기 시작한다. 그들먹한 빵 바구니가 푹 줄어들 때까지 암재댁은 그냥 사람들이 열심히 빵을 주워 먹는 모습만 바라보고 있다. 적당히 배를 불린 사람들이 빵 바구니에서 물러나 앉아 담배를 태워 물며 "나는 세 개 묵었구만" "나는 네 개밖에 안 묵었네" 하며 각자 자기가 먹은 빵의 개수를 말한다. 개수를 말하며 의미심장한 눈짓을 서로 주고받기도 하고 저만큼 가서 오줌을 싸며 먼 산을 보며 웃기도 한다. 그들이 먹은 빵을 다 보태보아도 애초에 암재댁이 가지고 간 빵의 수에는 어림도 없다. 암재댁이 속았다며, 아무리 화를 내고 이마에 줄줄 흐르는 땀을 훔치며 고함을 질러도 남정네들은 그저 자기가 먹었다는 빵의 개수만 되뇌며 넉살을 떠는 것이다. 늘 그렇듯이 또 속았다며 홀홀 뛰어보지만, 그

때는 다시 도는 탈곡기의 발동기 소리에 모든 것이 묻혀버린 후다.

암재댁은 할 수 없이 빵 바구니를 다시 챙겨 다른 곳으로 향한다. 이마에 팥죽 같은 땀을 훔쳐 뿌리며. 이렇게 당한 게 한두 번이 아니다. 매번 남정네들한테 어떤 식으로든 당하고 마는데, 언젠가는 정자나무에서 또 우우 몰려온 사람들에게 당하기도 했다. 그런 식으로 장난을 제일 잘하는 이들이 우리 아버지, 복두네 아버지와 그 또래 분들이었다. 너무너무 넉살이 좋아서 꼭 당해놓고 나서야 알아차리게 되는 것이다.

동네 처녀들은 겨울밤 암재댁네 집으로 과자와 사탕을 사러 갔다. 요순이 누님, 수남이 누님, 삼순이 누님, 순이 누님, 순자 누님들이 조그만 산비탈 윤환이네 사랑채 바로 아래에 있는 방 한 칸 부엌 한 칸 그야말로 초막인 암재댁네 집으로 사탕을 사먹으러 간다. 큰애기들은 암재댁네 문을 열고 들어가 사탕 보자기를 내놓으란다. 색색이 예쁜 아마사탕을 실경에서 내려 퍼놓으면 누님들은 우선 한 개씩 입에다 집어넣고는 오물오물 다디단 사탕을 먹다가 "어마 목이 마르다이. 암재 할매 우리 물 좀 떠다주지" 하면 이 암재 할매는 뭣도 모르고 더듬더듬 부엌으로 들어가 물을 떠온다. 그사이 누님들은 한두 개씩 얼른얼른 과자를 감춘다.

누님들은 쌀을 주고, 때론 집에서 몰래 퍼가지고 온 콩이나 보리나 밀을 주고 사탕을 샀다. 현찰을 주고 무엇을 사는 사람은 극히 드물었다. 어머니가 현찰을 주고 그릇이나 양푼이나 수저 같은 살림살이를 사오는 것을 나는 보지 못했다. 모두 집안 남정네들 모르게 곡식들을 퍼내 살림살이들을 장만했고 누님들도 그렇게 곡식들을 퍼내 구루무도 사고 사탕도 사먹었다. 아무튼 암재댁은 큰애기들이 가고 난 후 사탕 주머니를 보며 손해를 본 것 같은 기분을 떨칠 수가 없는 것이다. 킥킥거리며 길을 내려가던 그 웃음소리가 더욱 꺼림칙해지곤 하는 것이다.

암재 할머니를 동네에서는 누구도 암재 할머니라 부르지 않았다. 아이들이나 어른들이나 남자나 여자 모두 암재댁이라 했다. 암재댁은 진메 마을 뒷산 너머 암재에서 왔다. 처음에는 한보라는 아기를 데리고 와서 살았는데 이 아이가 조금 크자 부산에 산다는 딸네 집에 줘버리고 혼자 살았다. 암재 할머니는 생계수단이 없었다. 그렇다고 품을 팔지도 못하는 모양이었다. 암재 할머니는 그래서 호구지책으로 집에서 빵을 만들어 팔거나 사탕을 팔거나 과일들을 사서 팔아 그 이윤으로 근근이 살았다. 그렇다고 남에게 아쉬운 소린 절대 하지 않았다. 이따금 바쁠 땐 남의 모내기나 벼 베기 등을 해서 밥을 때우고 돈도 벌었다. 도대체 근심 걱정 없이 벌어먹고 사셨다. 상점이 없는 우리 진메 마을에서 유일하게 장사를 하는 집이었던 것이다. 말하자면 우리 동네에서 유일하게 상업을 하는 분이었다. 이른 봄엔 고사리 같은 산나물들을 해다가 팔기도 했다. 지금도 여름이 다 되도록 칙칙한 산을 헤매며 산나물들을 뜯어 말려 파신다.

암재 할머니도 이제 많이 늙으셨다. 머리가 허옇고 허리도 많이 굽었다. 지금은 할머니가 처음 이사 오셔서 살던 그 꼬막 같은 초가집은 온데간데없고, 그 아래 아랫집 철환이 어른네가 팔고 간 집에서 산다. 할머니 혼자 살기에는 너무 큰 집이다. 우리 동네에서 유일한 북향집이다. 어느 해던가 나는 심심해서 이 집 저 집을 기웃기웃 구경을 하고 다니다 마침내 암재 할머니 댁에 이르렀다. 동네에서 제일 끝집이었다. 마당에 들어섰다가 나는 깜짝 놀랐다. 거기 취꽃이 마당 가득 하얗게 피어 있었던 것이다. 산에서 취나물을 뜯다가 산이 점점 사람들이 발을 들여놓을 수 없게 우거지자 할머니는 아예 취나물을 캐다가 마당에 심어 취를 뜯어 팔았던 것이다. 취꽃으로 북향집 안이 환했다. 암재 할머니는 안 계시고 정갈하게 쓸어놓은 뜰방 앞 깨끗한 돌멩이 위에 흰 고무신이 반듯하게 놓여 있었다. 나는 마루에 가만히 앉아 있다가 나왔다. 할머니는 산에서 아직 돌아오지 않았던 것이다.

할머니는 이따금 동네에 이상한 소문을 퍼뜨리기도 했다. 풍언이 아재가 노린다는 둥, 빠꾸 하나씨가 어찌했다는 둥. 그러나 할머니의 그 오두막집엔 이따금 상투를 튼 문처중 할아버지의 하얀 머리가 보이곤 했다. 가끔 지나가다 보면 그 할아버지의 것인 듯한 신발이 놓여 있곤 했다. 다 늙은 분들이었지만 정분이 났는지도 모르는 일이었다. 할머니, 외로운 할머니에겐 아마 잘된 일이었을 것이다. 그 세 분 남정네들은 다 고인이 되었고, 암재 할머니만 때때로 내 옛 기억을 되살리듯 푸른 산길에 그 희끗희끗한 모습이 보인다.

할머니, 할머니,
우리 할머니

내가 막 태어났을 때 그리고 며칠이 지났을 때도 나는 울 줄을 몰랐다고 한다. 어머니와 아버지가 걱정을 하자 할머니는 우리 집에 와서 두 손을 모아 빌었단다. 울음통이 툭 터지게 해달라고, 노래도 잘 부르고 목소리도 크게 해달라고. 할머니가 빌어서인지 그때부터 내가 울기 시작하는데 어찌나 많이 울던지, 할머니는 이제는 제발 울지 않게 해달라고 또 빌었단다. 어머니는 그땐 젖이 나오질 않아 그렇게 울었다고, 내가 젖을 한번 물면 놓지 않았단다.

할머니의 그 지극한 비법 때문이었는지 어떤지 몰라도 나는 목소리는 큰 편이지만 노래는 잘 부르지 못한다. 노래 가사를 끝까지 외운 것이 없다. 그때 너무 울어서였는지 아니면 할머니가 딴생각을 하시며 빌어서였는지 모르겠지만.

넓고 넓은 하늘에 하늘님네
깊은 바다 용왕님네
길에 길대장님
산에 산신령님
우리 집안 조상님네
집안에 성주님네
어진 삼시랑님네
김씨 대주 자손
셋째아들
명도 많이 타고
복도 많이 타고
젖은 먹고 남고
쓰고 남고
대롱에 물 쏟듯 하고
장마에 물외 크듯 하고 무럭무럭 키워줍소서
명은 동방삭이 명으로
길어주시기를 비나이다.
그저 이렇게 두 손

싹싹 비나이다.

할머니는 늘 이렇게 작은집, 큰집을 다니며 두 손으로 싹싹 비셨다. 하늘님과 용왕님과 길대장님네 들에게 무슨 일이든지 다 비셨다.

진메 마을 김씨들은 자자손손 손이 귀했다. 아들딸이 늘 하나 아니면 둘뿐이었다. 그렇게 자손이 귀한 김씨들이 동네 뒷산에 있는 벌통바위 위에 산소 자리를 잡았다. 벌통바위라는 이름이 붙게 된 것은 동네에서 키운 벌들이 분봉을 하면 뒷산으로 달아나 거기 큰 바위 밑에 놓아둔 빈 벌통으로 찾아들곤 해서 생긴 이름이기도 하고, 그 커다란 벌통바위 밑으로 너덜겅 돌밭이 있는데 그 형상이 꼭 벌통을 향해 날아가는 벌떼 같아서 그런 이름이 붙었다고 한다. 아무튼 그 벌통바위 위에다가 김씨들의 산소를 정한 후부터, 그러니까 우리 할아버지 대에서부터 자손이 '벌떼'처럼 퍼지기 시작했다. 할머니는 아들 다섯, 딸 셋, 모두 8남매를 두었다. 이 8남매에게서 본 손주들은 많기도 하다. 나도 그중 하나다. 배다른 큰아버지까지 아버지 위로 큰아버지가 세 분인데, 제일 위 큰아버지는 아들 둘에 딸 하나, 그다음 큰아버지는 아들 일곱에 딸이 하나, 아버지 바로 위 큰아버지 그러니까 투망 잘 던지는 큰아버지는 아들 다섯에 딸 둘, 우리 집은 아들 넷에 딸 둘, 막둥이 작은아버지는 아들 셋, 딸 일곱, 합이 열, 이렇게 자손이 벌떼처럼 불어났던 것이다. 우리 집 옆집이 큰집이고, 뒷집이 작은집, 그리고 또 그 옆이 당숙네 집, 또…… 이런 식으로 우리 집안은 큰집, 작은집이 처마를 맞대고 살았다.

이렇게 자손이 많으니 집안에 바람 잘 날이 없었다. 바람 잘 날이 없으니 할머니는 바람을 잡을 수 없어서 늘 나뭇가지를 잡으러 다니셨다. 누구 집 아이 생일은 물론이요, 뉘 집 아이가 배만 아파도 할머니는 머리를 곱게 빗고 그 집엘 가셨다. 그리고 윗목에 차려진 간단한 제상 앞에서, 때로 말짱한 미역국을 바라보며 빌었다. 산신령, 하늘님, 길대장님, 성주님께 빌었다. 그리고 아픈 아이에게는 잔밥을 먹였다. 쌀을 한 되쯤 떠서 깨끗한 보자기에 싸서는 그 쌀을 들고 아픈 내 머리 위에 살짝살짝 대면서 빌었다. 삼시랑님네와 성주님을 불러 잡귀잡신을 몰아냈다. 그리고 얼른 그 잔밥 보자기를 풀어보고 쌀이 움푹 들어갔으면, "봐라 잔밥을 묵었구나, 괜찮겠다" 하셨고, 그러면 온갖 병이, 배 아픈 병, 머리 아픈 병이 거뜬히 나았다.

어느 해였는지 잘 모르겠다. 해 질 무렵에 갑자기 내 머리가 쪼개지게 아팠는데, 그때 마침 할머니가 집에 안 계셔서 이웃 마을 점치는 할머니가 우리 집으로 치료를 하러 오셨다. 어찌나 머리가 불덩이 같고 골이 패던지 견딜 수가 없었다. 그 할머니는 머리가 허옇고, 얼굴이 일하는 할머니들처럼 검지 않고 횐했다. 얼굴이 통통하고 너무 희연해서 좀 싫은 모습이었다. 그 할머니는 우리 집에 오더니 내 머리 위에 큰 바가지를 씌우고는 작은 막대기로 그 바가지를 탕탕탕 두드리며 잡귀잡신을 몰아냈다. 그러고는 부엌칼을 가져와 칼자루로 또 그렇게 내 머리 위의 바가지를 탁탁 때리더니 "헛쉐! 헛쉐!" 귀신을 쫓고는 칼을 마당에 휙 던졌다. 그러다가 또 내 머리 위에 씌운 바가지를 탁탁탁 때리기 시작했다. 미치고 폴짝 뛰게 머리가 아팠다. 그렇지 않아도 입술이 바싹바싹 타고 헛것이, 집채만 한 헛것들이 여기저기서 나타나 나를 짓눌러 내가 콩알만하게 작아져서 몸이 불덩이처럼 뜨거워지는데, 얼굴을 다 덮는 바가지를 씌워놓고 때리니 얼마나 더 머리가 빠개지게 아팠겠는가. 나는 참다 참다 참지 못하고 벌떡 일어서서 바가지를 벗어던지고 그냥 방으로 들어가 벌렁 누워버렸다. 그렇게 해도 열이 내리지 않자 어른들은 나를 마당 덕석 위에 뉘여놓고 가마니때기로 나를 덮은 다음 절구질하는 도굿대를 들고 내 주위를 빙빙 돌며 땅을 쿵쿵 울렸다. 주장맥이라는 굿이었다. 내가 너무 아파서 그땐 모두 당황했지만, 지금 그 이야기만 나오면 나와 어머니는 웃음을 참지 못한다. 그때의 내 모습이, 내가 했던 행동이 그렇게 우스울 수가 없는 것이다. 그땐 겁도 났다고 하신다. 하지만 생각해보라. 아무리 잡귀잡신을 몰아내야 한다지만 바가지를 씌워놓고 그 위를 때리니 아픈 머리가 얼마나 더 아팠겠는가.

우리 할머니는 점을 치셨다고 한다. 그렇지만 우리 동네에서 할머니가 점치는 걸 나는 한 번도 본 적이 없다. 옛날에 할머니는 마을 강 건너 절골이라는 곳에 신당을 지어놓고 거기서 기거하시기도 했다는데, 그걸 크게 내세우진 않으셨다. 점쟁이라는 게 예나 지금이나 떳떳하게 내놓고 자랑할 만한 게 아니었으니 당연하다. 그러나 나는 할머니가 점쟁이였다는 것에 대해 추호도 부끄럽지 않다. 이따금 할머니 주머니에서 반짝이는 금색 엽전을 보기도 했다.

나는 꼭 한 번 할머니가 집에서 점을 치시는 걸 보았다. 어느 날이었다. 학교에서 집으로 돌아온 나는 책보를 마루에 던져놓고 어머니를 찾았다. 집 안은 조용했다. 그런데 어디선가 이상하게 중얼거리는 소리가 들렸다. 굳게 닫힌 큰방에서 중얼거리는 소리가 들렸다. 소리가 너무 작아서 어디서 들리는지 쉽게 찾지 못하다가 가만히 귀를 기울였더니, 그 소리의 진원지가 큰방이었던 것이다. 나는 가만가만 걸어 마루를 지나 큰방 문을 가만히 열었다. 아! 거기 할머니와 어머니가 조용히 앉아 있는 까만 모습이 내 눈에 들어왔다. 방은 캄캄했다. 밝은 곳에 있다가 방문을 열어서 방이 그렇게 캄캄해 보였을 것이다. 내가 가만히 문을 열고 들어갔더니, 어머니가 손가락으로 입술을 가리며 '쉿! 조용히 해' 하는 눈짓을 보내셨다. 나는 나도 몰래 어머니처럼 입술에 손가락을 대고 어머니와 할머니 뒤에 조용히 앉았다. 작은 상 위에는 하얀 쌀이 흩어져 있었다. 할머니는 그 쌀들을 이리저리 가르고 모으면서 뭐라고 중얼거리셨다. 아버지에 대해 말하는 것 같았다. 한참을 그렇게 조용하게 앉아 있 자니, 방이 환해졌다. 혼자 아버지에 대한 이런저런 말을 하던 할머 니가 돌아앉으며 "조금만 참아라, 그러면 그놈 바람이 잘 것이다" 하셨다. 할머니의 쌀점이었다.

할머니는 동학혁명이 일어나던 해에 태어나셨다. 그리고 아흔네 해 동안을 사셨다. 순창에서 시집오셨는데 동네 사람들은 할머니더 러 '수리제떡'이라고들 했다. 할머니 성함은 최순이다. 내 안사람이 우리 집에 찾아오기 시작할 무렵, 보리들이 새파랗게 색깔이 진해 지고 진달래가 피던 어느 해 봄에 돌아가셨다.

나는 할머니께 헌시 한 편을 바쳤는데 내 두번째 시집의 제목이 된 섬진강 연작시 중 '맑은 날'이라는 부제가 붙은 시다. 그리고 「밥 값」이라는 시는 할머니의 이야기를 쓴 것이다. 할머니는 이 땅에 태 어나 손을 잘 비볐는지 어쨌는지 나 같은 얼치기 시인을 하나 정성 껏 빌어 만드셨다. 한글도 모르고 글자라고는 낫 놓고 기역 자도 모 르셨지만, 늘 큰집에 앉아 화롯가로 우리를 불러모으셨던 할머니. 그분은 지금 벌통바위 위 양지바른 곳에 노란 잔디를 가슴에 안고 누워 계신다.

할머니, 할머니, 우리 할머니. 무슨 일이 있을 때마다 머리에 물 이라도 묻혀 깨끗하게 빗고 굽은 허리로 우리 집을 들어서며 "애야,

나 왔다. 다 준비되았냐?" 하시곤, 윗목 상을 향해 단정하게 빈틈없
이 앉아 손주들을 위해 두 손을 싹싹 잘도 비비셨던 할머니, 우리 할
머니.

한량 문계랑씨의 피리 소리

문계랑씨는 태환이 형님의 아버지이자 나의 고모부다. 그분이 살아생전 마루에 앉아 피리를 멋들어지게 불던 집은 지금 뜯겨 사라지고 집터만 황량하게 남아 있다. 쇠철망 개집이 있던 그 집터다.

내가 알기로는 그분이야말로 우리 마을의 예인藝人이었다. 지금 생각해보면 이 어른은 옛 그림에 나오는 배잠방이 입고 가슴 풀어헤친 그림 속의 사람과 닮았다. 그분은 일을 많이 하지 않았다. 얼굴이 늘 붉게 상기되어 있고 수염도 많지 않았으며 웃는 눈의 평화로운 얼굴이었다. 뒷짐 지고 가슴을 풀어헤치고 곰방대를 허리춤에 찌른 모습이 지금도 눈에 선하다. 가장 외롭고 쓸쓸한 어른의 모습으로 내 뇌리에 남아 있다.

농사꾼들은 외로움과 쓸쓸함을 겉으로 드러내지 않는다. 농사꾼들은 걱정이 많을수록 일을 쉼 없이 격정적으로 한다. 고통과 아픔을 잊기 위해서 죽어라 일을 하며 괴로움을 푼다. 나는 그 어른이 개구리 우는 저녁 텃논가에 오래오래 앉아 계시는 것을 보았다. 그분의 등은 늘 외로워 보였다. 그러나 돌아서면 늘 평화로운 얼굴이었다.

한여름에도 그분은 느티나무 그늘 아래로 나오지 않고 집에 계셨다. 집에서 노는 게 아니라 늘 마루 한가운데에 책상다리를 하고 앉아 피리를 불었다. 그 집 뒤란의 대나무밭에서 고른 대나무로 그가 손수 만든 손가락만한 굵기와 한 뼘 길이쯤 되는 피리를 늘 꼴마리에 곰방대와 함께 꽂고 다녔다.

그분은 가난했다. 일에 대한 욕심이 없었고 살림살이를 포기한 것 같았다. 아니 아예 그런 것들에는 초연한 듯했다. 그분은 소도 키우지 않았고 돼지도 기르지 않았다. 아들딸들이 여럿이었지만 누구 하나 제대로 가르칠 생각이 없어 보였다. 동네 사람들과는 항상 저만큼 떨어져 피리 부는 것을 낙으로 삼는 듯했다. 그렇다고 늘 피리를 부는 것은 아니었다. 잊어버리고 지낼 만하면 어디선가 바람결을 타고 처량한 피리 소리가 들려왔다. 달이 높이 뜬 여름밤이나 비가 내려 사람들이 밖에 나가지 않는 날에도 그는 마루에 정좌하고 피리를 불었다. 누구 하나 그의 피리 소리를 탓하거나 좋아하는 내색을 하지 않았다.

나는 그분을 보면서 어렴풋이 예술가는 누구에 의해 길러질 수도 있겠지만 스스로 타고난 소양에 의해 예인이 되는구나 하는 막연한 생각을 하게 되었다. 그분은 피리 부는 솜씨를 타고났을 것이다. 누가 그에게 피리를 가르쳐주었겠는가. 그분은 태어나 이 마을에서 자연으로부터 피리 솜씨를 터득했으리라. 그가 부른 곡들도 자연에서 자연스럽게 얻어낸 곡이었으리라.

나이가 들면서 그분의 살림살이는 더욱 곤궁해졌다. 나중에는 피리 부는 일도 잊어버린 듯 먹을 것을 찾아다녔다. 냇가에서 돌을 떠들어 고기를 몇 마리 잡아 꿰미에 꿰어 달래달래 들고 가서는 작은 냄비에 자글자글 지져 소주 한잔씩 하는 게 낙이었다. 여름철이나 가을철엔 밭머리에 있는 옥수수를 따다가 혼자 삶아 잡수시고, 고추를 따다 된장에 찍어 소주를 드셨다. 궁핍한 생활의 연속이었다.

나는 그분이 돌아가셨을 때 동무들이 상여에 떠메고 가서 붉은 흙으로 그분을 다독다독 묻어주는 데 참석했다. 그분의 유일한 유물인 피리를 찾아 함께 묻어주었다. 산이 짙푸르게 우거지고 밤꽃이 박속처럼 하얗게 피어 어지러울 정도로 향기 짙던 어느 해 유월이었다.

그분은 우리 동네의 예인이었다. 사람들은 아마 그분의 피리 소리를 들으며 삶의 괴로움과 슬픔과 서러움을 달랬으리라. 고독과 외로움과 쓸쓸함을 스스로 짊어지고 살던 그분의 집터를 지나며 이제는 없어진 그 대나무밭을 생각하면서 나는 때로 어느 산에서 울리는 듯한 피리 소리에 문득 가던 걸음을 멈춘다. 정좌한 채 가슴을 풀어헤친 그 모습과 함께 피리 소리가 겹쳐지는 것이다. 작은 물고기 몇 마리를 꿰미에 꿰어 뒷짐 지고 달래달래 걸어가는 그 모습이랑 함께 말이다. 그분의 호가 일천一天이었는지 동네 사람들은 그분을 '일천 양반'이라 불렀다.

소고춤 추는
문수씨

진메 마을에는 이름 끝자가 '수' 자로 끝나는 사람이 여럿 있다. 문환수, 박한수, 김봉수, 김문수, 김희수, 그냥 문수. 문환수씨는 이장이 부를 때나 잡부금을 걷을 때만 정식 호적 이름인 문환수를 썼고, 그 외엔 모두 '얌쇠 양반'이라고 부른다. 우리 아버지와 같이 일제강점기 때 북해도로 징용을 갔다 오셨다. 침을 '큭ー' 들이마셨다가 아무 데나 '텍ー' 뱉는 이상한 버릇이 있다. 나무를 제일 거칠게 하는 분이다. 머리를 늘 스님처럼 밀고 다니신다. 박한수씨는, 박한수로 부른다. 자기 자신마저 스스로를 강조할 때 '이 인간 박한수' 운운한다. 김봉수는 큰집 사촌동생인데 봉수라는 이름을 부르지 않고 '오채'라고 부르고, 김문수는 봉수 동생인데 누구나 다 '육

채'라고 부르고, 희수는 김문수 동생인데 모든 진메 사람들이 '칠채' 또는 '막둥이'라고 부른다. 동네 막둥이다. 여기서 이야기하려는 문수씨는 또 '봉악이'라고 부른다. 원래 '봉학이'라는 또다른 이름이 아닌지 모르겠다.

문수씨 댁은 동네 한복판에 있다. 지금은 텅 빈 채 잡초만 무성하게 우거져 있다. 마을회관 뒷집인데 우리 동네에서 제일 번듯한 집터다. 헛샘이라는 마을 공동샘이 바로 그 집 대문간에 있었다. 대문간 이야기가 나왔으니 그 집 대문간 이야기를 한번 하고 넘어가는 것이 어떻겠는가? 좋다고? 그러면 그러기로 하자.

대문간이라고 해야 할지 말아야 할지 모르겠다. 왜냐하면 진메 마을에 대문간이 있는 집은 철환이 양반네 집, 김명렬씨 댁, 문계선씨 댁, 문이환씨 댁, 복두네 집, 그리고 지금은 빈 집터인 우리 작은집, 성만이 양반네 집, 종길이 아재네 집, 삼쇠 어르신네 집, 마지막으로 현호네 집뿐이다. 대문간이 있다고 해서 대문을 닫아두는 집을 나는 여태 보지 못했다. 그저 시늉에 불과했다. 그 외의 집은 대문간이 없고 그냥 문도 없다. 사람과 집짐승이 드나드는 곳을 정해놓은 입구에 불과한 '문 없는 문'이다. 사람들은 그 문 없는 문간을 대문간이라고 부르지 않고 '무낙'이라고 불렀다.

아무튼 그 문수씨네 무낙엔 늘 검정개 한 마리가 지키고 있었다. 문수씨네 집 마당은 참 여유 있게 생겼다. 아랫마당이 있고 윗마당이 있었는데 내게는 부러운 마당이었다. 윗마당에는 몸채가 있고, 아랫마당에는 행랑채가 있다. 이야기가 또 어면 데로 가나? 다시 개 이야기로 돌아가자. 그 집에 있는 그놈의 개는 무지무지 사나울 뿐만 아니라 생김새도 기분 나빴다. 검은 개여서 사람들은 그 개를 검둥개라고 불렀다. 검은 얼굴에 눈의 형상이 잘 안 보이고 까만 점 같은 것이 번들거렸는데 그게 눈이었다. 그 집 앞을, 아니 정확하게 말하면 그 개 앞을 지나서 나는 늘 아랫집 큰집, 그러니까 투망을 잘 던지는 큰아버지 댁에 심부름을 갔는데, 그때마다 그 개에게 들키지 않으려고 몸을 낮추고 한껏 발소리를 죽이고 숨도 쉬지 않은 채 살금살금 바람처럼 그림자처럼 지나가려 했지만 들키지 않고 지나간 적이 한 번도 없었다. 아무튼 살금살금 가다가 그 개가 으르렁거리며 달려오면 머리끝이 하늘을 찌르고 나는 그만 숨이 목에 턱 차올라 꼴까닥 넘어갈 정도였다. 아, 그때 그 검은 개새끼, 양쪽 눈에 희미한 누런 반점이 있어서 더 무섭게 생긴 그놈의 개, 동네 아이들 중 누구 하나 그 개에게 당하지 않은 아이들이 없었다.

우리는 그 '개새끼'를 어떻게 할까 늘 염두에 두었지만 뾰족한 수가 없었다. 그런데 어느 날 느티나무 아래에서 개 이야기가 나왔는데, 문수 양반이 개를 혼내주는 이야길 했다. 고구마를 삶아 뜨겁게 해가지고 개에게 휙 던지면 개가 옳다구나 하고 덜컥 문단다. 그러면 그 뜨거운 고구마 속에 개 이빨이 박혀 이가 우수수 빠진다는 것이다. 옳다구나, 우리는 무릎을 쳤다. 우리도 문수씨 이야기대로 문수씨의 그 개 이빨을 우수수 솎아버리기로 했다.

　누가 그 일을 실천했는지는 모르겠다. 그 일을 누가 감행했는지는 그리 중요하지 않다. 용조 형인가 윤환인가 아니면 현철인가. 아무튼 누구인지는 기억이 나지 않는다. 문수 양반이 이야기한 대로 우리는 쇠죽솥 잉걸불에 구운 고구마를 가지고 문수씨네 개 이빨을 우수수 빼버렸던 것이다. 어느 날 우리는 푹 익어 손에 들기도 뜨거운 고구마를 들고 적을 향해 다가갔다. 적을 지척에 둔 군인의 동작으로 가만가만 살살 다가간 우리 중 하나가 개를 향해, 수류탄을 던지는 군인의 자세로 고구마를 투척했다. 아니나 다를까 그 적군이, 아니 그 개가 자기 앞에 떨어진 고구마를 냄새도 안 맡아보고 덜컥 한입에 무는 것이 아닌가.

　그 순간 캐갱 소리가 나며 개가 앞발로 자기 입을 감싸쥐며 어쩔 줄을 몰라했다. 캐갱, 캐갱 뒹굴다가, 앞발로 입을 감싸쥐고 이리 비척 저리 비척거리다가, 쥐약 먹은 개처럼 냅다 뛰어다니기 시작했다. 겁도 나고 무섭기도 했다. 말할 것도 없이 그 개는 이빨이 하나도 없는 개가 되고 말았다. 그 뒤로 우리가 지나가면 꼬리를 내리고 먼 산을 보며 컹컹 짖어대던 그 개의 공허하고 허전한 울음소리를 우리는 그리 오래 듣지 못했다. 그 일이 있고 몇 달 뒤 그 개는 동네에서 사라지고 말았다.

문수씨 아버지는 한동안 동네 아이들을 모아놓고 한문을 가르치는 서당 훈장 노릇을 하셨다. 동네에서 가장 유식한 분이었다. 하얀 머리에 상투를 틀고 늘 정자나무 상석에 앉아 '야소교' '천주학당' '동학' 등을 이야기하시던 기억이 난다. 이 어르신의 아드님이 문수씨다. 문수씨는 올해 환갑인데, 돌아가셨다. 늦게 서울로 이사를 간 후 서울에서 세상을 떠나 진메 마을에 묻혔다.

문수씨는 키가 훤칠하고 잘생긴 분이었다. 붉은 얼굴에 기운도 세고 고함 소리도 컸다. 우리 아버지와 통발 놓는 자리 때문에 크게 싸운 적도 있는데, 그 기운과 고함 소리가 산을 울렸다. 아버지와 막상막하였다. 조금도 물러섬이 없었다. 고된 일도 하지 않았다. 대대로 한봉을 많이 키웠는데, 우리 동네를 뜨기 전까지 한봉을 100통도 넘게 키웠으며 큰골 아래 강변을 이용해 염소도 많이 키웠다. 100마리도 더 넘는 검은 염소떼가 강변과 산을 돌아다니다가 집으로 올 때는 강길에 먼지가 뽀얗게 일었다. 염소 값도 비싸서 동네에서는 제일 부자라고 했다. 큰소리 꽝꽝 치며 살았다.

나는 꽃가마 타고 시집오는 새각시 모습을 두 번 보았다. 그렇게 예쁘게 몸단장한 새각시를 그때 이후에는 보지 못했다. 아니 참, 아내와 내가 전북대학교 앞에 있는 여성회관에서 결혼식을 할 때 우리 각시 모습도 참 예뻤다. 내가 마지막으로 본 가마 탄 새각시는 문수씨 부인이었다. 그때가 아마 겨울이었을 것이다. 동네 총각이 장가를 가면 그날은 온 동네가 모든 일손을 멈추고 장가가는 집으로 모여들었다. 동네는 그야말로 잔치 분위기로 붕붕 들떴다. 그때만 해도 '구식' 결혼식이었다. 이 구식이라는 말을 우리는 아무 데서나 신식의 반대말로 써댄다. 구식은 우리 식이고 신식은 서양식이다. 그런데 구식이라는 말을 우린 낡았다는 개념으로 사용하고 알아듣는다. 자기 비하다.

아무튼 옛날에 전통 결혼식을 할 때면 동네가 며칠 전부터 너도 나도 모두 바빴다. (대단히 죄송하지만 지금 나는 문수씨 이야길 하고 있는 중인데 이야기가 자꾸 옆으로 샌다. 하지만 그래도 여기서 옛날 진메 마을 결혼식 이야기를 하고 넘어가지 않을 수 없다.)

우선 내 집 네 집 없이 모두 콩나물을 혼인식날에 먹기 좋게 맞춰 놓는다. 요즘도 장가가고 시집가라는 말보다 "야, 너 은제 콩나물 먹냐?" 하는 말로 결혼을 독촉하고 묻곤 하는 연유가 바로 장가가는 날 먹는 콩나물에서 나왔다. 옛날 농촌에서 현금을 만지기란 여간 부자가 아니고는 힘이 들던 때여서 사람들은 축의금 대신 콩나물을 길러 혼인집에 들여놨다. 모든 집이 다 콩나물만 들여놓은 건 아니었다. 묵을 만들어주는 집도 있었다. 아무것도 줄 것이 없는 집은 그냥 그날 잔칫집에 가서 열심히 일해주는 것이 축의금이었다. 아무도 그런저런 일을 따져보는 집은 없었다. 오늘날처럼 돈봉투가 오고 가는 것을 나는 보지 못했다. 다만 어떤 식으로든 모두 혼인집에 일조를 했다.

혼인식날이 가까워지면 우선 예비신랑과 하룻밤씩 놀아주었는데, 이게 댕기풀이였다. 옛날 시골에서는 공식적으로 놀아주는 행사가 둘 있는데(명절날은 제외), 그중 하나가 이 댕기풀이고 또하나는 군대에 입대할 때 동네 사람들이 모두 추렴을 해서 놀아주었다. 댕기풀이는 시집가는 처녀에게도 해주었다. 군대 갈 때는 온 동네 사람들이 십시일반 쌀이나 다른 곡식이나 현금을 걷어 하룻밤 놀아주었다.

내가 제일 처음 본 군대 '이별식'은 양판석씨였는데, 그때 그분이 머리를 스님처럼 깎고 동구에서 태극기를 들고 동네 사람들에게 둘러싸여 있던 모습이 지금도 눈에 선하다. 우리 동네에는 군대 때문에 유명해진 말이 있는데 '호랭이 개 끌어가는 소리'라는 말이다. 지금도 진메 마을 사람들에게 회자된다. 그 말의 시작은 이러하다.

지금은 돌아가셨지만 문백석이라는 분이 계셨다. 살아 있으면 내일모레가 환갑인데, 일찍 돌아가셨다. 그분이 군대를 가게 되어 동네 총각(그이 또래)들이 모여서 송별연을 벌이며 술도 마시고 노래도 돌아가며 부르게 되었다. 주인 없는 공사가 없다고, 공사를 벌였으니 주인이 먼저 노래를 해야 한다커니 나는 노래를 못 한다커니 밀고 당기고 웃고 떠들다가 아무리 주인 보고 노래를 하라고 해도 이 주인, 유행가나 민요 끄트머리 후렴 한 자락 알 턱이 없는지라

사양에 사양을 거듭하다가 권고에 권고를 거듭하고 온 동네 사람이 다 권하니 어색한 웃음과 낯과 몸짓으로 뿌시시 일어서며 한다는 소리가 왈 "그래, 글면 호랭이 개 끄서가는 소리라도 해야겄그만" 하고 바지를 추키며 일어섰겄다. 그러나 무슨 노래를 할 것인가. 무슨 노래를 한다는 말인가. 일어나서 우물쭈물 손과 얼굴과 눈빛을 어디다 둘 데 없어하더니 "으으, 아아" 하고 천장을 보며 소리를 지르더니 털썩 주저앉아버리는 것이었다. 호랑이 운운하는 말이 그래서 생겨났던 것이다.

그때만 해도 진메 마을 결혼식날 신랑의 몸차림은 흰 두루마기였다. 이발소 가서 때 빼고 광내고(때 빼고 광낸다는 게 결혼식 안날 집에서 때 벗기고 이발소에서 고데하고 기름 바르는 게 고작이었다), 흰 고무신을 신은 신랑이 신랑 집에서 천막 치고 음식 장만하고 기다리고 있으면, 신부가 꽃가마를 타고 동구길을 휘돌아오는 것이었다. 그렇게 꽃가마가 보이기 시작하면 일하던 동네 사람들이 모두 일손을 놓고 동네 앞 정자나무 밑으로 하얗게 모여들었다.

커다란 정자나무 아래에 오면 가마는 가만히 쉬었다. 사람들이 모여들어 가마를 빙 둘러싸고 누군가가 가마 옆에 나 있는 작은 문을 살짝 열어젖히면, 아 거기 연지 찍고 곤지 찍고 족두리 쓰고 원삼 자락에 곱게 싸인 신부가 작은 가마 속에 눈을 아래로 지그시 감고 다소곳하게 앉아 있었다. 미동도 하지 않은 채 말이다. 나는 그렇게 예쁜 여자는 그때 처음 보았다. 문수씨 부인은 가마 속에서 그렇게 예뻤다.

신부는 가마에서 내려 신랑 집 마당으로 걸어가 차일과 병풍이 쳐진 결혼식장에서 식을 올렸다. 청실홍실을 혼례상 대나무 가지에 걸치고 장닭은 죽지가 묶인 채 눈을 동그랗게 뜨고 있었다. 신랑 쪽 상엔 돼지 간 한 접시와 무로 깎은 기러기 한 쌍이 놓여 있었다. 팔뚝만한 나무토막으로 만든 젓가락도 함께 있는데, 신랑이 그 큰 젓가락으로 안주를 드는 모습은 참 웃기는 일 중 하나였다. 마당엔 짚이 깔려 있고 젊은 아낙네들은 오랜만에 분 바르고 옥양목이나 간단한 수가 놓인 하얀 무명베 앞치마를 입고 분주히 오갔다. 아이들은 거침없이 뛰어다니며 지천을 듣고, 자기 어머니 치마꼬리를 잡고 따라다니면 어머니들은 가반(음식을 상에 차리는 곳)에 가서 부침개나 국수 한 그릇씩을 얼른얼른 얻어 한쪽에다 가져다주었다.

아! 기념사진, 당신들도 당신들의 큰형님이나 아버지의 시골 결혼식 사진을 다 보았으리라. 보고 있으면 코끝이 찡해오는 그 결혼식 사진을. 문수씨도 그렇게 사진을 찍었다. 이제는 누렇게 바랬을 그 사진을.

친척들이 다 모여 사진을 찍고, 친구들 사진을 찍을 때면(친구들 사진보다 친척들 사진이 더 많이 남아 있다), 모든 사람들이 하던 짓이나 일손을 멈추고 커다란 검정 보자기를 씌운 사진기 앞에 섰다. 신랑신부를 중심으로 양쪽으로 사람들이 모이면 병풍으로 뒤의 심란한 집 지붕이나 처마를 가렸다. 양쪽 끝에서 병풍을 든 사람들이 병풍 뒤로 숨어도 어쩔 수 없이 발도 나오고 손도 나오고 한쪽 어깨도 나온 사진을 당신들은 보았을 것이다. 병풍이 아무리 높다 한들 집 시랑(처마) 끝을 가리지 못해 고드름이 주렁주렁 달린 사진을 당신들은 보았으리라. 오랜만에 갓 쓰고 정장하고 앉고 선 어른들과 식구들의 그 촌스럽고 정다운 얼굴들을 당신들은 보았을 것이다. 사진기 앞에서 그렇게 어색해지는 모습들이 바로 우리들이었다.

누가 뭐래도 나는 그때 그 아름다웠고 오랜만에 배불렀고 신이 났던 동네 잔치를 우리의 따사로운 공동체의 진정성이 묻어나는 눈물겨운 모습으로 기억하고 있다. 그날의 그 가난한 옷차림, 분주한 하루, 큰방 아랫목 요 위에 그린 들꽃처럼 앉아 있던 신부의 모습을 나는 이 세상에서 제일 예쁜 모습으로 기억하고 있다. 오늘날 결혼식을 찍어내는 식장을, 저 핏기 없는 결혼식장을 우리 모두 얼마나 지겨워하고 있는가 말이다. 문수씨는 그렇게 결혼식을 올렸다. 예쁘고 고왔던 그분의 아내는 지금 서울에서 살고 계신다.

. . .

우리 동네의 굿판은 그리 크지 않았다. 상쇠는 빠꾸 할아버지였고. 징은 복두네 아버지나 당숙이 쳤다. 장구는 판조 형님이었다. 굿판은 작지만 평생을 같이 일하며 살아온 사람들이라 굿판에 들어서서 이쪽이 '히끗' 하면 저쪽에서 '삐끗' 할 줄 알아 굿판이 제법 야무지고 푸졌다. 문수씨는 소고를 쳤다. 지금껏 내가 본 소고잡이 중 가장 뛰어났다.

이상하게도 그가 굿 치는 복장을 하고 굿판에 들어서면 그의 몸짓은 살과 뼈가 풀린 듯 부드러워 보였다. 맺힌 데도 끊긴 데도 없어 보였다. 물고기가 물속을 헤엄치는 것보다, 띠풀이 바람에 흔들리는 것보다 더 유연해 보였다. 그의 발짓은 잔망거리지 않았으며 너무 늦게 발을 떼지도 않았다. 언제 발길을 옮겨 딛는지 모르게 옮겨 디뎠고, 고갯짓으로 고깔의 다양한 모양을 잘 만들어냈다. 몸짓도 고갯짓도 손짓도 발짓도 아주 부드러웠으며 그렇게 유연할 수가 없었다. 격렬하지도 않았으며, 그렇다고 뚝뚝 끊어지지도 않았다. 늘 나뭇가지처럼 이리저리 흔들렸고, 풀잎처럼 하늘거렸다. 몸 전체의 모습과 얼굴 표정이 참으로 잘 어우러졌다. 고깔 밑에 감추어진 얼굴 표정은 늘 일정했다. 입은 약간 가볍게 벌린 채였으며 눈길은 항상 고정된 채 자기의 내면을 깊이 응시하는 듯 조용했다. 자기의 모든 행동들을 자기가 분명하게 알고 있다는 듯한 표정이 얼굴에 역력했던 것이다.

소고는 발짓, 고갯짓도 중요하지만, 가장 중요한 것은 손놀림이었다. 가락이 가장 느린 길굿에서부터 가락이 가장 빠른 휘모리까지의 그 긴 시간 동안 모든 풍물굿판의 굿쟁이들은 각양각색의 자기만의 특유한 몸짓들을 만들어냈다. 참으로 근사했다. 그 나름대로 타고난 몸짓들은 같은 일을 할 때도 다 달랐다. 동네 사람들이 모여 모내기를 할 때도 모내는 모습이나 속도는 제각기 다 달랐다. 오늘날처럼 어디서 강습을 받은 게 아니어서 자기 나름대로 자기의 몸짓을 만들어냈다. 한마디로 자기 식대로였다.

풍물굿판에 들어서면 모든 사람들이 잘나 보이지만, 굿판에 들어선 모든 사람들이 함께 어우러져야 한다. 절대 혼자 튀면 안 된다. 개개인이 손짓 발짓 몸짓을 통해 모든 기량을 다 발휘하되 함께 어우러져야 한다. 독립되어 있되 마을 사람들과 한몸이 되어 움직여야 한다. 그래야 완벽한 한 사람의 시연자가 되는 것이다. 문수씨는 그 모든 풍물판을 완벽하게 소화하고 있었다. 그것이 그의 몸짓으로 잘 나타났다. 길굿에서 휘모리까지 그만이 가장 완벽한 몸짓과 손짓과 고갯짓으로 굿판을 압도했다.

풍물굿판의 여러 가지 형식 중에 풍물굿판에 참여한 모든 사람들이 자기의 장기를 맘껏 자랑해서 관객들을 즐겁게 해주는 장기자랑판이 있다. 자기만을 돋보이게 하는 독무대인 셈이다. 그때는 모든 풍물패가 잠시 마당가에 빙 둘러앉아 쉬고 모닥불을 힘차게 솟구치게 한 다음, 상쇠가 장구잡이를 판 가운데로 이끌어 놀이를 벌인다.

그 판에서 장구잡이는 자기의 모든 기량을 모두 발휘한다. 이 굿판이 가장 재미있다. 숨 막히게 재미있는 것이다. 장구, 징, 소고, 이런 순서로 놀이를 다 시킨 상쇠잡이는 제일 마지막으로 한껏 자기 자랑을 한다. 이때는 모든 굿패들이 일어서서 상쇠잡이를 둘러싸고 작은 몸짓으로 가락을 맞추어준다. 최대한의 예의를 차려 상쇠잡이를 도와주는 것이다. 다른 굿쟁이가 자기 기량을 발휘할 땐 앉아 있던 모든 굿패가 일어나 잔잔한 몸짓들로 자연스럽게 굿가락을 맞추어주었던 것이다. 이 상쇠놀이를 끝으로 한번 왕창 지근닥거리고 그날 굿판을 마무리했다.

이 장기자랑 때 문수씨의 소고 솜씨는 모닥불 불빛 아래 유감없이 빛났다. 상쇠잡이가 쇠를 치며 문수씨 앞으로 다가가 그를 굿판으로 서서히 이끌어내며 놀리기 시작한다. 느린 춤가락부터 휘모리까지 상쇠잡이는 진땀이 난다. 가장 느린 굿가락으로 시작해서 가장 빠른 굿가락까지 그의 몸동작은 한 치의 쉼도 끊어짐도 없다. 강물이 흐르는 것처럼 굽이치고 부서지고 쉬고 떨어진다. 그의 솜씨는 강물 같았다. 그를 몰고 가는 상쇠잡이도 숨이 다 찰 지경이었고, 이마에서는 땀방울이 떨어졌다. 굿판은 동네 사람들 모두를 숨막히게 했다. 낯빛 하나 변하지 않고 소고놀이를 풀어가다가 가락이 바빠지면 그 느린 몸짓이 서서히 달구어진다. 그렇다고 보는 이들은 그 몸짓이 빨라지는지 느려지는지 전혀 느끼지 못한다. 다만 그의 손짓과 발짓과 몸동작을 숨죽이며 따라갈 뿐이다. 앉고 서고 뒤로 앞으로 빙빙 돌고 풀쩍 뛰며 뱅뱅 제자리에서 돌다가는 빙빙 마당 모닥불을 가운데 두고 홀로 그 모닥불을 돈다. 앉아 뛰며 소고와 소고채를 쥔 손의 끝이 온갖 모양을 다 가리키고 온갖 그림을 그려낸다. 그 손짓이 애가 타고 간절하고 절절하다. 무엇인가 잡는가 싶으면 놓아주고 또 움켜쥐는가 싶으면 놓아버린다. 아름답다. 숨막힐 것 같은 굿의 끝에서 그는 딱 멈추는 게 아니고 가장 부드럽게 모든 춤사위와 몸과 우리 가슴에 맺힌 것들을 풀어주며 한번 씩 웃고 판을 마무리한다. 몸을 푸는 것이다. 일상으로 돌아오는 것이다. 사람들은 그의 판이 끝나고 한참 후에야 "봉액이 잘헌다" 하고 고함을 치며 열화와 같은, 아낌없는 환호성을 보내며 몸을 막고 있던 숨을 몰아 내쉬었다.

판은 끝이 나고…… 그의 그 손짓 발짓 고갯짓이, 소고와 소고채와 고깔이 어울리던 마당엔 지금 잡초가 우거져 있고 토방은 허물어지고 장독대는 깨지고 그가 결혼사진을 찍은 뒷배경인 행랑채엔 쥐가 들락거린다.

그분의 명복을 나는 이제야 빈다. 한 많은 이 세상 다 잊고 편히 눈감고 잠드시길 빈다. 맺힌 모든 한들을 풀고. 굿판의 그 한없는 몸짓으로, 자라고 굿 치며 놀고 장가가고 자식 낳으며 몸 섞어 살았던 이 강산에, 그분은 누워 있을까. 소고를 치며 불가를 돌까.

진메 마을
이장들

　진메 마을의 이장은 내 기억으로는 이제 9대째다. 옛날엔 이장이 아니라 구장이었다. 학교 가는 길에 구장네 솔밭이라는 강변 땅이 있었듯이, 지금 각 마을 이장들의 역할을 옛날엔 구장들이 했다. 내가 기억하는 최초의 구장은 순창 양반이었다. 그다음 구장에서 이장으로 변할 때까지 상당히 오랫동안 우리 큰아버지가 이장을 하셨다. 큰아버지가 이장을 할 때만 해도 별로 마을 일이 없을 때였다. 마을에서 자치적으로 해결해야 할 일들이 많았지, 관청과 상대해야 할 일은 별로 없었다. 기껏 비료대를 걷어 조합에 내는 일이 아마 유일하게 나라를 상대로 하는 행정업무였을 것이다. 아니면 세무서에서 밀주 단속이 오거나 산림계에서 솔가지 단속반이 나왔을 때 그들을 상대하는 일이었을 터인데, 그때만 해도 그런 일이 극히 드물었다.

큰아버지가 이장으로서 주로 해야 할 일은 동네 울력이었다. 여름철 아이들 학교 가는 길 풀베기를 해야 한다거나, 큰물이 불어 약간 비틀어진 징검다리를 새로 손보아야 하거나, 차가 다니는 도로에 자갈을 깔아야 하는 일이나 뭐 그런 일들을 주로 지휘, 감독하는 일이었다. 그런 울력이 있는 날 저녁판이나 새벽에 큰아버지는 지금 회관 마당 끝쯤에 있는 가마니때기만한 노란 바위에 올라서서 그 큰 목소리로 "내일 아침에 학교 길 풀을 베어야 할 팅게 아침 일찍 풀바작을 짊어지고 정자나무 밑으로 나오시오" 하고 외치는 것이 일이었다. 거기서만 그러는 것이 아니고 동네 제일 위에서 한 번, 아래에서 한 번, 이렇게 세 군데에 가서 외쳤다. 그리고 또 새벽같이 일어나 그렇게 생방송을 하셨다. 그렇게 마을의 행정업무를 본 대가로 1년에 두 번씩 이장 급료를 받으셨다. 보리 날 때 각 가정마다 보리 한 말, 나락 날 때 나락 한 말씩이었다. 이장 급료를 걷는 날은 이장 댁에서 한잔씩 냈다.

큰아버지는 또 이발기계를 구해놓고는 아이들이나 어른들 이발도 해주었는데, 이발료도 그렇게 보리와 벼로 한 말씩 받았다. 이발기계는 양손으로 찰칵찰칵하고 밀게 되어 있었는데, 그 기계가 하도 오래되어서 이발하면서 울지 않는 아이는 우리 동네에 하나도 없었다. 이발하는 시간이 무지무지 지루하고 무지무지 아팠다. 머리카락이 잘리는 게 아니라 그냥 기계에 물려 뜯기거나 뽑혔다. 그냥 딴말 필요 없이 아이들은 이발을 할 때 닭똥 같은 눈물을 쏙쏙 빠뜨렸다. 특히 양쪽 귀 옆에 있는 머리털을 밀어올릴 때는 정말 눈앞이 캄캄하게 아팠다. 큰아버지에게 이발하지 않을 땐 어머니가 집에서 가위로 깎아주셨는데 가윗날 지난 자국을 없애고 말끔히 다듬기란 매우 어려웠다. 아무리 가위로 머리를 잘 깎는 우리 어머니도 머리통 여기저기 '신작로'를 냈다. 게다가 그때 머리통마다 부스럼들은 왜 그리 많고 '도장밥'이란 피부병은 왜 그리도 많았는지.

아무튼 큰아버지는 그렇게 때로 이발료도 받고 이장 급료도 받으셨다. 이장 몇 년 하면 빚 안 지고 망하지 않은 사람이 없던 시절에도 큰아버지는 이장 때문에 빚진 적 없고 이따금 찾아오는 면 서기들에게 막걸리 한잔 받아준 적이 없다고들 했다.

그때만 해도 서로 이장을 하려 해서 경쟁이 치열했다. 꼭 정월대보름에 이장 선거를 했는데, 직접선거였다. 대부분 김씨와 문씨 간의 대결이었지만 항상 김씨들이 이겼다. 김씨 쪽에서는 늘 한 사람이 나왔는데 문씨 쪽에서는 꼭 두 명 정도가 나와 표가 분산되거나 이탈표가 생겼다. 이 영원한 숙적관계는 오래 계속되었다. 이장 선거를 할 때마다 문계선씨가 후보로 나섰는데 한 번도 이장에 당선되지 못했다. 선거가 있을 때마다 동네 사랑방에서는 늘 큰소리가 나고 싸움판이 벌어졌다. 그럼에도 문계선씨는 한 번도 이장을 못 해보고 늙고 말았다. 이 일은 우리 동네 역사 속에 매우 안타까운 일로 영원히 남을 것이다.

우리 큰아버지가 오랫동안 장기집권을 하셨는데, 그 집권도 끝이 났으니, 그때가 바로 5·16 군사 쿠데타가 일어난 해였다. 군사정권의 모든 일꾼들은 보다 젊은 일꾼들, 그러니까 일사불란하게 군대식으로 빠릿빠릿한 일꾼이 필요했다. 쉽게 이야기해서 '시대적인 요청'에 의해 이제 큰아버지의 입으로 직접 동네 사람들을 향해 의사를 전달하던 '생방송' 시대가 끝난 것이다.

'구악舊惡(?)'을 일소하며 등장한 군인들은 세숫대야에다 횟가루를 풀어 빗자루에 적셔 쩍쩍 갈라진 흙벽에 회칠을 했는데 가관이었다. 그때 이장으로 등장한 사람이 양정규씨였다. 동네 사람들은 정규 아재라고 불렀다. 아재는 초등학교를 졸업하고 중학과정을 배우는 사립학교에서 공부를 하셨는데 한문에 능통해 무슨 계약서를 쓸 때, 그러니까 마을에서 논을 사고팔 때 꼭 정규 아재가 등장했다. 펜대와 잉크를 가지고 양면괘지 앞에 엎드려 문서를 쓸 땐 대단히 엄숙해 보이기까지 했다.

정규 아재가 이장 일을 볼 때부터 관에서 사람들이 드나들기 시작했다. 그 무렵에는 세무서 직원과 산림계 직원 들도 그렇게 많이 드나들어서 이장 댁에는 손님 그칠 날이 없었다. 정규 아재 부인 현이 어머니는 들일을 하다가도 느닷없이 집으로 불려가 술상을 봐야 했고 씨암탉을 삶아야 했다. 그래야 마을이 평안했으며 무슨 일이 터지지 않았다.

정규 아재는 천하에 호탕하고 욕심이 없는 분이었다. 마을 일 해결하느라 그때부터 술이 늘기 시작해서 끝내는 술로 세상을 뜨고 말았는데, 절대 남의 권유를 뿌리치지 못하는 성격이었다. 수많은 손님 술시중 때문에 술중독이 되고 만 것이다. 동네 초상이 나면 꼭 빈상여놀이 할 때 빈 상여 뒤를 따르며 아이고 아이고 곡을 해서 초상마당을 항상 웃음의 도가니로 몰아넣었다. 정규 아재는 자기 아버지가 돌아가셨을 때에도 또 그렇게 상복을 입고 빈 상여 앞에서 아이고아이고 곡을 해서 동네 사람들을 웃겼다. 슬픈 양반이었다. 참으로 마음이 좋은 아저씨였고, 동네 일꾼이었다. 술을 많이 들었을 때는 동네 사람들이 모인 곳에서 헛손질 헛발질을 하며 기분을 내곤 했다. 태권도 10단이라고 호탕한 몸짓을 보이기도 했다. 남과 싸운 적이 없었다. 화를 내다가도 상대방이 화를 내면 금방 웃으며 손을 잡고 허허 웃고 말았다. 정말 동네 아재였다. 이장 일을 보면서도 진메, 신촌, 암치, 일중, 중원 일을 함께 보는 참사로도 오래오래 재직했다. 이 근방 서너 동네의 모든 일을 쭉 꿰고 있었고, 솜씨 좋게 해결했다.

그 좋은 정규 아재가 참사 일에 바빠지자 이장직을 내놓았다. 그리고 새마을운동이 본격적으로 시작되면서 김판조씨가 이장 일을 보게 되었다. 김판조씨는 우리 큰집 형님으로, 진메 마을 장구잡이였으며 무슨 일이든 그 형님의 손이 가면 말끔하고 맵시 있게 잘 마무리되었다. 나무를 해도 아주 보기 좋게 잘했으며, 장작을 패도 형님이 패놓으면 멋지게 보였다. 군대를 갔다 오고는 동네에서 발동기로 쌀방아도 찧고 보리방아도 찧고 보리타작도 했다. 마을의 경제가 자체적으로 돌아갈 때였다. 발동기로 보리타작을 하고 쌀방아도 찧고 보리방아도 찧는 일은, 말하자면 '사업체'를 갖는 일이었다. 마을에서는 암재 할머니가 유일하게 오랫동안 상업행위를 했고, 그 다음으로 판조 형님이 유일하게 마을에서 자체적으로 사업체를 갖고 있었다. 발동기를 가지고 동네의 모든 보리타작과 방아를 찧는 일로 생계가 유지되었으니, 마을별로 경제체제가 짜여 있던 셈이다. 수공업에서 기계공업으로의 전환은 그렇게 어설펐으나, 그 전초는 이렇게 확실했다.

판조 형님이 이장을 하면서부터 초가집이 완전히 뜯기고 새 마을회관도 지어지고 마을 길도 넓어지고 회관 지붕에 앰프 장치가 설치되었다. 이제 무슨 일이든 그 앰프를 통해 이루어졌다. 새벽부터 새마을 노래가 울려퍼졌고, 이장님이 날마다 강력하고도 겁나는 지시사항을 내보냈고 겁을 주고 공갈을 치기도 했다. 그것은 이장의 자발적인 지시나 마을의 일이 아니라 중앙집권체제가 본격적으로 시작되는 전초였다. 이장의 말은 이제 마을 일에서 저절로 생겨난 말이 아니고 중앙에서 하달된 말이었다. 낯선, 참으로 낯선 말들이 마이크 소리로 동네에 퍼지면서 사람들은 겁을 먹었다. 낯선 말들과 커다랗게 확대된 소리에 적응하지 못한 마을 사람들의 얼굴은 늘 어두웠다. 사람의 목소리가 아닌, 마이크에서 울려퍼지는 낯선 말들의 강력함에 사람들은 쉽게 적응하지 못했다. 너무 갑자기 변한 이 새로운 시대는 농민들에게 정말 겁나는 일이 아닐 수 없었다. 식민지, 가난, 전쟁을 겪어낸 이들에게 또다른 일이 일어난 게 분명했다.

판조 형님은 강력하게, 아주 강력하게 마을 일을 해나갔다. 무리수가 많았지만 관의 지원은 절대적이었다. 중앙의 권력이 이장의 권력으로 강력하게 '재창조'되었다. 그걸 노린 군사정권의 권력은 마이크에, 이장들의 독재에 아마 만족했을 것이다. 형님은 진메 마을 담당 면 서기와 너무 가까이 지냈다. 어느 날 갑자기 쥐어진 권력이 중앙권력의 힘을 등에 업고 현장에서 더 막강하고도 강력하게 실현되듯이, 그때는 그랬다.

형님은 면에서 손님이 올 때마다 냇가에서 고기를 잡았다. 날이면 날마다 동네에는 행사가 많이도 벌어졌다. 마을에는 늘 크고 작은 행사가 벌어져 마을 사람들이 동원되었다. 무슨 놈의 행사는 그리 많았는지 오죽했으면 내가 「풀피리」라는 시를 썼을까. 퇴비증

산 풀베기 대회까지 했다. 나는 그 풀베기 대회를 풍자한 시를 썼는데 그 시를 어떻게 군수가 읽었는지 그가 "아니, 난 거기 참석한 적 없었는데" 하더란다. 군수가 참석해서 흰 장갑 끼고 뒤뚱뒤뚱 걷고 그 뒤를 기관장들과 유지들이 굽실거리며 따른다는 내용이 있는데, 그 구절을 보고 군수가 한 말이었다. 조그마한 일만 있어도 마을회관에 차일이 쳐지고 동네 부녀회에서 음식을 장만했다. 못할 짓이었다. 관에서 막바지 힘을 기울여 새마을운동을 하면서 동네는 사람들이 다 떠나가고 있었고 면 서기들에 대한 주민들의 태도가 이제 가소로워지기 시작했다. 이제 그 어떤 면 서기가 와도 구워삶을 줄도 알았으며 그들의 거들먹거리는 권력도 우습게 보기 시작했다. 알고 보니 모든 게 다 진짜만은 아니었던 것이다. 뻥이 많았고, 형식적이었고, 다 그게 그거였고, 좋은 게 좋은 것이 되어갔다. 상부 보고용 일들이 많았다. 나중에는 면에서 나온 마을 담당자들에게 말을 놓고 "좋은 것이 좋은 것 아녀" 했다. 관을 우러러보고 무서워하다가 우습게 보기 시작한 것이다. 판조 형님은 유난히 관을 좋아해서 그랬는지 어쨌는지 유독 면 서기들이 많이 찾아와 하루 종일 퍼먹고 살았다.

그다음 이장이 임종우였다. 종우는 내가 초등학교 때 가르친 적이 있는 젊은 이장이었다. 그때 종우의 동기 동창인 오성이가 동네에 유일하게 남은 젊은이였는데 이장 볼 사람이 없어서 총각인 종우가 이장을 보았다. 그때는 새마을운동도 시들해지고 면 서기들도 빠져나간 밀물처럼 코빼기 보기가 아주 드문드문할 때였다. 종우는 그런대로 이장을 잘 보았다. 경우도 밝고 젊은 만큼 일을 잘 추렸다.

종우가 이장을 그만두고 서울로 가버리자 갑자기 이장을 할 사람이 없었다. 그나마 초등학교라도 나오고 무슨 배추씨 문서라도 정리할 사람이 뚝 끊기고 말았다. 마을에 사람들이 줄었다고 해서 동네 일도 순전히 없는 것은 아니지 않은가. 문서를 보고 면회의도 갔다 오고 할 사람이 끊어진 것이다. 그때부터 본격적으론 이장을 할 사람이 동네에, 진메 마을에 없어져서 이장 선거만 있으면 생난리였다. 아무도 이장을 하려 들지 않았다. 이장 해서 부자가 되기는커녕 빚 안 진 사람이 없었으니 누가 이장을 하려고 하겠는가. 그렇다고 이장이 필요 없는 것이 아니어서 새해가 되면 작은 동네들마다 이장 때문에 진통을 겪었다. 판조 형님 때만 해도 이장을 면에서 좌지우지했고 면장의 입김이 작용했는데 이젠 면 아니라 면 할아비가 이장을 하라고 해도 이장 할 사람이 없었다. 임명 비슷하게 이장을 뽑던 것이 동네에서 뽑아 통지만 하면 이장이 되었다.

아무튼 판조 형님을 끝으로 드디어 문씨 집안 문이환씨가 이장을 맡게 되었다. 문이환씨가 이장을 맡았을 때 제일 큰일은 동네 안길 시멘트 포장사업이었다. 동네 자금에다가 도시에 나간 사람들이 형편대로 조금씩 내고 관에서 보조해서 마을 안길이 포장되었는데,

그때도 면장이 오고 유지들이 오고 생난리가 나서 동네에서 제일 큰 행사를 치렀다. 그 준공식이라는 것을 하는 날 나도 참석했는데 면장이라는 사람이 나와서 연설을 하는 것이 가관이었다. 자기 형이 어디에서 군 서기 하고 동생이 또 어디에서 무슨 일을 하고 어쩌고저쩌고 맨 그런 자기 집 자랑만 잔뜩 늘어놓는 연설을 해서 내가 속으로 얼마나 웃었는지 모른다. 참으로 '웃기는 연설'이었다. 술을 되게 좋아하는 면장이었는데 그런 사람을 동네 사람들은 또 좋아했다. 소탈하고 텁텁하다고.

· · ·

세월이 갔다. 이환이 아저씨도 서울로 갔다. 이제 참으로 이장 할 사람이 없었다. 마침내, 드디어 '인간 박한수' 형님이 이장이 되었다. 때는 바야흐로 6공 때였다. 노태우 대통령의 취임과 함께 이장에 취임한 한수 형님은 유감스럽게도 다 아시다시피 그리 글에 능통하지 않아 조금 복잡한 장부는 그 집 중학교 다니는 딸이 정리했다.

이장회의는 금요일에 있었는데 한수 형님은 넥타이를 맸다. 화산돌보다 더 거친 손, 검게 그을린 구릿빛 얼굴, 지게질 때문에 구부정한 허리와 뻣뻣한 머리털을 가진 이장님이 회의를 갔다 온 날은 마이크 소리가 온 동네에 쩌렁쩌렁 울렸다. 마이크를 되게 좋아하는지 면장보다 더 잔소리를 했다. 지시사항에다가 자기 생각을 더 보탠 회의 전달은 일장 연설이 되어 마을 사람들의 귀를 시끄럽게 후벼팠다. 논과 밭과 산에서 일을 하다 한수 형님의 연설에 가까운 회의 전달 방송이 시작되면 마을 사람들은 '저 사람 또 시작이네' 하며 거들떠보지도 않았다. 그때 중앙권력의 소리도 그랬던 시대다. 씨도 안 먹히는 일들이 벌어지던 때였다. 그렇게 마이크로 회의를 전달하고 또 회의에 부쳐 동네 사람들을 회관으로 불러 모았다. 회의가 있는 날은 늘 싸움판이 벌어졌다. 이장이 먼저 흥분하고 육두문자가 나가니 회의가 늘 난장판이었다. 옆에서 보고 있으면 참 재미도 있었고 웃음도 나왔다. 그렇게 경우가 똑바르고 옳은 소리를 잘하여 우리가 좋아하던 형님이었는데 이장이 되고 나더니 사람이 변한 것이다. 슬슬 관리 냄새를 피웠고 아무것도 아닌 일을 가지고 뒷구멍으로 '사바사바'까지 한다는 것을 은근히 내세우기도 했으며 까딱하면 마을만 손해라고 했다. 장부를 내동댕이치며 이장을 안 한다고 큰소리도 쳤다. 그래도 이장은 끝까지 잘 봤다. 면에서 시키는 일을 끝까지 융통성 없이 밀어붙이는 일이 비일비재해서 동네 사람 아무도 형님 편이 없었다. 나한테 "앙 근가, 용택이" 했지만 아무리 한수 형님을 좋아하는 용택이도 그렇게 일을 밀어붙이고 억지를 부리고, 생떼를 쓰면 싫었다.

인간 박한수 형님도 몇 년인가 이장을 하다 사표를 내고 이제 임종만씨에게로 이장이 넘어갔다. 임종만씨가 이장을 할 땐 월급은 아니지만 얼마간의 돈이 다달이 나온 모양이었다. 이제 사람들이 다 떠난 동네에는 복잡하고 번잡한 일이 일어나지 않았다. 말썽을 일으킬 만한 사람이 없으니, 별일이 일어나지 않았다. 국가권력이 신경을 쓸 만한 표가 없어진 것이다. 농촌이 버려졌다. 임종만씨는 억척스럽게 일을 많이 한 분이었고 두 내외가 부지런도 하여 큰아들을 대학에 보내고 작은아들은 해양전문대학에 보내고 있었으니 얼마나 돈이 메말랐겠는가. "이장 일 보고 나온 돈은 한 푼도 헛간 데(이장회의 때 다방에서 커피를 산다거나 어영부영 관리들과 술을 먹는다거나 하는 일)에 쓰지 않고 아이들 똥구멍으로 다 빨려들어간다"라고 어머니가 늘 말씀하시곤 했는데 끝에다가는 꼭 "지독한 양반"이란 말을 달았다. 그렇게 지독하게 이장 일을 보더니 나이가 들어 이젠 못 하겠다고 쭉 뻗어버려, 그 후임 이장은 우리 뒷집의 뒷집 임종길이 아재가 맡으셨다. 현재 이장님이 종길이 아재인데, 이 양반은 어찌나 부지런한지 동네에서 이장에 대한 이런저런 말이 아직 없다.

정규 아재가 이장을 할 때부터 한수 형님까지 가장 곤욕을 치른 것은 선거 때였다. 국민투표, 대통령 선거 때마다 그들은 독재의 선두에 서는 굴욕을 감당해야 했다. 그분들이라고 생각이 없고 속이 없었겠는가. 못된 통치의 그 촉수 끝이 가장 순진한 그들의 여린 마음에 가장 날카롭게 닿아 그들을 아프게 괴롭혔다. 그들이야말로 조국 근대화에 앞장서서 관으로부터 부당하게 이용당하고 마을 사람들로부터 외면당하며 상처 입은 사람들이었다. 그들의 노고가 아직도 남아 이 땅을 지탱하고 있다고 나는 믿는다. 이장님들의 그 지대한 공헌에도 불구하고 우리 농촌은 지금 벼랑 끝에 위태롭게 서 있지만, 그렇다고 그들의 그 보이지 않는 노고가 어찌 헛되이 버려졌겠는가. 이름 없이, 그 공과도 평가받지 못하고 관과 주민들로부터 시달린 그분들의 노고에 나는 깊은 마음의 정을 보낸다.

한수 형님이 이장이 된 후 면사무소 한 곳에 가서 많은 이장들과 함께 면 유지들 틈에 끼여 앉아 있는 모습을 상상하면 나는 웃음이 나왔다. 유지들이나 관리들의 지시사항이나 연설이 얼마나 건조하고 메마르며 맥없는 애국적 말씀들인가. 판에 박은 그들의 말뿐인 애국이 오직 자기 목 보존에 있다는 것을 한수 형님인들 몰랐겠는가. 정권을 유지하기 위한 그들의 협박에 가까운 공갈과 위협 앞에 겁먹은 형님의 모습이 지금도 내 눈에 어른거린다. 못된 인간들이었다.

우리 집에 기자가 오건 학생들이 오건 텔레비전 촬영을 오건 이장들은 나 몰래 내 동향을 보고해야만 했다. 한수 형님은 술에 취해 이따금 그래야 하는 자기 처지를 나에게 털어놓았다. 기분 나쁘기는 했지만 그런 한수 형님을 나는 좋아했다. 지금도 나는 한수 형님이 좋다. 술에 곯고, 세상일에 곯아 머리가 하얗지만 말이다.

면사무소에 들러 어색하고 겁먹은 얼굴로 상대를 잘 쳐다보지도 않는 면 직원들에게 굽실거리는 한수 형님의 모습을 상상하면 지금도 나는 피가 뜨거워진다. 그들이 이 땅에 누구인가. 그들이 어디에 서건 인간적인 대접을 제대로 받은 적이 있었던가.

그러나 그분들은 작은 진메 마을의 훌륭한 촌장님들이셨다.

쇠똥 줍는
순창 양반

　진메 마을은 강변이 넓고 소들도 많았다. 푸른 풀밭에는 언제나 소들이 매여 있었다. 집집이 소들을 키웠기 때문에 송아지도 많았다. 동네에는 송아지들이 늘 몇 마리씩 뛰어놀았으며 강아지와 송아지가 강변에서 장난을 하는 모습은 참으로 재미있고 정겨운 농촌의 풍경이었다. 토끼풀꽃이 만발한 강변에서 송아지들이 뛰어노는 모습을 그린 그림이 왜 우리에겐 없는지 모르겠다. 나도 이따금 그림을 그리고 싶을 때가 있다. 내가 그리고 싶은 그림은 옛날 산길의 진달래꽃을 꺾어 나뭇짐에 꽂은 나무꾼들의 모습, 금방 말한 강변의 모습, 달밤의 싱싱한 산, 모내기할 때 들밥 먹는 모습, 삽자루를 쥔 아버지의 모습 등 참으로 많다.

이 나라 옛 화가들은 무엇을 그렸는가. 왜 우리나라에는 시골의 모습을 그림답게 그린 화가가 없을까. 박수근만이 시골 아낙네들의 모습을 정겹게 그렸다. 〈나물 캐는 소녀들〉을 보며 나는 옛날 보리밭을 매는 아름다운 모습을 읽을 수 있었다. 화가들이 모두 하나같이 도시에서 살며 생각만으로 그림을 그리다보니 많은 농촌 그림들이 현장감이 떨어져 실감나지 않거나 삶의 내용과 그 무게가 실리지 않는 그림들이 많다. 그림도 생각만으로는 되지 않는다. 고흐는 시골에서 살며 그림을 그렸다. 밀레도 그랬다. 우리나라에는 누가 있는가. 누가 쟁기질하고 씨 뿌리고 거름 주고 비료 뿌리고 소낙비 내리는 날 하루 종일 모내기하는 그림을 그렸는가. 누가 그 길고도 고된 노동과 휴식을, 보리씨를 뿌려 거둘 때까지의 모습을 그렸는가. 누가 나뭇짐 짊어진 농부 하나 제대로 그렸으며, 나락 짊어진 아이 하나 제대로 그렸는가.

소들은 강변에 나와 놀며 똥을 쌌다. 강변 풀밭에서 쇠똥을 보았는지? 풀만 먹고 싼 쇠똥 무더기를 그린 이가 아마 신학철이란 화가던가. 쇠똥 무더기가 풀밭 위에 떨어져 썩으면 그 쇠똥 크기보다 넓게 풀이 우북하게 자랐으며 색도 달랐다. 우리는 풀을 베다가도 그런 자리는 피했다. 풀이 좋다고 옳다구나 그곳에 낫을 들이대면 어김없이 쇠똥이 걸려 나왔다. 쇠똥 무더기가 있는 우북한 풀은 욕심은 났지만 기분 나쁜 풀이었다.

쇠똥은 풀 위나 길 위에 떨어져 오래 있으면 습기가 다 제거되어 꼬들꼬들해져서 손으로 집으면 마른 개떡처럼 부스러지기도 했다. 겨울까지 그렇게 마른 채로 있으면 쥐불놀이에 아주 요긴하게 쓰이기도 했다. 마른 쇠똥은 불이 잘 붙고 잘 꺼지지도 않았다. 쇠똥불로 여기저기 마른 풀밭에 불을 옮겨 지르기도 했다. 그런데 그런 경우는 드물었다. 겉이 마르기가 바쁘게 쇠똥을 거두어가는 사람이 있었기 때문이다. 바로 순창 양반이었다.

'개똥망태, 쇠똥망태'라는 말이 생길 정도로 순창 양반은 길가의 개똥이나 강변의 쇠똥을 싹 거두어갔다. 우리는 이따금 강변에 바지게를 받쳐놓고 삼태기에 쇠똥을 긁어 담는, 그리하여 바지게에 가득 쇠똥을 지고 집으로 가는 그 양반을 보았다. 또 개똥망태를 메고 길가를 다니며 꼬독꼬독 마른 개똥을 거두어가는 모습을 보았다. 요즘이야 있는 거름도 논밭으로 내갈 사람이 없지만, 옛날에는 강변과 길가에 널린 개똥이야말로 대단한 거름이었다.

농사짓는 사람들에게 가장 필요한 것은 퇴비였다. 퇴비는 뭐니 뭐니 해도 외양간두엄이 제일이었다. 집 안에 소가 있는 곳에 여름이면 풀을 베어다 깔았다. 여름이면 소도 덥기 때문에 마당 구석에 말뚝을 박고 소를 매어두었다. 모기들이 달려들어 잠을 자지 못하는 소는 왼발 들어, 오른발 들어, 앞발 들어, 뒷발 들어, 꼬리 흔들어 모기를 쫓으며 서서 밤새워 똥을 쌌다. 똥은 깔아놓은 풀에 떨어져 섞인다. 그것이 모이면 사람들은 한쪽 구석에 쌓아두었다. 가을이 되면 소는 강변에 나가지 않고 외양간에서 살게 되므로 지붕을 이고 남은 짚으로 소 깔개를 해주었다. 소가 똥과 오줌을 싸 짚이 젖으면 또 그 위에 새 짚을 넣어주었다. 그게 쌓이면 소를 마당에 매어놓고 외양간을 치웠다. 겨울철에 외양간두엄 치우기는 참 힘들었다. 소가 똥을 싸고 오줌을 싸 뭉갠 짚을 마당 구석에 높이 쌓아두면 푹푹 썩어 거름이 되었다.

아침이면 두엄자리에서 뭉게뭉게 김이 피어올랐다. 그 거름 속에다 가을철엔 감을 우렸다. 감을 물동이에 넣고 물을 부어 거름자리를 파고 거기다 묻어두면 감의 떫은 기가 다 빠져 다디달게 우려졌던 것이다. 그 거름을 이쪽저쪽으로 몇 번 뒤적여 햇빛도 쐬고 바람도 쳐서 다시 쌓아두면 '몽근 망웃'(가는 거름가루)이 되었다. 몽근 퇴비가 되면 비가 들지 않는 헛간에 쌓아두었다가 또 몇 번 뒤적이고 자리를 옮기며 쌓아두면 완숙퇴비가 되었다. 아무튼 완숙퇴비가 되면 그해 보릿거름으로 썼다. 보리를 갈 때 제일 앞서 쟁기질을 하고 보리씨를 뿌린 뒤 비료를 뿌리고 나서 몽근 거름으로 덮고 그 위에 흙을 덮었다. 완숙퇴비는 봄철 고추거름으로도 사용되었다.

가을철 보리갈이가 시작되기 전에 동네 사람들은 품앗이로 보릿거름을 져 날랐다. 강 건너 평밭으로, 앞산 중턱 한수 형님네 밭으로, 성만이 어른네 밭으로, 복두네 밭으로 까만 거름 바지게를 짊어진 사람들이 엎어질 듯, 코가 땅에 닿을 듯 비탈길을 끙끙 올라가는 모습이 지금도 눈에 선하다. 90도에 가까운 비탈길을 무거운 거름을 지고 오른다는 것은 여간 힘든 일이 아니었다. 아버지의 뒤를 따라 나도 이따금 강 건너 밭에 보릿거름을 내기도 했다. 아버지의 뒤를 따르며 푸른 힘줄이 불거진 아버지의 장딴지를 보고 가슴이 미어지던 적이 한두 번이 아니었다. 멀리서 그 까만 거름 더미들이 밭 군데군데에 서너 바지게씩 쌓여 있는 모습을 보면 정답고 눈물겨웠다. 거름을 부리고 밭을 걸어 나오시는 아버지 모습까지······

　순창 양반은 문씨다. '갓쟁이 어른'의 집 바로 밑에 사셨다. 산비탈을 깎아 다듬은 터에 집을 지었다. 동네 앞에서 보면 집이 바로 산 위에 있다. 지금은 순창 할머니 혼자 사신다. 장독, 헛간, 외양간, 사랑방, 작은방이 모두 허물어져 언제 보아도 을씨년스럽기 그지없다. 순창 양반이란 이름은 그의 부인이 순창에서 시집을 왔기 때문에 붙여졌다. 순창 양반은 상당히 유식하셨다. 드센 지게질이나 힘든 일은 하지 않았다. 그저 쇠똥이나 줍고 소나 먹이며 사셨다. 젊었을 때의 모습을 못 보아서 모르지만 나뭇짐을 짊어진 모습을 자주 보지 못했다. 동네에서 그런 분을 유학자라고 했으나, 다분히 그냥 놀고먹는 이를 가리키는 말 이상은 아니었다.

　순창 양반은 키가 후리후리하게 컸고 웃음이 없는 근엄한 분이었다. 콧수염을 길렀는데 느릿느릿 걷는 모습이 인상적이었다. 그분은 정자나무 밑으로 자주 나오지도 않으셨고, 나와도 말씀이 별로 없으셨다. 늘 정자나무 밑 바위에 무릎을 세우고 깍지 낀 손으로 정강이를 감싸고 그린 듯 앉아 무심한 얼굴로 강물을 하염없이 바라보셨다. 사람들의 우스갯소리나 이야기에 별로 관심이 없는 듯했다. 어쩌다 풍언이 아재가 너무 웃기는 소리를 하면 희미하게 웃기도 했지만 그런 웃음도 미소도 아닌 감정의 작은 변화가 고작이었다. 늘 한복을 입고 큰 걸음으로 천천히 다녔으며 늦게까지 정자나무 아래 그렇게 호젓이 앉아 있었다. 무슨 생각을 그리도 오래 하며 그림같이 강물 앞에 앉아 계셨을까? 햇살이 뜨거운 길과 훤한 앞강과 짙게 우거진 앞산, 그 느티나무 밑에 기운 햇살이 찾아들면 그분은 느릿느릿 일어나 쇠똥을 주우러 가셨다.

그분은 일찍 돌아가신 편이다. 큰아들은 문성환씨로 오랫동안 중원에서 고기장사를 해서 돈을 많이 벌었다. 야당생활을 오래 했으며 군의원에 출마해 근소한 차이로 떨어졌다. 그분도 장수하지 못하고 너무 이른 나이에 세상을 뜨셨다. 한때는 돈을 벌었지만 한과공장을 지어 그리 이익을 보지 못했다. 내가 그의 집 앞을 걸어서 덕치초등학교를 다녔는데 걸어다니는 나를 보고 늘 웃으며 "어이 김선생, 오토바이 한 대 사랑께. 돈이 없는가, 내가 사줌세" 했다. 한때 내가 전교조에 관심 있는 걸 어찌 알았는지 그분은 전교조를 적극 지지하기도 했다. 발이 넓고 타고난 장사꾼이었다. 정치판에 뛰어들면서 그분도 어쩌면 쇠락의 길에 들어섰는지 모른다.

둘째는 문백석씨였는데, 그분도 환갑이 못 되어 돌아가셨다. 우리 동네에서 가장 크고 예쁘게 나뭇짐을 하던 분이었다. 대단한 농부였다. 남의 집 일을 가도 꾀부리지 않고 내 일처럼 몸 사리지 않고 했다. 그분의 소고 연주는 무척 재미있었는데 여기에 그 모습을 그리지 못해서 유감이다. 그분이 농악판에 나와 소고를 칠 때면 판이 다시 살아났다. 아이들도 그분의 소고 치는 모습을 흉내내며 웃었다. 몸짓, 발짓이 없었으며 그저 작대기처럼 뻣뻣하게 걸으며 소고로 푹푹 하늘을 쑤셨다.

그분의 아래가 문종환씨다. 임실에서 수로원 일을 하신다. 유일하게 순창 양반을 아주 많이 닮았다. 이따금 명절 때 그 큰 키로 술에 취해 윷놀이를 했다. 한수 형님이랑 친구다. 그 아래 영자 누님이 계신다. 그 누님은 내가 좋아하고 내 글에도 많이 등장하는 분 중 하나다. 처녀 때는 옷 자태가 몹시 고왔고 큰 눈이 인상적이었다. 순한 몸짓과 순한 마음씨를 지닌 분이었다.

지금 순창 양반 집에는 순창 할머니 혼자 30촉 등을 밝히고 사신다. 겨울철이면 일찍 아침을 드시고 아예 회관에서 사신다. 여름철에도 집에 계시는 시간보다 동네 앞 내가 심어놓은 느티나무 아래에서 보내는 시간이 더 많다. 많이 늙으셔서 늘 지팡이를 짚고 다니신다. 혼자 빈집 같은 비탈진 집으로 걸어 올라가시는 할머니를 어쩌다 보면 눈물 난다. 자식들이 다 소용없다. 나간 집 같은 집, 썰렁한 방으로 혼자 가시는 할머니가 어찌 순창 할머니뿐이겠는가. 아들딸들은 있어도 없다. 몹쓸 세상이 되어버렸다. 버림받은 것 같은 우리의 어머니, 할머니 들의 그 한 많은 삶을 우린 잊고 잃어버리고 헛짓을 하며 산다.

햇빛이 뜨거운 열을 한껏 내뿜다가 한풀 꺾인 강변에서 순창 양반은 쇠똥을 삼태기에 긁어 담아 바지게에 짊어지셨다. 둥그렇게, 둥그렇게 쇠똥을 쌓았다. 쥐불놀이 때 불이 붙으면 후후 불어 잔디에 불길을 옮겨 붙이던, 아, 그때 그 빨간 불송이였던 쇠똥.

인간을 구원하고 인류가 영생할 수 있는 길은 저 광란에 가까운 대량생산과 엄청난 소비문화에 있지 않다고 나는 믿는다. 평생을 일하며 살아온, 이제 그 대가 끊겨버린 농부들의 삶 속에서 우린 무엇인가 찾아야 한다. 저 높은 집, 썩지 않는 것들, 저 광폭한 소비와 공해를 어떻게 할 것인가. 모두들 입을 모아 걱정하지만 자꾸 공기는 더러워지고 물과 땅이 죽어간다. 그런 저 도시의 광란을 볼 때마다 순창 양반의 쇠똥 줍는 손이 보인다. 그 쇠똥 잉걸불이.

동춘 할매

동춘 할매가
동동 떠나강게
딸막이가 딸막딸막허네.

이 노래는 어머니가 동춘 할머니 이야기가 나오면 이따금 부르시는 노래다. 이 내용을 보면 다음과 같은 그림이 그려진다.

어느 해였는지는 모르겠지만 앞강 물이 많이 불었거나 아니면 댐 문을 열어 물이 불어났을 때였을 것이다. 강 건너 밭에서 일을 하던 동춘 할머니가 집에 가려고 강을 건너다 잘못하여 그만 강물에 둥 둥 떠내려가는 것을 딸인가 누군가가 보고는 물이 무서워 왈칵 구

하러 들어가지는 못하고 그냥 안달이 난 모습을 이렇게 노래한 것이다. 농민들이 부르는 노래나 민요 중에는 이렇듯 급박한 상황을 한 박자 늦추어 그 긴박함을 완화해 부르는 노래가 있는가 하면, 하찮은 일을 과대포장해서 희화하는 노래들을 볼 수 있다. 위에 소개한 짤막한 노래도 사실은 급박하고 절실하다. 금방 한 목숨이 어떻게 될지 모르는 정황을 '딸막이가 딸막딸막한다'고 해놓았다. 또 이런 노래가 있다.

    진둥아 너는 재주도 좋다
    부채로 부쳐도 꺼지지 않고
    물에 넣어도 꺼지지 않고
    진둥아 너는 재주도 좋다

이 노래는 진둥이라는 동춘 할머니 손자가 어느 날 손전등 불을 켜놓았는데, 할머니가 아무리 그 불을 끄려고 부채로 부치고 구정물 통에 집어넣고 이불로 뒤집어씌우고 빗자루로 때려도 꺼지지 않더니, 어디 갔다 왔는지 진둥이란 놈이 스위치를 얼른 내리니 불이 탁 꺼지는 것을 보고 동춘 할머니가 한 이야기를 동네 사람들이 노래로 부른 것이다. 생각하면 되게 웃기는 일이다. 불을 끄려고 온갖 노력을 하는 동춘 할머니의 모습이 눈앞에 생생하게 떠오른다.

동춘 할머니에 대한 이야기는 더 있다. 어느 해던가 하루는 일중리에 사는 손자가 할머니 집에 놀러 왔기에 할머니가 튀밥을 한 바가지 가져다가 먹으라고 해놓고 다른 일을 한참 하다 와보니 이 녀석이 튀밥을 거들떠보지도 않고 있더란다. 괘씸한 생각이 들어 "아, 이놈아 어서 튀밥 묵어" 하며 코앞에 들이대도 이 녀석은 할머니만 물끄러미 바라보더란다. 할머니가 자꾸 먹으라고 하니까 이 뜸직한 손자 녀석은 울먹이면서 "이거 튀밥 아니랑게. 이건 누에고치여" 하더란다.

또 있다. 어느 해 동지가 돌아오자 동춘 할머니는 동지죽을 한 동이 끓여 큰집, 작은집 서로 나누고 아랫집, 윗집도 나누어 먹었다. 먹다 남은 동지죽을 동이에 담아 한데 내놓으면 얼음이 얼어 덜그럭거렸다. 그러면 저녁에 이웃들을 불러다 또 나누어 먹었다. 그날 밤도 동네 사람들이 모여서 동춘 할매네 동지죽을 호롱불 아래서 먹었더란다. 한 아주머니가 말랑말랑한 '시알심이'(새알심, 동지죽에 넣어 먹는 찹쌀 경단) 한 알을 떠서 먹으려다 어딘가 좀 다르고 이상한 느낌이 들어 다시 그릇에 넣고 이리저리 뒤적여보았더니 아, 하마터면 입속에 넣고 대충 깨물어 꿀꺽 삼켰을 그 시알심이가 글쎄 쥐새끼였더란다. 그 아주머니는 상 위에 살며시 놓아두고 모두 죽을 다 먹은 뒤에 "올 동지죽이 어찌 다른 때보다 맛이 있더만, 글씨 이 쥐새끼 때문이었덩개비여" 하며 그 쥐새끼를 숟가락에 들어

보이니, 동춘 할머니 하시는 말씀. "아이고 호랭이 물어간다. 어찌 그 잡것이 거기 빠졌다냐. 그 호랭이 물어갈 것이."

시골 부엌은 모두 끄실묵으로 시꺼멓게 그을려 있었다. 날이면 날마다 나무를 때서 밥하고 국 끓이고 하다보니 연기가 늘 부엌에 자욱하게 마련이어서 누구네 집 누구네 집 할 것 없이 부엌 천장은 거미줄이 너슬너슬하고 서까래가 보이지 않을 만큼 시꺼멓게 그을 려 있었다. 그 시꺼먼 끄실묵 속 천장에 쥐들이 살며 빨간 쥐새끼를 물고 가다 떨어뜨려 동춘 할머니가 동지죽을 끓이는 솥으로 첨벙 빠져버린 것이다. 한 마리만 빠졌는지 또는 여러 마리가 빠졌는데 용케 발견되지 않아 누군가 그냥 시알심이인 줄 알고 꿀꺽 삼켰는 지 어찌 알겠는가. 아무튼 그 이야기는 두고두고 진메 마을 사람들 에게 부풀려지면서 회자되었다.

동춘 할머니는 우리 집 뒷집, 그 뒷집에 사셨다. 나는 그 할머니 가 몹시 늙으셨을 때만 아득하게 기억한다. "호랭이 뜯어가네" 하며 웃는 눈웃음이 아주 고왔던 것 같다. 지금도 이따금 우리 어머니는 동춘 할머니와 단둘이만 아는 살림 이야기를 하신다. 동춘 할머니 는 태어나서 죽을 때까지 일을 하다 돌아가셨다. 지금도 나는 해 저 문 강길을 호미 자루 쥐고 부산하게 돌아오시는 동춘 할머니 모습 을 떠올린다. 튀밥을 준다는 것이 누에고치를 주고 자꾸 먹으라고 하시던 그 모습이랑.

기왕이면 간짓대로 다 털어가버려라

동네 사람들은 그분을 '최샌' 또는 '최새완(생원)'이라고 불렀다. '최샌'이라고 할 때는 그를 낮추려는 심보이고, 그에 대한 예의를 갖추고자 할 때는 '최새완'이라고 불렀다. 지금은 김포에 살고 있는 그분의 함자를 나는 아직 알지 못한다. 우리는 그분을 '쌍둥이 아부지'라고 부르곤 했다. 그분의 외아들인 최명현이가 이란성 쌍둥이였다.

그분은 딸만 내리 넷이다가 나중에야 아들 명현이를 낳았다. 큰따님은 나의 작은어머니가 되셨고 정남이 누나는 나와 동기 동창이지만 나이는 서너 살쯤 위였다. 우리 동네에서 여자로서는 최초로 초등학교를 정식으로 졸업한 정남이 누나는 눈이 크고 공부도 늘 일등이었다. 그와 우리는 사돈 간이지만 그냥 누나라고 불렀다.

최새완은 힘이 장사였다. 우리가 초등학교 다닐 무렵 비탈진 산을 잘 오르내리며 산판을 한 나무들을 실어가는 'GMC'라는 힘센 군용차가 있었다. 그때 나무를 차에 실어주는 일을 '쓰미'라고 했는데 최새완은 이 일에서 대단한 힘을 발휘하셨다. 제일 큰 나무토막은 항상 그분 차지였다. 두꺼운 베조각을 댄 한쪽 어깨에 큰 나무토막을 메고 차에 올라 부리는 모습은 대단했다. 최새완은 혼자서 나무를 한 차 가득 실어주고는 얼마씩 돈을 받았다. 몸집은 그리 크지 않았고 키도 작은 편이었는데 힘이 어디서 나오는지 쓰미를 할 때 사람들은 그를 '최장사'라고 했다.

그는 진메 마을 태생이 아니고 어딘가에서 이사 와 자리를 잡고 살았다. 오기가 많고 고집이 센 편이어서 누구에게도 지질 않았다. 홀로 이사 와 살면서도 부지런히 일을 한 덕분에 산도 사고 논도 사고 밭도 샀다. 그의 산은 집에서 마주 보이는 강 건너 앞산에 있다. 45도쯤 비탈진 산에 밤나무를 잘 가꾸었다. 그 집 밤 때문만은 아니고 밤이 익을 무렵엔 늘 밤으로 말미암아 말썽이 일어나 동네가 아침부터 시끄러웠다.

진메 마을엔 밤나무와 감나무가 많았다. 밤과 감은 진메 마을 사람들에게는 살림에 보탬이 되는 짭짤한 수입원이었고 군것질할 게 없는 아이들에게는 주전부릿감이 되어주었다. 우리가 초등학교 다닐 때 밤을 주워 모아 팔아서 수학여행 비용에 보탰을 정도로 밤은 아이들의 유일한 용돈거리이기도 했다. 가을이 되면 옷에 감물이나 밤물이 안 든 아이가 없었다. 옷에 든 감물이나 밤물은 아무리 삶아 빨아도 빠지지 않았다.

동네에서 제일 처음 밤송이가 벌어져 밤알이 붉게 보이는 밤나무는 복두네 뒤란에 있었다. 그 밤은 꼭 추석 안에 익었다. 일찍 익은 밤이 아이들의 집중적인 표적이 되는 것은 너무나도 당연한 일이었다. 아이들은 모두 기다리고 있었다는 듯 그 밤이 익기 바쁘게 복두네 몰래 돌을 던져 털었다. 사람들은 동네 고샅에서 밤껍질을 보고는 "아하, 복두네 밤이 벌써 익었구나" 하며 밤이 익어가고 추석이 가까워졌음을 실감했다. 고샅에 밤껍질이 비치기 시작하기가 바쁘게 복두네 아버지는 밤을 털어 일찍 장에 내다 팔아버렸다. 그리고 추석이 지나면 이제 곳곳에서 올밤들이 벌겋게 익어 벌어지기 시작했다.

마을 앞에 강이 있기 때문에 진메 마을엔 봄가을로 안개 끼는 날이 많았다. 안개가 짙게 끼는 날이면 아침 열시가 넘어도 안개가 걷히질 않았다. 이런 날 아침이면 동네 곳곳에서 고함 소리가 산을 울렸다. 칙칙한 안개 속에서 누군가 주인 몰래 밤을 털어가고 주워가기 때문이다.

안개가 낀 날 아이들은 부모보다 더 일찍 잠에서 깨어났다. 어둑

어둑 신발이 잘 보이지 않을 때 일어나 신발주머니만한 보자기들을 들고 뒷산으로 슬슬 밤을 주우러 간다. 밤나무밭 밑에는 신발을 덮을 정도로 풀이 자라 있지만 간밤에 빠진 알밤은 잘 보였다. 어떨 때는 누군가가 밤을 털어놓고 미처 못 주워간 밤나무 밑에서 두근 세근 뛰는 가슴을 진정시키며 주머니를 가득 채우기도 했다. 그러나 그런 날은 자다가 떡 얻어먹기로 드물었다. 아이들은 밤나무 주인들이 밤을 다 털어간 늦가을에야 마음 놓고 아무 밤나무 밑에서나 밤을 주울 수 있었다. 같은 밤나무에서도 늦게 익는 밤이 있고, 또 너무 늦밤이어서 주인이 아예 포기하는 밤나무도 있었다.

아이들이 알밤 줍기를 가장 노리는 때는 비가 많이 온 날이나 태풍이 지나간 다음이었다. 그땐 정말 아무 밤나무 밑에 가도 붉은 밤이 수북이 떨어져 있었다. 정신없이 줍고 있다가 주인한테 들켜 후닥닥 도망치는 일이 한두 번이 아니지만 그 일을 동네 안까지 끌어들여 말썽을 일으키는 밤나무 주인은 거의 없었다. 들키면 그 자리에서 조금 혼을 내고 말았다.

밤이 한창 익을 무렵 비가 많이 와 물이 불면 진메 사람들은 강을 건너지 못했다. 그 틈을 이용해서 강 건너 윗동네인 물우리 청년들이 밤을 주우러 왔다. 그들은 마을 사람들이 발을 동동 구르며 고함을 쳐도 실실 웃으며 어슬렁어슬렁 밤을 주웠다. 이웃 마을 누구누군지 뻔히 아는 얼굴이지만 강물 때문에 속수무책이었다. 밤을 양껏 주운 청년들이 자루를 들쳐 메고 노래를 부르며 강길을 가던 모습이 지금도 눈에 선하다. 생각만 해도 재미있는 광경이었다. 그렇다고 물이 빠진 후에 그 일을 문제삼는 사람은 아무도 없었다. 저잣거리에서 만나면 서로 허허 웃고 말았다.

그런데 유독 밤철이 되면 큰 소리로 앞산을 쩌렁쩌렁 울리게 하는 사람이 있었으니 그분이 최새완, 즉 쌍둥이 아버지였다. 그 집의 밤나무는 강 건너 우리 밭 옆에 있었다. 밤이 많이 열리기도 했다. 게다가 관리도 허술하니까 자연히 아이들의 표적이 되게 마련이었다.

어느 날이었다. 우리 조무래기들은 그 집 식구들이 우골 깊숙한 다랑논으로 일 나간 것을 알아냈다. 학교에서 돌아온 우리는 앞산 우리 밭가에서 알밤을 줍는 척하다가 슬슬 쌍둥이네 밤나무숲 속으로 잠입하여 밤을 줍기 시작했다. 아무 밤나무나 발로 쿵쿵 차면 알밤이 후드득 떨어져 금방 밤나무 밑이 벌겠다. 신이 난 우리는 점점 행동이 대담해졌다. 아이들은 숫제 밤나무에 올라가 밤이 많이 달린 나뭇가지를 흔들기까지 했다.

키득키득 낄낄 웃으며 한창 신명이 나 있을 때였다. 커다란 고함소리에 우리는 줍던 밤을 주먹에 쥔 채 강 건너 마을을 바라보았다. 뒷산 그늘이 서늘히 내려와 있고 마을 앞 텃논엔 노란 햇살이 눈부시게 부서지고 있었다. 강물은 참으로 눈이 부셔서 바라볼 수가 없었다. 아름답고 황홀한 가을의 정경이 절정을 이루고 있었다. 단풍

물 든 느티나무 잎이 샛노랗게 햇살을 받고 있었다. 강 건너 초가마을을 어리벙벙히 바라보고 있는데 또 한번의 고함 소리가 벽력같이 앞산의 가을을 깨뜨렸다. 우리는 일제히 쌍둥이네 집 앞을 바라보았다. 아, 거기 우골로 일 나간 줄로만 알았던 쌍둥이 아버지가 손에 무엇인가를 들고 우리를 향해 고함을 치고 있었다. 우리는 밑도 끝도 계산도 없이 산 위로 뛰었다. 한참 도망가다가 숨이 차기도 하고 또 그 어른이 여기까지 쫓아오지는 않을 것 같아 그냥 아무 데나 주저앉았다. 헉헉 숨을 몰아쉬며 강 건너 쌍둥이네 집 앞을 바라보았다. 그런데 그 어른은 보이지 않고 산그늘과 집그늘만 텃논 중앙까지 내려와 서늘해 보였다. 맘을 탁 놓고 있는데 느닷없이 또 큰소리가 강을 울리며 건너왔다.

"기왱이면 간짓대 갖고 다 털어가뿌리라."

부아를 삭이며 일터로 다시 향하던 쌍둥이 아버지가 우리에게 소리치던 말이었다. 우리는 킥킥 웃었다.

"그려, 간짓대로 다 털어가불끄나."

누군가 그렇게 말했지만 어느 누구도 그 집 밤을 다시 주우러 가지 않았다. 우리는 해가 지는 강을 건너 생밤을 까먹으며 집으로 돌아왔다. 그후 동네에서 누가 남의 집 감을 따거나 밤을 하나라도 주워먹을라 치면 사람들은 웃으며 "기왱이면 간짓대 갖고 다 털어가뿌리라" 하며 웃었다.

이제 동네에 가을이 와도 산은 적막하다. 따지 못한 감들이 동네 구석구석에서 곯고 썩어 떨어지고 밤나무 밑은 풀이 우거져 사람의 발길을 막고 있다. 누가 와서 저 붉은 밤알들을 주워 안개 속에서 두런두런 돌아오랴. 누가 강 건너 밤나무밭에다 대고 "기왕이면 간짓대로 다 털어가버려라" 하고 고함을 지르며 들로 나가랴.

논두렁 깡패들

물우리 찬수, 승채, 진메 마을의 용조 형, 윤환이, 복두, 재홍이, 용식이, 나 등은 1970년대 덕치면의 논두렁 깡패들이었다. 모든 공식·비공식 덕치면 행사에서 이 일당은 늘 주시의 대상이었다. 늘 골칫거리였으며 여러 가지 말썽의 진원지였다. 이 동네 저 동네에서 이런저런 일들이 논두렁 깡패들로부터 일어나 덕치면을 떠들썩하게 만들었다. 이들이 지나간 곳에는 늘 어떤 것이든 흔적이 남았고, 그 흔적은 늘 어이없는 말썽이 되었다.

이들은 고구마밭을 지나면 그냥 지나지 않았고 옥수수밭을 지나도 그냥 지나치지 않았으며 감나무밭을 지나면 그냥 지나만 가지 않았다. 한두 개 그냥 과일만 따먹으면 누가 뭐라 하겠는가만 그러지 않았다. 곡식밭을 망치지 않더라도 누가 봐도 그냥 보고만 넘길 수 없을 만큼의 흔적을 남겼다.

가설극장이 들어왔다 하면 이들은 늘 깽판을 놓았다. 포장을 들치고 들어가기 일쑤에 매표소 부근에서 얼씬거리며 깽판을 놓았다. 공짜로 들어가라고 해도 그러지도 않았다. 이러지도 저러지도 못하는 이 골칫거리들 때문에 가설극장은 늘 개판이 되기 일쑤였다. 그냥 가만히 있는 처녀들 뒤에서 머리채 잡아당기기, 어디서 술 마시고 와서 영사기 앞에서 얼씬거리기, 그리하여 잘 나오지도 않는 그 구닥다리 화면에 자기 그림자 비치기 등 이루 헤아릴 수 없을 정도로 말썽을 부렸다. 동네 콩쿠르가 있는 날은 또 어떤가.

1970년대엔 백중날이나 칠석날 꼭 어느 마을에서든 콩쿠르가 열렸다. 그리고 봄철이면 꼭 때맞추어 가설극장이 들어왔다. 가설극장은 물우리 앞 강변에 포장을 쳤다. 가설극장이 들어오는 날은 대단했다. 마이크를 실은 손수레가 동네를 돌아다녔다. "문화와 예술을 사랑하시는 덕치면민 여러분 안녕하십니까. 오늘밤 저희 가설극장에서 상영할 영화는 김진규 김지미 주연의 영화, 눈물 없이는 감상할 수 없는 영화, 손수건이 없으면 감상할 수 없는 영화"를 숨 가쁘게 외치고 다니면 그야말로 문화와 예술의 축제날을 맞이한 덕치면 처녀 총각들은 달뜨게 된다. 오랜만에 분 바르고 멋 내고 밤나들이 갈 수 있는 기회가 온 것이다.

잎이 파란 보리밭에서 밭을 매던 처녀들은 일찌감치 머릿수건으로 치마를 털고 일어나 집에 가서 저녁을 해 먹고 어떤 꾀를 써서든지 부모님을 속이고 밤나들이 길에 나섰다. 달이 뜬 하얀 들길을 지나 새잎 피는 느티나무 길을 지나 개 짖는 소리 요란한 마을 길을 지나 문화와 예술을 숨 가쁘게 외치고 있는 극장으로 가는 것이다. 기대에 부푼 달뜬 발걸음이 구름 위를 딛는 것 같은 기분으로. 그러면 거기 이 땡깡쟁이들이 있다.

이 논두렁 껄렁패들은 또 인기도 있었다. 요 근방 예쁜 처녀들은 다 골라서 사귀고 그 처녀들도 그들하고 어울리고 아는 것을 은근히 좋아했다. 이들은 영화를 보는 둥 마는 둥 하고 월파정에 가서 놀았다. 가설극장에서 돈 주고 영화를 보지 않았고, 영화를 중요하게 생각하며 감상하지도 않았다. 늘 그 어떤 '건수'를 그들은 노리고 또 자발적으로 일으켰다. 하루 저녁도 이들 때문에 영화의 '끝' 자가 곱게 나간 적이 별로 없었다.

콩쿠르가 있는 날은 또 어땠는가. 이 패들이 늘 1등을 해야만 했다. 아무리 노래를 잘하는 '가수'가 나오더라도 그 가수는 2등이었고 이 패들 중에서 누군가가 1등을 해야 했다. 만약 이 '약속'이 어겨지면 그 끝은 아수라장이 되었다. 무대에 쌓인 시계, 양은솥, 대야가 찌그러지고 내팽개쳐지고 날아갔다. 그 순서는 어김없이 딱 정해진 차례였다. 콩쿠르가 있는 날은 꼭 그 어떤 식으로든 쌈판이 벌어졌다.

저쪽 한쪽으로 아니꼬운 놈(?)을 끌고 가서 후다닥 패면 금세 그 판은 패싸움판이 되어버렸다. 그리고 서산에 기우는 달을 보며 우리는 집으로 돌아왔다. 이슬에 젖은 촉촉한 머릿결과 옷과 바짓가랑이의 무게를 견디며…… 그런 일이 1년이면 몇 번씩 이어졌다. 연례행사였다. 우리들 젊은 청춘의 낭만이 그렇게 지나갔으며 무르익어갔다.

70년대 초에는 새마을운동이 대대적으로 펼쳐지던 때였다. 시골에 있는 청년들이, 청소년들이 서서히 도시를 향해 진출하던 때였고, 그리고 서울로 가서 견디다 못 견디면 반거충이가 되어 돌아와 서울 냄새나 풍기며 시골에서 놀았다. 언제 서울을 갔는가 하면 언제는 돌아와 있었다.

이런 시절 겨울이 돌아오면 우린 닭서리, 곶감서리 등도 으레 시들해 밤만 되면 긴긴 밤을 어찌하지 못하고 중원 마을로 나갔다. 중원엔 그래도 막걸리 집이라도 몇 군데 있어서 우리가 할 일 없이 돌아다닐 만했다. 그때 우리 중에 중원에 외상값 없는 사람이 없었다. 저녁밥을 먹고 할 일 없이 모인 우리는 실실 마을을 벗어나 신촌 마을을 지나 중원 술집에 가서 그럴듯한 술꾼 흉내를 냈다. 우리가 술집에 들어서면 다른 동네 아이들은 슬슬 어디론가 가버렸다. 만약 그 패들 중에 처녀라도 있다 하면 당장에, 그 어떤 핑계를 대서라도 싸움이 벌어졌고 그들은 허벌나게 얻어터졌다. 그리고 우리는 슬슬 술집마다 다 들러 한두 잔씩 걸치고 중원 그 좁은 길을 고래고래 악을 쓰며 휩쓸었다. 그리고 자정이 넘어서야 집으로 향했다.

어느 겨울날이었다. 우리는 그날도 지루함을 도저히 견딜 수가 없어 용식이, 나, 용조 형, 복두(이상은 모두 사촌형이나 동생 간이다), 윤환이 이렇게 모여 중원을 향했다. 그날도 여느 날과 다름없이 우리는 이 집 저 집 다니며 술을 마시고 자정이 훨씬 넘어서야 집으로 향했다. 물론 술기운 그 이상으로 취해 노래가 아닌 악을 쓰면서 말이다. 이럴 때 꼭 신촌 마을을 지나게 되는데, 예부터 남의 마을 앞을 지날 땐 숨소리, 발소리, 발걸음도 조심해야 했다. 이것은 오래된 그야말로 불문율이었다. 감히 그 누구도 남의 마을 앞을 지날 때 고함을 지르거나 노래를 부르거나 담배를 입에 물고 지나가거나 하지 못했다. 늘 몸과 마음 매무새를 가다듬어야 했다.

그런데 우리에게 그런 게 통할 리가 없었다. 우리는 오히려 남의 마을 앞을 지날 때 더 티를 내며 고래고래 악을 써댔다. 그냥 노래를 부르며 지나가는 정도가 아니라 마을 가운데다 대고 입을 모아 합창을 했다. 처음엔 어른들이 나와 말리기도 하고 혼을 내기도 하고 참다 참다 못해 우리 동네를 찾아와 호소하고 원망했지만 우린 부모님들에게 그냥 잔소리를 좀 듣고는 도로아미타불이었다.

그날은 날이 추웠다. 썰렁한 막걸리였지만 그래도 취기가 있어서 그런지 추운지 몰랐다. 하지만 아무 일도 없이 그냥 조용하게 집엘 들어간다는 것은 여간 내키지 않는 일이었다. 우리는 신촌 마을 제일 끝집 헛간 위에 쌓인 짚다발을 몇 개 내려 들고 길을 걸었다. 너무 늦은 시간이어서인지 마을엔 불빛 하나 없었다. 개들만 짖고 있었다. 우린 흔히 이렇게 늦은 밤 신촌 마을 앞을 지나다 논배미에 있는 짚다발이나 부려놓은 나뭇단을 가져다 불을 놓곤 해서 늘 말썽을 일으키고 욕을 먹었다.

그날도 우리는 짚다발을 들고 신촌 마을을 벗어나 우물(어느 땐가는 이 우물을 돌로 다 메워버려 말썽이 된 적이 있었다)이 있는 곳을 조금 지나 길가에 있는 커다란, 고목이 다 된 감나무 밑에 짚을 쌓았다. 그리고 불을 붙였다. 불은 잘도 타올랐다. 캄캄한 밤하늘에 짚다발 불빛은 대단한 기세로 불티를 올리며 탔다. 다 늙어 썩어가는 감나무에 불이 붙었다. 초등학교 때부터 여태껏 우리에게 가을철이면 홍시를 제공하던 감나무였다.

우리는 추운 몸을 녹이며, 붉게 타오르는 불꽃의 끝을 보며, 그리고 어두운 얼굴로 날아 올라가는 불티들을 보며 몸을 돌려가며 따뜻하게 불을 쬐었다. 이유는 없었다. 단지 이 감나무가 여기에 있었기 때문이다. 그 얼마나 기분 나쁜가. 왜 여기 이 자리에 이 감나무가 있느냐 말이다. 불길이 사그라지자 우리는 오줌을 한 번씩 싸주고 돌아서 걸었다. 가다가 뒤돌아보니 감나무 꼭대기까지 뻘긋뻘긋

불티가 보였다. 불길은 없지만 그래도 감나무에, 썩은 감나무에 불 똥이 남아 있었던 것이다.

아침이 되어 나는 어딘가를 가게 되었다. 방학 때였는데 아침 일찍 집을 나서서 그 감나무가 있는 곳을 지나던 나는 놀랐다. 감나무, 그 시커먼 감나무에 아직도 연기가 모락모락 나고 있었다. 나는 가슴이 두근 반 세근 반 그 밑을 지나며 이제 큰일 났구나 했다. 저녁답이 되어 집에 왔더니 아니나 다를까 동네가 발칵 뒤집혀 난리가 나 있었다. 감나무 주인이 지서에 고발을 했다는 것이다. 그 감나무 주인은 용식이네와 가까운 친척이었는데 그것도 소용이 없다고 했다.

우리는 속수무책이었고 모두 쥐 죽은 듯 숨소리조차 죽이고 있었다. 또 작은아버지가 해결해주시겠지 해서였다. 사실 이런 일이나 패쌈이 벌어진 후에는 늘 작은아버지가 나서서 해결해주셨다. 작은아버지는 덕치면에서 유지였으며 조합장도 하셨다. 이보다 더한 일도 해결해주셨는데 뭘, 하며 우린 기다렸다. 고발했다는 주인의 말과는 달리 지서에서 순경이 오지도 않았다. 그렇게 하루가 지나자 우린 한숨을 놓았다. 그렇다고 일이 해결된 것은 아닌 모양이었다. 작은아버지도 진노하셨던 것이다. "왜 맥없는 감나무를 불로 죽이냐"는 것이었다. "그 감나무가 너희들더러 밥을 달라고 하대 죽을 달라고 하대 응? 아무 죄 없는 감나무에다 불을 왜 놓아. 이 넋 빠진

놈들아." 참으로 넋 빠진 일이었다.

사흘쯤 지났는데 그날은 하얗게 눈이 내리고 있었다. 그러나 우리의 마음은 곱게도 내리는 눈을 한가하게 바라볼 때가 아니었다. 우리는 눈을 어깨에 머리에 얹으며 모였다. 어떻게든 발등에 떨어진 불을 꺼야 할 처지에 있다는 것을 우린 알고 있었고, 무슨 일이든 시도해야 한다는 데 의견의 일치를 보았다. 어떻게 고양이의 목에 방울을 달 것인가. 별 뾰족한 수도 없이 눈만 하염없이 내리고 있었다. 포근하고 아름다운 겨울날이었다. 이런 일만 없었다면 말이다. 이런 일만 없었다면 아마 우리는 또 살살 눈을 뒤집어쓰며, 이 아름다운 눈을 견디지 못하고 눈 위에 발자국을 남기며 중원에 갔을 것이다.

그러나 우린 그런 한가하고 가벼운 발걸음이 아니라 천근만근 무거운 발길을 옮기고 있었다. 눈은 그쳐 있었다. "염병할 놈의 눈은 와가지고." 우리는 눈길을 걸어 중원에 가서 새파란 유리 소주병에 막걸리 한 되를 샀다. 거기다 아리랑 담배 두 갑까지 얹어서. 그리고 그 감나무 집을 향해 아무 말 없이 천천히 걸었다. 진짜 가기 싫은 길이었다. 어떻게 할 것인가. 저만큼 그 시커먼 감나무가 흰 눈 속에 서 있었다. 우리는 외면했다. 참으로, 참말이지 왜 저놈의 감나무가 저기 있었는가 말이다. 원망스러웠다.

우리는 그 감나무 주인집 골목에 서서 발끝으로 눈을 차며 담배와 막걸리 한 되의 무게보다 천 배 만 배의 무게에 짓눌려 서 있었다, 말없이. 어떻게 해야 된단 말인가. 그때였다. 중원 쪽에서 시커먼 사람이 걸어오고 있었다. 우린 재빨리 담 뒤로 숨었다. 누구신가? 그 사람이 가까이 다가왔다. 아, 아, 형님, 우리의 형님, 용수 형님이었다. 우리의 캄캄한 머릿속에 밝은 불빛이 환하게 들이쳤다. 그래, 그래. 우리는 모두 재빨리 담 뒤에서 나와 형님 앞에 섰다. "아니, 이놈들이 누구여. 아니 너희들 여기서 뭣혀. 또 엉뚱한 짓 하려고 나온 것 아니여?" 우린 아니라고 했다. 그리고 얼른얼른 대충대충 아무리 변명을 해도 변명할 건덕지가 없는 감나무 불태운 이야기를 했다. 아, 그랬더니 남원에서 형사를 하고 있던 이 형님이 아무 말도 않더니 "그려, 글면 나랑 가보자" 하시는 게 아닌가. 우린 속으로 쾌재를 불렀다. 우리 머릿속에 왜 환한 불이 켜졌었는지 우린 그제야 그 이유를 확실히 알았다.

우리는 그 어른의 사랑에 들어가 무릎을 꿇고 술 한 병과 아리랑 담배 두 갑 앞에 고개를 푹 숙이고 앉아 있었다. 그 어르신은 나이가 많이 든 분이었다. 이 근동의 지관 일을 거의 도맡아 하시는 어른이었고 평소에 늘 자상하신 분이었다. 그런 조용한 분이 화가 나면 어떤가를 우린 잘 알고 있었다. 형님은 그 어른에게 이놈들 혼 좀 내주라고 했다. 그 어른은 이런 말씀으로 우리를 혼내셨다. 참으로 조용조용하고 일목요연하고 이야기의 사리가 옳았다.

"나는 평소에도 아이들이 우리 집 감나무에 올라가 감을 따먹을 때 절대 큰소리로 아이들을 나무라거나 혼내지 않네. 왠지 아능가? 내가 만약 큰소리로 감 따먹은 것을 나무라고 소리친다면 그 아이가 놀라서 허둥지둥하다 나무에서 떨어질지 모르니, 내 어찌 큰소리를 지르겠는가. 감 하나 따먹은 것이 아까워서 나무라는 것이 아니라 감나무에서 떨어질까 더 걱정을 하는 거라네. 모다들 알것능가."

알다마다요. 왜 우리가 그 뜻을 모르겠습니까. 우리는 그저 고개만 푹 수그리고 앉아 있었다.

"감나무가 중헌 게 아니라 나는 자네들의 새파란 싹이 더 중요허네."

우리는 흰 눈밭으로 다시 풀려나왔다. 날 것 같았다. 아름답고 고운 밤이 들판 가득 넉넉하게 펼쳐져 있었다. 시원한 바람이 온몸을 때렸다. 밖에 나오자 형님은 "그 양반 되게 유식허다"라고 했다. 그 어른 댁 골목에서 조금만 진메 쪽으로 가면 그 감나무가 보였다. 그 감나무가 흰 눈 속에 꺼멓게 서 있었다. 형님은 우리를 돌아보며 이 감나무였느냐고 묻더니 "에라이, 멍청헌 놈들 왜 하필이면 이 넓디넓은 땅 다 놔두고 여기다 불을 놓았냐" 하며 웃었다. 우리는 그때까지도 웃음이 나오지 않았다. 해결이 되었다고는 하지만 그 나무가 아주 죽어 베어지기 전까지의 우리의 사회적(?) 처지를 생각했기 때문이다. 그 감나무는, 그 옆에 있던 우물과 함께 새마을운동에 따라 묻혀 길이 되고 나무도 베어졌다.

용식이가 죽었을 때 순창에서 트럭에 실려 왔었다. 뜨거운 여름이었다. 밤하늘에 별이 지독히도 빛나던 밤이었다. 용식이를 실은 트럭이 그 감나무가 있던 곳을 지나다 덜컹 멈추는 게 아닌가. 우린 그냥 돌멩이가 걸린 줄 알았다. 운전사가 차에서 내리고 차에 탄 사람들도 모두 내렸다. 그 차 운전사는 용식이가 순창에서 자취하던 집 주인이었다. 그가 차에서 내려 차 밑을 보더니 어딘가가 부러져 더 갈 수 없으니 모두 내리라는 것이었다. 죽은 용식이도 차에서 내렸다. 차가 갈 수 없으니 리어카에다 관을 싣고 우린 집으로 왔다. 그런데 그 차 밑에 걸린 것은 돌이 아니라 그 감나무를 베어내고 남은 밑동이었다. 바짝 자르지 않고 그 뿌리를 캐내지도 않아 땅 위로 돌출된 감나무 밑동이 풀잎 속에 감추어져 있다가 그 차를 그렇게 고장내버린 것이다.

두고두고, 그러나 우리만 알 뿐 말할 수 없는, 아무도 말하고 싶지 않은 그 어떤 큰 사건이었다.

그리운 용조 형

용조 형은 나보다 한 살 위인 사촌형이다. 형이지만 같은 초등학교 같은 반을 6년이나 같이 다녔기 때문에 친구나 진배없이 오랜 세월을 함께 지냈다. 더구나 형의 집은 우리 집 바로 뒤에 있어서 어렸을 때부터 한 식구나 다름없었다.

형은 어렸을 때부터 짓궂고 쌈을 잘했다. 나도 형에게 늘 얻어맞고 울었다. 울면서 집에 가면 어머니는 "또 용조가 때렸구나" 하며 사내자식이 울면서 집에 온다고 나무라셨다. 형은 운동도 잘했다. 운동회 때 기마전이나 기둥 눕히기를 할 때면 형은 단연 돋보였다. 지는 법이 없었다. 청년이 되어 다른 동네 사람들과 패싸움을 해도 형은 늘 앞장서서 싸움을 이끌었다. 닭서리를 한다거나 고기를 잡는 일도 우리는 용조 형의 계획을 따랐다. 토끼 사냥을 가면 용조 형은 토끼를 끝까지 쫓아 끝내는 잡고야 말았다. 토끼 올가미도 어찌나 귀신같이 길목을 잡아 놓던지 한번 놓으면 틀림없이 토끼를 잡았다. 올가미로 꿩도 잡아 동네 사람들을 놀라게 했다.

형은 강물에 통발을 놓아 고기를 잘도 잡았다. 봄날 일요일이 돌아오면 아침 일찍 형을 따라 통발을 거두러 강에 갔다. 형은 다른 아이들보다 통발도 잘 만들었고 고기들이 잘 오르는 곳을 찾아 통발을 놓았다. 이른 아침, 안개 속에 이슬을 털며 강으로 가 건져올린 통발 속에서 물을 차는 물고기들의 싱싱한 몸이 빛날 때 내 가슴은 얼마나 두근거렸던가. 통발을 가지고 나와 넓적한 바위에다 고기를 털면 바위 위에서 펄펄 살아 뛰던 쏘가리며 꺽지며 메기 등이 지금도 눈에 잡힐 듯 선하다. 형은 또 작살을 만들어 깊은 강물에서도 고기들을 잘 잡았다. 여름날 나는 형이 잡은 고기를 들고 형을 따라다녔다. 어찌나 강물 속을 샅샅이 뒤지고 다녔던지 우리 동네 어디, 어느 바위에 무슨 고기가 있는지 훤히 알 정도였다. 형은 그랬다. 썰매를 만들어도 남보다 솜씨 있게 만들었고, 팽이나 자치기나 윷을 만들어도 형이 만들면 달랐다.

형은 왼손잡이였다. 그래서 왼손잡이만 쓸 수 있도록 만든 왼손잡이 낫을 썼다. 우리는 왼손에 흉터가 많은데, 형은 오른손에 흉터가 많다. 낫질을 하다 우리는 왼손을 많이 베는데, 형은 오른손을 많이 다친 것이다. 낫을 보면 그 사람의 일솜씨를 알 수 있다는데 형의 낫은 확실히 달랐다. 형이 낫을 손에 쥐고 무엇을 만들면 그렇게 눈부실 수가 없었다. 지겟작대기 하나를 만들어도 적당히 넘어가는 법이 없었다. 풀을 베도 남달라서 형이 깎아놓은 논두렁은 참으로 깨끗해 보였다. 나무를 어찌나 야무지게 했는지 강변에서 쉬고 있는 수많은 나무꾼들 나뭇짐 속에서도 형의 나뭇짐은 얼른 눈에 띄었다. 형은 그렇게 스스로 농부 수업을 해나갔다.

농사일은 아무도 가르쳐주지 않는다. 낫 잡는 법이나 풀 베는 법, 혹은 풀을 발채에 쌓는 법도 가르쳐주지 않는다. 농부들은 무슨 일이든지 오랜 시간 스스로 몸과 맘에 익혀 터득하고 깨우친다. 그렇게 무엇이든지 오래 기다리며 일을 익히므로 한번 배운 요령은 잊지 않는다.

형이 농사일을 스스로 익히며 꾸었던 꿈은 무엇이었을까? 아마 자기 땅을 갖고 농사짓는 것이었을 것이다. 그러나 형은 자기 땅을 갖기도 전에 다른 사람들처럼 서울로 이사했다. 형이 탄 트럭이 동네를 빠져나갈 때까지 나는 오래오래 형의 차를 바라보았다. 오래전 일이다. 내가 서울에서 한 달간 먹고 논 적이 있는데, 그때 형이 많은 도움을 주었다. 형과 나의 사촌인 복두 동생과 함께 남산에서 찍은 사진이 지금도 있는데 그 사진을 보면 세 명 모두 하나같이 겁나고 불안한 얼굴들이다. 서울이 그 얼마나 겁나고 무서운 곳이었겠는가.

이제 이 땅에 그런 농부는 없다. 나는 용조 형이 이 땅에서 마지막으로 농사일을 배우던 사람이라고 생각하고 있다. 언젠가 산에서 나뭇짐을 짊어지다가 내가 넘어지니까 나뭇짐을 잘 고쳐 일으켜세워주며 "자, 인자 되았제? 일어나봐" 하며 내 지게를 밀어주던 형. 잔설이 깔린 저무는 앞산을 보고 있으니 형, 형이 울컥 그리워집니다.

제3부

———

언제나 함께하고 싶은 사람들

그리운 저쪽의
고향 동무들

책보를 등에 질끈 동여맨 뭔가 긴장된 뒷모습의 다섯 명의 아이들과 그 아이들을 멀찌감치 따라 걷고 있는 한 명의 여학생, 그리고 그 아이들 뒤에서 숨을 씩씩거리며 잔뜩 화난 표정으로 걷고 있는 조금 덩치가 큰 아이. 이렇게 일곱 명의 아이들이 작은 강물에 놓인 까만 징검다리를 건너고 있었다. 강을 건넌 아이들 중에 여학생은 가던 길을 계속 가고, 사내아이들만 강가 푸른 풀밭에 남았다. 아이들의 주위에는 제법 팽팽한 긴장감이 맴돌았다.

조금 덩치가 큰 아이가 등에 매달린 책보를 풀어 던져놓고 권투 자세를 취하며 "덤벼, 새끼들아, 난 외아들잉게 죽어도 좋아" 하고 먼저 소리쳤다. 다른 아이들 중 한 아이가 "얌마, 외아들은 죽으면 안 되지" 하고 능청스럽게 웃으며 대꾸했다. 아이들은 "와!" 하고 따라 웃었다. 그리고 대꾸한 아이가 다섯 명의 아이들 중 키가 작은 두 아이들에게 책보를 풀어주며 "야, 너그들은 저그 가 있어. 이 외아들놈 패고 따라갈 팅게" 하고 늠름하게 지시했다.

두 아이는 멀찌감치 떨어진 큰 바위 위에 날름 올라가 곧 3 대 1로 벌어질 싸움을 구경할 준비를 했다. 외아들인 일중리에 사는 그 아이를 삥 둘러싼 진메 아이들 세 명 중 한 명이 갑자기 달려가더니, 그 외아들의 배를 발차기로 내질렀다. 배를 차인 아이가 벌러덩 풀밭에 넘어졌다. 아이들이 달려들어 그 아이를 지근지근 밟아댔다. 외아들은 비명을 지르며 악을 쓰다가 벌떡 일어나 두리번거리더니 얼른 돌멩이 하나를 집어들었다.

아이들 셋이 부리나케 도망을 쳤다. 바위 위에서 구경하던 두 아이도 바위에서 뛰어내려 진메를 향해 뛰기 시작했다. 외아들의 코와 입에서는 피가 흐르고 있었다. 진메 아이들은 걸음아 나 살려라 하며 죽어라고 강변을 달려갔다. 한참을 피 튀기며 따라오던 외아들이 지쳤는지 멈춰 서서 씩씩거리며 진메 아이들을 멀찍이 쏘아보고 서 있었다. 아이들이 너무 멀리 도망가버린 것이다. 도망가던 아이들도 이내 멈춰 서서 그 아이를 향해 감자를 먹이며 약을 올렸다.

"야, 외아들잉게 죽어도 좋다는 멍청헌 놈아! 올 테면 이리 한번 와봐 새꺄."

외아들은 더이상 그 아이들을 쫓지 않고 돌아서서 울며 징검다리를 향해 걸었다. 해가 뉘엿뉘엿 지고 있었다. 진메 아이들도 긴 그림자를 강변에 깔며 내가 더 때렸느니, 아냐 내가 더 때렸느니, 어쨌느니 떠들며 강길을 걸어 집으로 갔다.

진메 아이들 중에 책보를 가지고 멀찍이 떨어져 싸움 구경을 한 놈 중에 키가 더 작은 놈은 용택이였고, 키가 조금 큰 놈은 사촌동생 복두였다. 싸움을 하며 성질 급하게 먼저 발로 공격한 놈은 윤환이였다. 달려들어 같이 발로 밟아댄 놈은 현철이, 그리고 한 사람은 나보다 한 살 많은 용조 형이었다. 우리는 모두 4학년이었고 한동네에 살았다.

남자아이들의 싸움과 아무 상관 없이 혼자 먼저 간 여자아이는 훗날 나에게 성장소설 『옥이야 진메야』를 남긴, 우리 중에 나이가 가장 많은, 그래서 우리의 누님이라고 부르던 이였다. 외아들이니까 죽어도 좋다는 엉뚱한 말을 해서 우리를 박장대소하게 했던 친구는 일중리에 사는 병렬이었다. 나는 그의 아들과 딸을 가르쳤고, 작년에는 그의 손자를 가르쳤다. 병렬이는 지금 시골에 사는 나보다 한 살 많은 친구다.

우리는 그렇게 6년을 한길로 같이 다닌 친구들이다. 학교를 오가며 마을에서 우리 때문에 벌어진 이야기를 다 쓰자면 영영 끝나지 않을 것이다. 6·25가 끝나고 몇 년 있다가 학교를 들어간 우리는 학교에 주둔해 있던 군인들과도 친했다. 그 군인들에게 우리는 있지도 않은 누님들을 팔아 많은 것들을 얻어먹었다. 큰물이 지나가면 강물 속에 묻혀 있던 총탄들이 강변에 즐비하게 깔렸다. 우리는 그 총탄들을 모아 아무도 모르게 감추어두고 엿을 바꿔 먹기도 하고, 총알을 가지고 장난을 치다가 어른들에게 들켜 죽지 않을 만큼 두들겨 맞기도 했다.

어디 그뿐인가. 머리통이 커지면서 학교를 오가는 길에 벌인 온갖 서리와 장난으로 우리 주위에는 그야말로 바람 잘 날이 없었다. 그 바람 잘 날 없는 날은 우리가 청년을 지나 장가를 들고 가정을 이루기 직전까지 이어졌다. 우리 아버지들은 하루가 멀다하게 이웃 마을에 가서 자식 잘못 둔 죄를 빌어야 했다.

초등학교를 졸업한 우리 중 나만 순창으로 중학교를 가고 김복두, 양현철, 문윤환, 용조 형은 집에 남아 일을 배웠다. 윤환이와 용조 형은 농사일을 잘 배워나갔다. 풀베기, 나무하기, 논일, 밭일은 물론 강에서 고기를 어떻게 잘 잡을 수 있는지도 어른들로부터 잘 전수받았다. 풀을 베고, 괭이질, 삽질을 제대로 하기까지 얼마나 많은 시간이 필요한지 농사를 짓지 않은 사람들은 모른다. 봄, 여름, 가을, 겨울 냇가에 사는 고기의 생태와 성질을 잘 알지 못하는 사람은 고기를 잡지 못한다.

나이가 들면서 윤환이는 한동네에 살면서도 우리와 잘 어울리지 않았다. 토끼 사냥을 나가거나, 명절 때 짚으로 만든 공으로 공차기를 할 때나, 정월대보름이나 추석 때 풍물굿을 칠 때 이따금 우리와 어울렸지만 그 외에는 강변에서 잠을 잔다거나, 나무를 함께 하러 간다거나 고기를 같이 잡으러 갈 때도 윤환이는 우리와 거의 어울리지 않았다. 윤환이는 늘 혼자 그의 논과 밭에서 살았다. 나중에 장가를 들고 방위를 받으러 세상에 나가 같은 면 친구들이나 사람들과 어울리기 시작할 무렵에야 윤환이는 다시 우리와도 어울리기 시작했다.

윤환이네 논두렁이나 밭은 이발을 막 한 머리처럼 유난히 산뜻하고 훤했으며, 윤환이가 통발을 놓는 곳에는 엄청나게 고기가 잘 걸렸다. 논과 밭, 우리 동네 산과 들과 강 구석구석을 그만큼 잘 아는 사람도 없을 것이다. 그가 나무를 해서 짊어지고 오거나, 그가 베어 놓은 논두렁이나, 그가 가꾼 고추밭이나, 그가 기른 소를 보면 모두 놀랐다. 그의 농사는 그냥 농사가 아니고 예술이었다. 윤환이는 우리 세대 중 마지막까지 남아 농사를 지은, 내가 본 유일한 전통적인 농부였다.

그러나 나이 들어 장가간 후로도 오랫동안 농사를 짓던 그도 결국 서울로 이사를 갔다. 진정한 농군으로 살았던 윤환이도 끝끝내 농촌을 지키지 못했던 것이다. 우리 농사의 끝을 나는 그에게서 보았다. 막둥이로 태어나 부모님을 모시고 살았던 윤환이, 그를 나는 여기 기록해둔다. 바재기가 터지도록 풀을 짊어지고, 지게가 찢어지게 나무를 짊어지고 끄덕끄덕 천천히 산길 들길을 걷던 그의 아름답고 느린 모습은 아침안개 속에서나 어둑한 강가 길에 지금도 그림자처럼 살아 있다. 그는 저 유구한, 우리들의 영원한 농부였다.

몇 년 전 고등학교를 막 졸업한 그의 아들이 시골에서 오토바이 사고로 죽었다. 그는 그후로 고향에 발걸음을 하지 않는다. 그 생각을 하면 나도 가슴이 미어진다. 한동안 나는 그를 보지 못하다가 이 글을 쓰기 전 그의 조카 결혼식장에서 보았다. 폭삭 늙어 머리가 희어진 그의 앞에서 밥을 먹으며 나는 목젖이 더워져오는 것을 참지 못했다. 그가 그렇게 갈고닦아 번드르르하던 그의 집은 이제 다 허물어져 흉가로 변해버렸다. 우리의 농촌 현실이다.

아! 나는 이 글을 쓰면서도 눈물이 난다. 그의 아름다운 농사는 어디로 갔는가. 한 번도 꽃이 되지 못했던 저 유구한 농사꾼들의 삶은 어디로 사라져버렸는가. 나는 언젠가 그들을 위한 글을 새로 쓸 것이다.

현철이는 초등학교를 졸업하자 강물로 달려들었다. 현철이는 그 시절 강에서 고기를 잡아 팔았다. 정말 고기가 많던 시절이었다. 그러다가 현철이네 집이 서울로 이사를 갔다. 아마 현철이네가 우리 동네에서 제일 먼저 서울로 이사를 간 집이었을 것이다. 현철이가 고향에 살 때 그 집은 밤낮으로 우리의 놀이판이었다. 우리는 밤이

나 낮이나 시간이 나면 그 집에 모여 놀았다. 성냥골 내기 민화투를 치건, 닭서리를 하건, 다 현철이네 집에서 일을 치렀다. 현철이 어머니가 우리의 그 소란과 말썽을 다 숨겨주고 받아넘겨주셨기 때문이다.

일찍 서울로 이사를 간 현철이는 기술자가 되어 이따금 시골에 왔다. 이제 동생들에게 일을 맡기고 쉰다는 이야기를 들었다. 이 친구 식구들은 그의 아버지처럼 마음씨가 다 구김 없이 맑고 좋았다.

복두는 당숙의 큰아들이다. 나보다 한 살 아래지만 나와 동기 동창이다. 매우 미남이어서 어려서부터 크면 한가락 하게 생겼다는 이야기를 많이 듣고 자랐다. 임실에 있는 중학교를 다니다가 만 복두도 일찍 서울로 갔다. 복두가 서울에 있다가 돌아오는 명절이면 우리는 모두 시골 정류소에 나가 그를 기다렸다. 그는 갈수록 잘생겨져서 돌아왔다. 복두는 서울에 가서 처음에는 엿 공장에 있다가 나중에는 '요꼬'라는 스웨터 공장에서 일을 했다.

내가 고등학교를 졸업하고 서울에 잠깐 있을 때 나와 용조 형과 복두가 어울려 남산에서 찍은 사진을 보면 눈시울이 더워진다. 복두와 용조 형은 서울에 가 있었고, 나는 고등학교를 졸업하고 처음 서울에 갔었다. 시골에서 오리를 키우다가 실패해 서울로 도망을 간 것이다. 서울로 간 나는 이 집 저 집 친척집들을 찾아다니며 밥을 얻어먹고, 잠을 자기도 했는데, 한 번 간 집은 다시 가지 못했다.

그러던 어느 날 복두와 용조 형과 나는 남산을 올라갔다. 어떻게 무슨 수로 사진을 찍었는지 모르지만 우리는 서울 시내를 배경으로 사진을 찍었다. 철이 지난 옷을 입은 우리의 쓸쓸하고 가난한 모습은 슬프고도 눈물겨웠다. 고향 강 언덕이 그리운 그 사진을 들여다보던 우리는 속으로 울고 있었을 것이다.

어쨌든 복두는 요꼬 일을 하다가 나중에는 다른 일을 했는데, 일이 쉽게 풀리지 않은 모양이었다. 지금은 떡집을 한다. 그림을 좋아하는 복두는 유명한 사람들의 그림과 글씨를 꽤 모았는지, 어느 날 김지하 선생의 글씨를 구할 수 있느냐고 전화를 걸어왔다. 크게 풀릴 줄 알았던 복두도 우리의 인생과 비슷비슷하게 그만그만하게 살아가고 있다.

용조 형은 왼손잡이지만 손기술이 대단했다. 용조 형이 만지면 그 어떤 것도 다 멋지게 다듬어졌다. 작대기도 용조 형의 작대기는 남달랐다. 토끼 올가미를 놓건, 강물에 통발을 놓건 용조 형의 것은 달랐다. 방학이 되어 우리와 함께 나무를 할 때 형은 나의 나뭇짐을 잘 다듬어주곤 했다. 작살을 가지고 고기를 잡으러 가면 나는 늘 용조 형의 뒤를 따라다녔다. 나중에는 나도 형의 흉내를 내며 작살로 고기를 잡았다. 형은 싸움도 잘해서 인근 몇 동네를 주름잡았다. 성질이 불같아서 그를 이길 자는 없었다. 명절 때면 노래자랑대회가 유행이었는데 그 판을 다 휘어잡는 사람도 역시 용조 형이었다. 논두렁 깡패들이었던 우리의 뜻을 거스르는 노래자랑대회는 온전하지 못했다. 우리 중 하나가 일등을 하지 않을 수 없었다.

용조 형은 시골서 장가를 가서 살다가 서울로 갔다. 형도 우리 시골놈들이 겪어야 하는 이런저런 고초들을 다 겪고 이겨냈다. 가진 것 없고, 배운 것 없는 촌놈들치고 가슴 찢어지는 외로움과 고통스러운 삶을 살지 않은 놈들이 어디 있겠는가. 나보다 한 살 위인 형은 이제 마음 편한 삶을 살고 있다. 아마 우리 중에 어려서 가장 고생을 많이 한 사람은 형이었을 것이다. 그런 형이 지금 여유 있는 환한 얼굴로 시골에 오면 나는 행복하다. 나는 형이 반드시 행복해야 되는 사람이라고 생각해왔으니까. 형이 나보다 더 잘 살기를 나는 늘 바랐으니까.

한때 우리가 다니던 덕치초등학교를 주름잡았던, 그리고 우리가 살았던 덕치면을 주름잡았던 옛 동무들도 이제 늙어간다. 이런저런 일로 가슴 아프게 했어도 우리는 지금 변함없이 만난다. 돌이켜보면 우리는 저 고난의 시절들을 그래도 잘 살아낸 것 같다.

우린 태어나 고작 한두 살 먹었을 때 6·25 동란을 겪었다. 피란을 가고, 보릿고개를 넘기며 어린 시절을 보냈다. 전통적인 농사를 지으며 어린 시절을 보냈고, 새마을운동과 함께 서울로, 서울로 달려갔다. 온갖 악조건과 저임금과 노동 착취 속에서 우리는 경제 성장의 동력 노릇을 했다. 우리가 태어난 농촌은 저곡가 정책과 갖가지 농촌 정책의 실패로 가난을 벗어나지 못하고 빚더미에 짓눌렸다. 민주화 운동이 가열차게 벌어질 때도 우리는 건설의 현장에서 땀을 흘렸고, IMF 속에서 또 추운 세상으로 내몰렸다.

아! 보릿고개를 넘어 '한강의 기적'을 이룬 이 땅에서, 우리 중 크게 잘난 놈도 없고, 크게 잘산 놈도 없다. 그렇다고 크게 실패한 놈도 없다. 산과 물이 좋은 땅, 진메에서 태어나 몸과 마음을 부비며 산 우리 이농 1세대들의 고단한 삶을 나는 고향에서 지켜보며 살았다. 오랜 세월 고향에 사는 것이 기쁨이었으며 또한 고통이었음을 나는 고백한다. 고향이 부서지고, 또 우리의 늙음은 때로 쓸쓸하여 나는 눈물이 났다. 고향 마을 언덕을 지켜주던 소나무들이 팔려나가는 세상이 되었다. 마을이 텅텅 비어가고 부서져간다. 세월은 우리가 살았던 그 정다웠던 고향을 지워가고 있다. 우리 고향은 지금 끝에 와 있다. 인심도 변하고, 사람들도 변하고, 고향 땅도 변했다.

나는 어른이 되어 지금도 우리가 다녔던 그 학교에서 우리의 손자들을 가르치며 살고 있다. 내가 가르치는 이 아이들의 아버지를 가르쳤고, 이제는 내 친구 병렬이의 손자를 가르치고 있다. 이제 나도 늙어간다. 흰머리가 나고 눈이 흐려진다. 이 글을 쓰다 말고 교실 유리창 밖을 내다본다. 그때 우리가 뛰어놀던 그 운동장가 소나무, 살구나무, 벚나무 뒤에서 윤환이, 현철이, 복두, 병렬이, 용조 형, 정님이가 얼굴을 내밀 것만 같다. 저쪽 강길로 책보를 어깨에 둘러메고 까만 머리통을 흔들며 뛰어가던 그 길에, 우리의 어린 날의 그 강에, 그 강변에 지금 봄이 오고 있다.

나는 늘 이렇게 여기 있을 것이다. 그들은 생각하리라. 용택이는 복 있는 놈이라고, 지금까지 서로가 그리운 그곳에서 살고 있는 참 복 있는 놈이라고. 생각해보면 고향을 가진 우리는 다 행복한 사람들이 아닌가.

방구는
자연의 법칙이랑게

날씨가 너무나 무덥고 후덥지근한 여름날. 오전 수업이 끝나면 우리는 묘목밭으로 일을 하러 나갔다. 밭가에는 키 큰 미루나무가 나뭇잎을 팔랑거리며 길게 그늘을 만들며 서 있었고, 히말라야시타나 측백나무, 후박나무 어린 싹이 자라는 묘판이 뜨거운 햇살 아래 길고 아득하게 놓여 있었다. 땅을 뚫고 나온 어린싹들은 지푸라기로 덮여 있었는데, 지푸라기 밖으로 나온 것이 나무 싹인지 풀인지 우리는 잘 분간하지 못했다.

구름이라도 조금 끼어 그늘이 생기면 좋은데, 쨍쨍하게 맑은 날이면 햇볕은 그야말로 불 같았다. 그 불볕 아래 쭈그려 앉아 훅훅 끼쳐오는 땅의 훈김을 받으며 풀을 뽑는 것은 팔팔한 청춘인 우리에게 너무나 가혹한 노동(?)이었다. 우리에게 한 이랑씩 책임지워 맡겨놓고 선생님은 일찌감치 교무실로 가버리셨다.

그래도 처음에는 자기에게 주어진 일을 완수하려고 땀을 뻘뻘 흘리며 풀을 뽑지만 10분도 못 가서 우리는 너나없이 매미 우는 미루나무 그늘 속으로 들어갔다. 윗옷을 벗어부친 채 그늘에 앉거나 누워 우리는 세월아 네월아를 부르며 영화 이야기나, 여고생들 이야기를 하며 놀았다. 우리가 그렇게 그늘에 앉아 늘어지게 놀 때 한 사람, 오로지 한 놈만 여전히 윗옷을 홀랑 벗어부친 채 불볕 아래에서 풀을 뽑고 있었다. 그놈, 그놈은 '안뽕'이었다. 그 안뽕에 대한 이야기를 나는 지금 하려고 한다.

중학교 3학년 배지를 처음 달고 등교한 날이었다. 3월이라지만, 날씨는 2월이어서 운동장에 서 있기에는 아직 겨울처럼 추웠다. 그렇지만 우리 중고등학교 학생 1200명은 운동장에 군대식으로 도열한 채 긴장하고 있었다. 3월 2일인 그날, 우리 학교에는 '슬프고 기쁜' 일(이 '슬프고 기쁘다'는 말은 순전히 조회대에 올라간 교감선생님의 일방적인 생각과 말씀이었다)이 있었다. 그동안 우리들을 위해 불철주야 온 정성을 다했던 교장선생님이 전근을 가시고 새로운 교장선생님이 오신 것이다. 그러니까 교장선생님의 이·취임식이 함께 거행되고 있었다.

전근을 가시는 교장선생님의 이임 인사가 먼저 있고, 그다음 새로 부임하신 교장선생님이 조회대로 올라가 근엄하게 우리를 바라보며 바로 서셨다. 연대장은 우리를 향해 절도 있게 돌아서서 "열중쉬어, 차려" 하고 힘차게 구령하고는 교장선생님을 향해 돌아서서 막 "교장선생님께 경례!"를 할 긴장된 순간이었다. 어디선가 '뿡' 하는 커다란 소리가 들렸다. 그 소리가 '뽕'이었는지, '빵'이었는지, '뺑'이었는지는 정확히 모르겠지만 자동차 바퀴 펑크난 소리 같기도 하고, 총소리 같기도 한 딱히 분간이 안 가는 그런 소리가 그 엄숙한 찰나에 터진 것이다. 처음에 우리는 그 깨끗하고 시원한 '뿡' 소리가 무슨 소린지 몰라 어리둥절했다. 우리뿐 아니라 우리 앞에 조교들처럼 나란히 서 있던 선생님들도 무슨 소린지 몰라 어리둥절한 채로 잠시 모든 이들의 동작이 멈추었다.

그러나 그 어리둥절한 시간은 우리 생각만큼 그렇게 긴 시간이 아니었다. 영화 〈매트릭스〉에서 네오가 공중을 날아올라 스미스를 발길로 차는 그 짧은 순간을 슬로비디오로 찍어놓은 것 같은 순간이랄까. 슬로비디오가 끝이 나고 사람들은 갑자기 제 동작으로 돌아와 수런거렸다. 필름이 본래 제 속도로 돌아온 것이다.

여전히 그 소리의 진원지가 어디인지, 그 소리가 무슨 소리인지는 아무도 구분할 수가 없었다. 그러다 수런거림이 키득키득으로 바뀐 것은 우리 반 뒤쪽이었다. 아! 그제야 사람들은 그 소리가 다름 아닌 방귀 소리였다는 것을 알아차렸다. 작은 키득거림이 전교생들에게 빠른 속도로 봄 잔디밭의 불길처럼 번지고, 선생님들 중에도 빙긋이 웃는 선생님이 있었다. 그때였다. 어디선가 "조용히 해!" 하는 청천벽력 같은 소리가 들렸다. 모두 움찔하며 그쪽을 바라보았다. 역사를 가르치는, 왕년에 권투를 했다는 학생주임의 목소리였다. 선생님은 마치 자기가 모욕을 당하기라도 한 듯이 얼굴이 붉으락푸르락했다. 운동장은 순간 조용해지고 다시 긴장감이 흘렀다.

그래도 우리는 "야, 용덕이가 방귀를 뀌었대" 하며 옆 사람과 앞 사람에게 열심히 방귀 소리의 주인공이 누구인지를 전달했다. 수군거림은 교장선생님이 부임 인사를 하는 동안 전교생들에게 다 번져서, 조회가 끝날 때에는 그 방귀를 3학년 2반 안용덕이 뀌었다는 것을 다 알게 되었다. 조회가 끝이 나자 용덕이는 단시간에 유명해졌다. 우리는 유쾌했고, 신이 났다. 방귀 소리가 그렇게 클 수 있냐는 이야기부터, 용덕이가 아침에 무엇을 먹었냐는 별 시시껄렁한 이야기들이 첫 시간 수업 전까지 재빠르게 온 학교에 번져나갔다. 그렇게 우리가 단 한 번의 방귀로 들떠 있던 그 시간 용덕이는 어디에 가 있었는가.

용덕이는 그 시간, 권투를 하면서 어떻게 역사 공부를 했는지 그 이미지가 잘 이어지지 않는 학생주임 선생님 앞에 서 있었다. 용덕이가 그 역사 선생님 앞에 그냥 서 있었을 리는 만무했다. 2교시 수업이 막 시작되려는 시간에 용덕이는 뺨을 어루만지며 교실로 돌아왔다. 용덕이의 뺨은 불쌍하게도 벌겋게 부어 있었다. 귀싸대기를 실컷 얻어맞고 돌아온 용덕이는 그러나 울지는 않았다. 대신 칠판 앞으로 가더니, 큰 글씨로 이렇게 썼다.

"방구는 자연의 법칙이요, 학문의 트림이니, 이를 비웃고 개지랄 방정을 떠는 자는 비군자니라."

명언이었고, 명구절이었고, 구구절절 옳고 지당하고, 극히 생태 순환적인 공자님(?) 말씀이었다.

그 이후로, 아니 그날로 용덕이는 순창군 일대에서 유명인사가 되었다. 방귀 한 방으로 이름을 날린 용덕이의 이름은 그날로 당장에 '안뿡'이 되었다. 호가 이름보다 더 많이 불리는 사람은 멀고 가까이에 참 많다. 미당, 퇴계, 소월, 송강, 월탄, 동리, 목월 등등. 그날 이후 안뿡도 오늘날까지 그러함은 물론이다.

그렇게 방귀를 뿡뿡 뀌어대며, 군자와 비군자를 읊어대던 안뿡은 나와 같이 중학교를 졸업하고, 중학교와 같은 교정에 있는 순창농고를 졸업할 때까지 늘 붙어다니며, 순창극장에 들어온 영화란 영화는 다 보았다. 순창농고에 입학한 후에도 안뿡의 방귀는 끊임이 없었다.

안뿡은 일을 참 잘했다. 아이들이 나무그늘 밑에서 매미와 같이 놀든 말든 안뿡은 항상 자기에게 주어진 일을 책임감 있게 완수했다. 고등학교 2학년이 되자 안뽕과 나는 근로장학생이 되었다. 근로장학생이라는 건 말 그대로, 논과 밭이 많은 학교의 일을 해주며 장학금을 받는 학생이었다. 우리는 다른 아이들이 공부할 때도 일을 했다. 하우스에서 채소를 재배해 순창 장에 내다 팔기도 했다.

안뽕의 짜장면 먹는 속도는 순창 사람이라면 다 안다. 입이 어찌나 큰지 자기의 그 큰 주먹이 아무 문제 없이 입으로 들락거릴 정도였다. 우리가 짜장면을 먹으려고 나무젓가락을 쪼개고 막 짜장면에 손을 대려고 할 때 안뽕의 짜장면 그릇은 이미 비어 있기 일쑤였다. 그의 짜장면 먹는 속도는 순간이요 찰나였다.

콧구멍은 또 얼마나 큰지, 공부시간이면 종이에 곱게 싼 것이 돌아다니는데, 살며시 펴보면 안뽕의 코딱지 한 움큼이 종이 위에 놓여 있곤 했다. 그의 짓궂은 장난은 때와 장소를 가리지 않았다. 우리는 시간만 나면 영화를 보거나 그의 초가집에서 모여 놀았는데, 멀리 가고 있는 엿장수를 굳이 불러 짚신은 받지 않느냐고 물어서 화를 내게 하는 건 그에게 수준 낮은 개그에 속했다.

고등학교 3학년 때였다. 우리는 공부가 하기 싫었다. 대학을 가는 놈들은 공부를 하겠지만 우리같이 대학이고 뭐고 없는 놈들은 영어나 수학 시간이 아주 고역이었다. 하나둘 살며시 빠져나가 학교 뒷동산에서 담배를 피우거나, 아니면 운동장 구석에서 자치기를 하거나, 그것도 아니면 학교 동산 양지쪽 잔디밭에 누워 지냈다.

3학년 영어시간이었다. (영어 선생님의 이름을 지금도 나는 기억한다. 국회의장을 지낸 김제 출신 장경순이라는 사람과 동기 동창이라는 그분은 김만수 선생님이었다.) 어느 날 영어시간에 아이들이 삼베 바지에 방귀 냄새 새듯 다 빠져나가고 몇 명이 앉아 공부를 하고 있는데, 이 지루한 시간에 안뽕이 일어서더니 선생님 앞으로 나가 "선생님, 저 변소에 다녀와야겠는데요" 했다. 선생님이 "그러럼" 하고 영어책을 막 다시 읽으려고 하는데, 안뽕은 "선생님 변소에 다녀오겠습니다" 하며 꾸벅 절을 함과 동시에 '뽕~' 하고 상당히 큰 소리로 방귀를 뀌고 문을 닫고 나갔다. 우리는 웃고, 선생님은 "그놈 참!" 하며 다시 공부를 시작했다. 우리는 안뽕이 다시 교실로 들어오리라는 것을 잊고 공부를 하고 있었는데, 문이 빵긋이 열리며 그 녀석이 고개를 들이밀고 들어와서는 "선생님 변소에 다녀왔습니다" 하고 넙죽 인사를 하면서 또 '뽕~' 하고 크게 방귀를 뀌는 바람에 다시 한번 크게 웃고 말았다.

우리는 그렇게 장난을 치고 일을 하며 고등학교를 졸업했다. 안뽕은 고등학교를 졸업하고 서울로 가서 목욕탕 때밀이를 하다가 돈을 조금 모아서 고향으로 돌아와 택시 운전을 했다. 다시 서울로 가고 어쩌고저쩌고 하다가 월남전에 참전하기도 했다. 월남전에서 돌아와서도 택시를 오래 운전하다가 고엽제의 후유증으로 지금은 월남전 참전 용사 사무실을 지키며 방귀를 뽕뽕 뀌더니, 요새는 사주쟁이가 되어 사주도 봐주고 묏자리 잡아주는 지관 노릇도 한다.

순창에 살며 우리 동기 동창들의 연락책을 맡고 있는 그에게 가면, 우리 동창 누가 돈을 얼마를 갖고 있고, 어떤 놈이 누구 돈을 얼마를 떼어먹고 내뺐다는 것까지 훤히 알 수 있다. 어느 날 친구 아버지 초상집에서 안뽕이 나에게 새로 나온 비아그라라며 파란 알약을 주기에 간직하고 다니다가 우리 학교 선생을 주었다. 물론 그 선생이 그것을 사용했는지 어쨌는지는 모르겠다. 아무튼 음담패설을 시작하면 끝이 없고, 택시 운전하면서 겪은 이야기를 하면 또 날이 샌다.

어느 날이었단다. 어떤 사람이 남원을 가자고 해서 타라고 했는데, 한 20분쯤 가다가 뒤가 허전해서 뒷좌석을 돌아다보았더니 손님이 없더란다. 그 손님이 뒷문을 열고 짐을 실으려고 하다 문이 닫혔는데, 그런 줄도 모르고 출발을 해버렸다는 것이다. 여자 손님을 모시고 가다가 일어났던 불미스러운(?) 이야기며, 시골 할머니들에게 택시비 떼어먹힌 이야기들을 지치지도 않고 털어놓으면 시간 가는 줄 모르고 웃어야 한다.

인정 많고, 만나면 한순간도 웃음을 멈추지 않게 만들어 사람들을 즐겁게 해주는 안뽕. 그는 지금은 예순 고개를 발딱 넘겼지만 방귀 소리는 예나 지금이나 순창농고 운동장을 꽝꽝 울릴 만큼 기가 죽지 않았다.

그는 재미있고 웃기는 놈이지만, 사실은 부지런하고 늘 실속을 챙기는 놈이다. 그러나 그도 우리와 마찬가지로 자기 인생이 만만하지만은 않을 것이다. 그는 작은 고을 순창 읍내, 그 읍내 정서가 만들어낸 사람이다. 적당히 음습하며 곰팡이가 핀 읍내 다방처럼 술 마시며 할 짓은 다 해도, 어떻게든 아들딸은 잘 길러내려고 열을 올리는 놈이다. 다행인지 불행인지 이제 그놈은 아들딸들 다 취직시키고 시집 장가까지 보내고 뱃속 편하게 살 나이에 여러 번 장과 간 수술을 했다. 자기 아들의 장을 이식받았다는 기사를 어느 지방신문에서 보았다. 지금도 내가 신문에 나거나 TV에 얼굴을 비치면 제일 먼저 전화를 한다. 파란만장은 아니더라도 그도 우리 시대 60대 초반이 겪은 60, 70, 80, 90년대를 나름대로 겪어냈다. 격랑은 아니었어도 풍랑을 겪어낸 것이다.

늙으면 편해진다. 죽을 날이 가깝기 때문이다. 올봄 나는 일이 있어 우리의 모교에 들렀다. 운동장을 보며 그때 그 시절 방귀 소리가 생각나 나는 혼자 웃었다. 지나간 날들은 늘 그립고 또 아쉬운 것이다.

내 인생을
바꾼 놈, 철호

살아갈수록 모를 것이 인생이라는 것을 실감한다. 그 누구도 자기가 지나갈 인생의 길을 아는 사람은 없다. 한 치 앞을 예측할 수 없는 것이 인생 아닌가. 그러나 자신의 미래를 안다면 삶은, 인생은 또 얼마나 심심할까.

나는 그때 무위도식하고 있었다. 그 썩을 놈의 오리만 아니었어도 내가 그렇게 하루하루를 어두운 자취방에 누워 지내지는 않았을 것이다. 고등학교를 졸업하고 1년을 집에서 오리를 키웠으나 쫄딱 망해버렸다. 오리 방목사업을 망하고는 서울로 도망가서 한 달을 지냈다. 돈 떨어지고 거지가 다 된 나를 서울 친척이 보더니 다시 시골로 내려가라며 차비를 주어 낙향했다.

한 달간의 서울생활을 청산한 것에 낙향이라는 단어가 맞는지는 모르겠지만, 낙향한 나는 동생들이 학교 다니던 순창의 자취방에 얹혀 지냈다. 동생들이 아침밥을 챙겨주면 부스스 일어나 먹은 후 바로 자고, 점심은 혼자 대충 챙겨 먹은 후 다시 자고, 동생들이 학교 갔다 와서 저녁밥 챙겨주면 먹고 또 자는 생활을 몇 달간 반복하며 지냈다. 오죽하면 집 주인이 내가 그 집에 거주하는지를 몰랐겠는가. 자다가 똥이 마려우면 주인들이 다 나간 시간에 해결하고 소변도 그런 식으로 처리했다. 그렇게 무위도식하며 먹고 자고 지내던 날들이 몇 개월 지나자, 순창에 있는 동창놈들이 내가 그 집에 있다는 사실을 알게 되어 그 방을 들락거리기 시작했다.

그때 나는 도대체 무슨 생각을 하며 지냈는지, 지금 돌이켜 생각해봐도 아무런 기억이 떠오르질 않는다. 한번은 혼자 누워 있는데, 어디선가 가수 이미자의 〈동백아가씨〉 노랫소리가 구슬프게 들려와서 듣다가 웅크린 채 모로 누워 운 적이 있다. 왜 울었는지는 지금도 모른다.

어느 날 문득 덥수룩하게 긴 머리를 잘라버리고 싶었다. 그땐 모두들 머리를 기르던 시절이었다. 나는 머리 깎는 기계를 가지고 거울을 보며 여기저기 머리통을 더듬으며 혼자 머리를 박박 밀어버렸다. 거기에 왜 머리 깎는 기계가 있었는지는 모른다. 단지 그때 내가 유일하게 할 수 있는 돌파구라고 생각한 게 머리를 깎는 일이었나보다.

동생들이 집에 와서 머리를 밀어버린 나를 보고 놀라던 모습은 지금도 생생하다. 그렇게 머리를 밀고 며칠이 지났는데, 동창놈들이 놀러 왔다. 그놈들도 아무 할 일이 없는 놈들이었다. 그중에 철호라는 놈이 있었다. 한참을 뭘 하며 놀다가 철호가 그랬다.

"야, 용택아 너도 선생 시험 볼래?"

나는 무슨 말인지 몰라서 뚱한 표정으로 아무 말도 하지 않고 있었다. 다시 철호가 설명을 했다. 광주교육대학에서 선생을 뽑는데, 함께 가자고 했다.

"선생을 뽑다니?"

나는 금시초문이었다. 아무튼 그런 것이 있다고 했다. 내일모레가 마감인데, 무작정 같이 가자고 했다. 내가 "너는?" 하고 물었더니, 자기는 시험은 안 본다고 했다. 참 별놈도 다 있네. 철호는 내가 시험을 안 본다고 하자 그러면 사진만 찍으라고 했다. 나머지는 자기가 다 알아서 한다고 했다. 그래도 나는 시험을 안 본다고 했다. 그랬더니 다른 아이들이 나를 끌다시피 사진관으로 데리고 갔다.

나는 빡빡 깎은 머리로 사진을 찍었다. 그리고 얼마 후에 시험을 보러 갔다. 시험을 보러 갈 차비가 없었는데 사촌동생이 어디선가 그때 돈으로 300원을 구해다주었다. 300원이면 에누리 없이 딱 광주 갔다 오는 차비였다. 하룻밤을 어디서 자야 하는데, 나는 그냥 그 걱정도 안 하고 일단 광주로 갔다. 무슨 똥배짱이었는지 모르겠다.

광주에 간 나는 잘 곳이 없었다. 수중에는 순창으로 돌아갈 차비 150원뿐이었다. 나는 어두워지는 광주교대 부근을 어슬렁거리다가 극장 간판을 보고 극장으로 들어갔다. 차비를 계산하지도 않았다. 극장에서는 한국영화 두 편을 동시상영하고 있었다. 영화가 얼마나 재미가 없었던지 그 뒤로도 몇 번이나 그때 본 영화 제목을 기억해 내려고 애를 써도 제목은커녕 영화 장면 하나 기억이 나질 않았다.

영화를 보고 나니 이미 밤 열시쯤 되었다. 나는 다시 광주교대로 갔다. 어디서 잘 것인가? 이리저리 헤매다가 교육대학 숙직실을 찾아가 잘 생각으로 교대 정문 앞으로 갔다. 옛날에는 어디 가서 잘 곳 없으면 학교를 찾아가면 되었다. 먹을 것이 없으면 점심시간에 맞추어 회사 구내식당을 찾아가면 밥을 얻어먹을 수 있었다. 지금이야 광주교대는 번잡한 시내의 복판에 있지만, 1969년 그때만 해도 광주교대 거리는 아주 한적한 시골길이나 다름없었다. 주위는 어둡고 개구리들이 울었다.

나는 난감해하며 교문 앞을 지나가고 있었다. 난감하고 막막했다. 그때였다. 저쪽 어둠 속에서 한 무리의 젊은이들이 교문 앞 밝은 빛 속으로 걸어 나오고 있었다. 어둑해서 얼굴들은 잘 보이지 않는데 목소리가 어딘가 귀에 익었다. 나는 눈과 귀가 번쩍 뜨이고 온몸에 힘이 솟아올랐다.

"너그들이 누구여? 너그들 시방 어디 가냐?"

나는 죽었던 사람이 살아 돌아온 것처럼 그들이 환장하게 반가웠다. 세상에, 이럴 수가. 나를 시험 보도록 한 그놈들이었다. 그때 철호가 거기 있었는지 없었는지는 잘 모르겠다. 나는 그놈들을 따라 술집으로 가서 놀다가 우리보다 먼저 시험을 보고 강습을 받고 있는 동창생 자취방으로 갔다. 그놈이 자취하는 방은 좁았다. 시험 보러 온 몇 놈이 누워버리니, 내가 누울 자리가 없었다. 나는 방과 이어진 좁은 부엌 툇마루에 누워 잤다. 작은 내 몸보다 좁은 그 마루도 내겐 감지덕지했다.

하늘이 도왔는지 나는 시험에 붙었다. 세상에, 내가 이 세상에 나와서 한 번도 꿈꾸어본 적이 없는 선생이 된 것이다. 누가, 내가 선생이 될 줄 생각이나 했을까. 나도 몰랐다. 무위도식에서 나를 구해준 철호는 그때 선생 시험도 보지 않고 그림 그리기에만 열중했다. 철호의 꿈은 화가였다.

내가 철호를 처음 알게 된 것은 중학교 때였다. 철호의 아버지는 우리 학교의 지리 선생님이셨는데, 성함이 권용택이었다. 나와 이름이 같은 관계로 아이들은 철호가 있는 곳에서 내 이름을 힘주어 부르곤 했는데, 그 관계, 그러니까 성이 다른 부자관계(?) 때문에 나는 철호를 알게 되었다. 그랬지만 나는 철호와 친하게 지내진 않았다. 내가 친한 놈은 안뽕이었다. 안뽕과 나는 가난한 촌놈이었지만 철호는 그럴듯한 읍내 놈이었다.

철호와 내가 가까워지기 시작한 것은 고등학교 때였다. 고등학교를 올라가자 철호는 미술부 학생이 되어 우리가 농사일을 할 때도 잘 나오지 않고, 공부시간에도 빠질 때가 많았다. 나는 이따금 2층 구석진 작은 교실에 있는 미술실을 기웃거렸다. 유화물감이 뭔지 몰랐지만 휘발유 냄새가 났다. 방에는 그림들이 여기저기 놓여 있거나 걸려 있었고, 이런저런 화구들이 무척 어질러져 있었지만, 분위기는 어쩐지 멋졌다. 그러나 마음 놓고 그 방에 들어서본 적은 없었다. 어쩐지 나하고는 거리가 먼 곳 같았다.

철호는 외모도 잘생긴데다 멋졌다. 화구를 담은 상자나 이젤을 들고 다니는 모습은 내게 전혀 색다른 풍경이었다. 3학년이 되자 나는 철호와 상당히 친해졌다. 그가 텐트를 가지고 경치 좋은 곳에 그림을 그리러 갈 때면 나도 따라가 옆에서 놀았다. 언젠가는 보리를 져 나르고 있는데 여고생들을 데리고 우리 집에 온 적도 있었다. 여학생들이 많이 따랐던 모양이다. 철호는 광주 시절에도 떠돌며 그림을 그렸다. 나와 철호는 자전거를 타고 가서 나중에 1980년 5월 광주민주화항쟁으로 유명해진 전남도청 분수대에서 그림을 그리기도 하고, 그가 교육대학으로 캔버스를 가지고 와서 그림을 그리기도 했다.

내가 선생이 되어 있을 때, 철호는 웬일인지 그의 고향 마을 할아버지 집에 있게 되었다며, 할아버지가 일본에서 사온 화구 일체를 갖고 내가 근무하는 학교로 찾아와 이젤을 펴놓고 그림을 그렸다. 그의 시골집에 가보았더니, 제법 큰 그림들이 있었다. 그리고 또 얼마나 세월이 흘렀는지, 철호는 결혼을 했고, 어느 날 오토바이를 타고 나타나 농협 서기가 되었다고 했다.

철호와 나는 자주 만나지는 못했다. 돌이켜보면 철호는 뭔가 신상의 변화가 있을 때마다 나를 찾았다는 것을 나중에야 깨달았다. 그후 철호가 내게 나타났을 때는 농협 서기를 그만두고 나서였다. 그리고 순창 강천사 부근에서 나무로 식탁과 조각들을 만들고 있었다.

어느새 쉰도 훌쩍 넘긴 철호의 이런저런 인생 역정은 알게 모르게 그를 추락시켰던 모양이다. 그가 거처하는 집에 갔을 때 나는 한 실패한 사람살이를 보았다. 그의 몰골은 영 말이 아니었다. 이따금 내가 찾아갈 때마다 그는 더 늙고 초라해져 있었다. 그의 아내는 광주에서 식당을 운영해서 아이들을 교육시키고 있었지만, 그는 가계에 별로 도움을 주지 못하는 것 같았다. 친구들과도 잘 만나지 않았다. 망가진 그의 인생 역정을 닮은 얼굴의 주름과 몰골을 볼 때마다 나는 가슴이 아팠다.

예순을 바라보는 한 사나이의 인생 행로 속에서 나는 그가 소년 시절부터 이루고자 했던 화가의 꿈을 보았다. 처음부터 그의 부모님들이 그를 놓아주지 않았던 모양이다. 그 어디에도 마음을 주지 못하고, 화구를 들고 내 주위를 맴돌던 그를 생각하면 나는 때로 눈시울이 붉어진다. 끝까지 그림에 대한 꿈을 놓지 않고, 그림은 못할지언정 팔리지도 않는 나무조각을 하는 그의 바싹 늙은 모습은 안타깝고 측은했다. 그는 한 번도 나에게 자기의 꿈을 이야기하거나 자기의 처지를 말한 적이 없다. 몇십 년이 지난 지금까지도.

얼마 전 아내와 함께 광주를 갔다 오다가 금과 검문소에서 우연히 그를 만났다. 여전히 낡아서 털털거리는 1톤 화물차를 몰고 있었지만, 양복을 입고 있었다. 어디 가느냐고 물으니 광주에 간다고 했다. 신수가 조금 말끔해진 것도 같아 안뽕에게 전화해 그의 근황을 물었다. 안뽕 말에 의하면 철호 부인이 전남대학교 앞으로 식당을 이전, 확장 개업했는데, 그 식당이 무지무지 잘된다는 것이었다. 작년에 철호 아버지가 돌아가셔서 문상을 갔다가 그의 장성한 딸 둘과 나이 든 아내를 보았다. 반가웠다.

나는 그가 성공했으면 좋겠다. 내 인생의 방향을 돌려놓은 철호는 한 번도 그림에서 떠나지 않고 살았다. 나는 그가 떼돈을 벌어 신수도 좀 훤해져서 어느새 그의 인생에서 어디론가 사라져간 화구와 붓을 들고 나를 찾아와서 "용택아, 나 시방 그림 그린다" 하고 늠름하게 말했으면 좋겠다. 아니 나는 그가 그럴 것이라고 믿는다. 평생 한 번도 놓지 않았고, 어쩌면 그의 인생을 가난의 나락으로 추락시켰을지도 모르는 그림에 대한 그의 순결한 열망을 나는 알기 때문이다.

철호가 저쪽 그 무위도식의 시절 나를 이끌고 사진관으로 가던 1969년 6월의 그 어느 날, 사진관 카메라 앞에서 나를 보고 웃고 있다. 그 선량한 눈과 두툼한 입술로. 그려, 인생은 절대로, 정말 암도 모른당게.

* 2011년 겨울 어느 날 나는 순창에 갔다. 철호하고 안뽕하고 나하고 셋이 옥과에 가서 점심으로 장어구이를 먹었다. 안뽕이 밥값을 냈다. 다음엔 내가 사기로 했다.

양사채의 결혼 이야기

  내 친구 '양사채'의 호적 이름은 양승권이다. '사채'라는 이름은 그 집 아들딸들 중에서 네번째로 태어났다는 뜻이다. 지금은 절대로 쉽게 얻을 수 없는 귀한 이름이지만, 우리가 태어날 무렵에는 어머니 배 속에서 네번째로 태어나서 갖게 된 이름인 '사채'는 아무것도 아니었다. 우리 큰집만 해도 오채, 육채를 지나 칠채라는 이름을 가진 동생도 있으니까.

  아무튼 사채는 지금 내가 근무하는 덕치초등학교를 나왔다. 사채는 나와 동갑이지만 학교는 나보다 3년쯤 늦게 나왔다. 그의 집은 걸어서 학교에 다니기엔 너무나 힘든, 큰 산 너머 그야말로 첩첩산중에 있는 '백양동'이라는 아주 예쁜 이름의 동네에 있었기 때문에,

제 나이가 훨씬 지나서야 학교에 다닐 수 있었던 것이다. 우리 학군 내에는 이보다 더 먼 곳에도 마을이 있긴 하지만, 어린 나이에 큰 산을 넘어 눈보라와 쏟아지는 소낙비를 맞으며 학교에 다닌다는 것은 무리였을 것이다.

이때만 해도 시골 마을마다 그래도 사람이 있었다. 서른몇 가구가 되는 동네에 술집이 있다는 것은 동네에 술을 먹을 수 있는 사람들이 있었다는 증거다. 참 좋은 시절이었다. 마을에 술집이 있다는 것은 정말이지 좋은 일이다. 술을 마실 수 있는 동무들이 있다는 것이고, 술을 마시면 자연스럽게 동네가 시끄러워지는데, 그것은 동네가 살아 있다는 말이기도 하기 때문이다. 그 무렵 동네 술집은 늘 만원이었다. 여름은 여름대로 겨울은 겨울대로 밤마다 또래들이 모여 술을 마셨으니까.

사채는 내가 「섬진강」 연작시를 쓸 무렵 결혼을 했다. 깊은 산속에 들어앉아 있던 마을이 무장공비들의 침투를 염려한 당국으로부터 완전히 소개되어버린 그 자리에, 양사채는 어디에선가 여자를 데리고 산골로 되돌아왔다. 그때가 1980년대 초반이었다. 만혼이었다. 여기저기 돌아다니며 만고풍상을 있는 대로 다 겪고 살았지만, 사채는 장가를 들 수가 없었다. 나이는 먹어가고, 돈과 학력, 직업 아무것도 내세울 것 없는 그에게 누가 선뜻 시집을 오려고 하겠는가.

어느 날 간신히 맞선 보는 자리가 마련되자 그는 어쩔 수 없이 뻥을 좀 치기로 했다. 여자는 전주 근처에 살았다. 사채는 여자에게 이렇게 말했다고 한다. (물론 이 말 또한 말주변머리 없는 사채가 직접 한 것이 아니라 중신애비 입을 통해 한 말이었을 것이다.) 지금은 갈담 장에서 조금 멀리 떨어진 곳에 목장을 가지고 살고 있지만 몇 달만 가면 그녀에게 갈담 장에다가 양장점을 차려주겠다고 했단다. 참고 삼아 말하자면 그 무렵 갈담 장에는 양장점이 하나도 없었다. 갈담은 양장점을 차릴 만한 인적, 물적 토대가 없는 곳이다.

사채가 사는 집은 깊은 산골이었고, 갈담 장으로 가는 차를 타려면 큰 산굽이를 돌아 징검다리를 하나 건너 우리 마을을 지나가야 했다. 버스정류소까지는 걸어서 족히 한 시간은 걸렸다. 그의 집은 깊은 산중 작은 도랑가에 방 한 칸, 부엌 한 칸을 새로 지은, 아주 작은 오두막집이었다. 동네가 있는 것도 아니어서 말 그대로 산속에 하나밖에 없는 집이었다. 목장이라고 했다지만, 사채네 집의 염소 우리를 목장이라고 하면 자던 염소가 일어나 웃다가 기가 막혀 죽을 노릇이었다.

그러나 그 여자는 목장이라는 말과 몇 달 있으면 장에 새로 양장점을 내주겠다는 약속을 철석같이 믿고 결혼을 했다. 결혼식을 치른 여자는 그 목장(?)으로 밤을 이용해 갔다. 우리 동네까지는 택시가 들어왔으므로 그 여자는 택시를 타고 우리 동네 앞에서 내렸다.

차가 다니는 큰길에서 택시를 타고 우리 동네로 들어오다보면, 세상에 이런 동네가 다 있냐는 말이 절로 나올 만큼 우리 동네는 세상의 끝에 온 느낌이 드는 깊은 산중에 있다.

물소리만 크게 들리고, 겨울 강바람이 새각시의 귀싸대기를 후려치는 밤, 그 여자는 검은 산이 삥 둘러싼 캄캄한 산중에 내렸다. 그러고는 우리 동네 사람들이 낮에만 건너다니는 징검다리를 건너 그 남자를 따라 밤길을 걸었다. 조그마한 손전등 불빛이 그들의 앞길을 밝히는 대로 그들은 걸었다. 강길을 따라, 산굽이를 돌아 그들이 찾아간 곳은 아무 불빛도 없는 깊은 산중의 오두막이었다.

신부는 날이 새면 집들이 보이겠지, 날이 새면 이웃에서 사람들이 신부를 보러 오겠지, 그러겠지, 그러겠지…… 오만 가지 생각으로 산중 목장(?) 집에서 첫 밤을 자고 아침 일찍 일어났다. 신부가 정작 놀란 것은 캄캄한 밤 술 취한 신랑을 따라 깊고 깊은 산중으로 온 그 때문이 아니었다. 그 여자가 참말로 놀라버린 것은 신혼 첫날밤을 보내고 난 이튿날 아침이었다.

아침에 일어나 방문을 열고 나온 그 여자는 집 앞에 산이 너무 가까이 있는 것에 놀랐다. 바로 코앞에, 바로 이마 가까이에 산이 턱 버티고 있었다. 어? 뒤를 돌아보았다. 세상에 자기가 자고 나온 집이라니, 이건 집이 아니었다. 슬레이트 몇 장 얹은 작은 집도 집이지만 집 바로 뒤가 또 커다란 산이었다. 집 앞 오른쪽으로 실낱같은 길이 산속으로 숨어 들어가 있었지만 거기도 산이 꽉 막고 있었고, 자기가 어제저녁에 들어온 길도 짐승들이 지나다니는 흔적 같은 오솔길이었지만 산이 꽉 막고 있었다.

신부는 그 자리에 퍽 주저앉고 말았다. 자기 집밖에는 다른 집이라고는 없을 것 같은 이 산중에 덩그렇게 새로 지은 이 허술한 집 한 채가 전부라니, 여자는 그때야 속은 줄 알았다. 세상에 이럴 수가 있단 말인가. 차라리 절이라면 다른 스님들이라도 있고, 이따금 사람들이라도 찾아오지. 여긴 감옥보다 더한 곳이었다. 목장이라니, 검은 염소 몇 마리가 그녀 코앞에서 그녀를 쳐다보며 매에매에 울고 있었고, 양장점 내준다는 갈담 장까지는 한 시간을 걸어 나가 차를 타고 다시 얼마를 가야 하는 거리에 있다는 것이었다. 거기다가 신랑은 이 여자가 무서운 줄을 아는지 모르는지 나가면 오밤중에 술 취해 들어오기를 하루가 멀다 하게 하는 것이 아닌가. 환장할 노릇이었다. 혼자, 혼자 그 깊은 산중에 신부 혼자 어떻게 하라고……

이 이야기는 어느 날 내 친구 양사채의 안사람이 나에게 해준 것이다. 어느 겨울 염소가 집에 들어오지 않아 나는 사채와 함께 우리 동네 부근 산을 다 뒤지고 다녔는데, 그때 그의 부인이 나에게 얘기해주었다. 자기가 주범인 이런 웃기는 이야기를 할 때마다 말이 없는 내 친구 양사채는 빙긋이 웃으며 아내의 말을 다 듣고 있었다.

친구 아내의 살아온 이야기를 듣노라니 우리는 어느덧 눈이 녹은 산등성이에 이르렀고 그녀의 눈에 맺힌 눈물을 나는 보고야 말았다. 그쯤 되면 그녀도 코를 팽 풀고 치마에 손을 닦으며 말했다.

"썩을 놈의 염소들이 집 두고 어디 가서 뭔 지랄을 허간디 이리 안 들어오까잉."

삶, 삶은 이렇게 별 볼일 없이 몇 가지 웃음과 슬픔과 눈물과 아문 상처 자국을 두고 바람처럼 강물처럼 지나간다. 인생의 깊이는 닿지 않는 깊은 골짜기보다 더 깊고, 흐르는 강물보다 더 깊은 것이다. 우리는 산등성이에 앉아 담배를 피워 물었다. 섬진강 물이 휘이 굽어 돌아가는 곳, 그곳에 우리의 슬프고도 기쁜 인생이 있다.

섬진강 8

달이 불끈 떠오른다.
첩첩산중 달 떠오면
그대는 장산리 마을회관 술집을 나선다.
시린 물소리로 강물을 건너
갈대들이 곱은 손 들어 가리키는
어둔 산굽이 강길을 따라
끄덕끄덕 걷는다.

내 친구,

서울에서 돈 못 벌고

중동을 다녀와도 어쩐지 우리는 못산다며

첩첩산중으로 못난 여자 데리고

검은 염소 몇 마리 끌고 돌아왔지.

그대는 누구인가

내 친구,

소주 몇 잔 거나하게 걸치고

강길을 홀로 걷는 그대는 내 친구.

겨울 시린 달빛 강물에 떨어져 어는데

어둔 산 밑 달그늘 속

담뱃불 빤닥이며

그대 여자 홀로 기다리는 깊은 산속으로

라면 몇 봉지 지게에 달고

서리 끼는 풀들을 밟고 헤치며

달빛 돌아오는

산굽이를 흥얼흥얼 돌아간다.

인생 쓴맛 단맛 다 본 내 친구,

슬레이트 지붕

밧데리 불빛 깜박이는 산속으로 가는

그대는 누구인가
내 친구.

양사채의
농사 이야기

아침에 일어나보니 산과 강과 마을에 눈이 엄청나게 쌓여 있었다. 해가 떠오르자 세상은 눈빛같이 환했다. 마루에 서서 앞강을 보니, 강물만 까맣게 흘러가고 있었다. 강물은 커다란 붓자국처럼 굽이치며 힘차 보였다. 강물 밖으로 나온 바위 위에는 눈이 그림처럼 소복소복 쌓여 있었다. 세상은 고요하고 아름다웠다.

산골에 살고 있는 내 친구 양사채가 생각났다. 나는 아침밥을 먹고 사채네 집을 가기로 했다. 해가 저물면 늘 사채네 집이 있는 강변 풀밭으로 나가 강물을 따라 걷는 버릇이 생긴 지 오래되었다. 특히, 나는 산그늘 내린 늦가을을 아주 좋아했다. 가을이 되어 강물이 마르면, 웬만한 곳은 강물 위로 몸이 드러난 바위들을 딛고 강을 건너

다닐 수가 있었다.

나는 강물을 따라 어디만큼 갔다가는 그 바위들을 건너뛰어 강을 건너다니기를 좋아했다. 가을 마른풀들은 핏기 없이 서 있고, 바람이 불면 풀잎들이 부딪치는 소리가 났다. 쓰러지고 일어서는 풀잎들, 강 저쪽에 하얗게 나부끼는 억새, 풀씨가 옷에 달라붙으면 나는 강가 양지쪽 바위에 앉아 풀씨를 하나둘 땄다. 햇볕이 좋으면 나는 오래오래 그렇게 바위 뒤에 앉아 세상일들을 생각했다.

그렇게 강물을 따라가다보면 사채네 집이 나오지만, 나는 정작 사채네 집에 잘 들르지는 않았다. 가끔씩 강변을 싸돌아다니다가 배가 고프면 사채네 집에 들러 밥을 먹기도 하고, 사채가 산에서 이런저런 일을 하면 말 없는 그의 곁에서 잔일을 돕다가 왔다.

모처럼 사채네 집을 향해 길을 나섰다. 소복소복 쌓인 징검다리 위의 눈을 밟으며 나는 아무도 가지 않은 하얀 눈길을 걸었다. 강굽이를 돌아갈 때쯤엔 이마에서 땀이 솟았다. 강물을 따라 홀로 걷는 눈길은 좋았다. 깊은 계곡 속에는 사채네 집 한 채밖에 없었다. 작고 초라한 굴뚝에서는 가느다란 연기가 오르고 있었다. 사채네 집 앞 도랑까지 눈이 잘 쓸려 있었다. 언 강 아래로 흐르는 물소리가 맑고 깨끗했다.

나는 똘방 앞으로 가서 사채를 불렀다. 대답이 없었다. 다시 사채를 크게 불렀지만 역시 대답이 없었다. 나는 의아하게 생각하며 문을 살며시 열어보았다. 어? 이게 웬일이야. 사채도, 사채 부인도 보이지 않고, 사채네 갓난아기가 이불을 발로 걷어찼는지 아랫도리를 다 드러내놓은 채 혼자 누워 발과 손을 까불거리며 놀고 있었다. 내가 문을 열자 고개를 돌려 나를 바라보는 아기의 머루처럼 새까만 눈을 보며, 나는 내 마음속에서 일어나는 알 수 없는 파문을 보았다. 아! 깊은 산속, 홀로 놀고 있는 아기, 그리고 나를 잠깐 바라보던 그 새까만 눈. 숨이 멎을 것 같았다.

나는 신발을 벗고 들어가 혼자 옹알이를 하며 손과 발을 내두르는 아이의 머리맡에 앉아 손을 가만히 잡아보았다. 내 손에 전해오는 따뜻하고 신비로운 그 온기, 한없이 깊고 까만 눈. 내 마음에 낀 세상의 때가 선명하게 걷히고 뭔가 시원하고 가벼워지는 느낌이 몹시도 나를 경쾌하게 했다. 나는 지금도 그때의 그 깨끗해지던 느낌을 또렷이 기억한다.

사채 부부는 갓난아기를 혼자 뉘어놓고 산으로 올가미를 보러 갔던 것이다. 나는 그날 사채네 집에서 이 세상에서 다시는 맛볼 수 없는 기똥찬 토끼 매운탕을 먹었다. 내 친구 사채는 그렇게 첫아들 춘모를 키우며 그 산골에서 염소를 더 많이 키우기 시작했다. 논도 밭도 없는 곳에 염소를 풀어 먹이기 시작하자 염소는 금방 불어났다. 사채는 염소에게 사료를 주며 호루라기를 불었다. 조건반사를 이용한 사채의 염소 길들이기는 성공해서, 날이 저물면 깊은 산에 대고 호루라기를 불어 염소들을 산에서 '우루루' 불러 내렸다. 호루라기 소리를 따라 산속에서 '우루루' 달려 내려오는 새까만 염소떼는 볼 만했다.

염소가 불어나자, 집으로 돌아오지 않는 놈들이 생겨났다. 어떤 놈들은 산에서 아예 살다가 그 이듬해 식구를 늘려서 씩씩하게 하산하기도 했다. 그렇게 1년을 산에서 지내고 돌아온 놈들은 눈빛이 번득이고, 털이 유난히 기름졌으며, 싱그럽고 거침없는 야성이 느껴졌다. 그놈들은 집에서 지낸 놈들과 몸짓이나 태도, 그리고 생김새가 눈에 띄게 달랐다. 그놈들은 그놈들끼리 어울리며 기세등등했다.

염소가 많이 불어나고, 염소 값이 오를 때 나는 사채에게 한꺼번에 팔라고 했다. 그러나 사채는 시기를 놓치고 염소 값이 똥값이 될 때까지 팔지 않고 기다렸다. 사채는 늘 그랬다. 강에서 고기를 잡아 매운탕 장사를 할 때도 처음에는 잘되다가 1년도 못 가서 문을 닫고, 뱀을 잡아 팔 때도 처음에는 잘되다가도 1년도 못 가서 시들시들해지고 언제 그랬냐는 듯이 그 일에서 손을 놓고 말았다.

모든 일의 실패는 약삭빠르지 못한 그의 사람 됨됨이에서 비롯되었다. 매사를 맺고 끊을 줄 모르는 그의 우유부단함, 매몰차게 뿌리치지 못하는 그의 인정이 매사를 그르치게 했다.그가 매운탕 장사를 할 때도 별 도움도 되지 않는 사람들이 떼로 몰렸고, 주위의 약아빠진 인간들이 그의 착하고 선한 마음을 이용했다. 날마다 제집 드나들 듯하는 사채 주위의 쓸모없는 인간들은 그의 집에서 무엇이든지 가져갔다. 벌을 키우면 꿀을 외상으로 가져갔고, 염소를 키우면 염소를 외상으로 잡아갔다. 매운탕을 하면 매운탕을 외상으로 먹어대고, 뱀을 잡으면 뱀탕을 외상으로 먹어치웠다. 그리고 그만이었다. 밀물처럼 밀려왔다가 사채의 사업을 망쳐놓고 썰물처럼 빠져나가버렸다. 그는 사람을 믿었고, 지나치게 호인이었다. 그는 도대체 계산을 못하는 인간이었다.

사채가 그 산골짜기에서 이런저런 일을 하면서 흥하고 망하고 하는 사이에 딸이 태어나고, 큰아이가 학교에 들어갈 나이가 되었다. 그 산골에는 아이가 갈 학교가 없었다. 드디어 사채는 산골을 벗어나, 학교와 가까운 동네로 이사를 했다. 이사를 했다고 해서 그의 갖가지 농사가 다 따라올 수는 없었다. 염소 키우는 일, 벌 키우는 일, 버섯 재배, 물고기 잡기 및 다슬기 잡기, 옻나무 칠 내기, 때로 뱀 잡기, 곶감 깎기, 알밤 줍기 등등 이루 헤아릴 수 없는 그의 많은 사업체(?)들은 그곳에 두고, 사채는 날마다 그곳으로 출퇴근을 했다.

큰아들 춘모가 산속에서 나와 학교에 입학했을 때가 기억난다. 춘모의 얼굴은 풀잎처럼 해맑았으나 표정이 없었다. 마치 숨을 쉬는 풀잎 같았던 것이다. 그의 무덤덤한 표정에 서서히 사회의 색깔이 묻어날 때의 그 묘한 분위기 또한 나는 잊지 못한다.

사채가 학교 가까운 곳으로 집을 옮겼을 무렵, 나는 그의 산골 집 앞 강 건너 길을 걸어 천담분교로 출퇴근을 했다. 그의 산골 집은 천담분교와 우리 집 중간에 있었다. 내가 그의 집 앞쯤 다다르면 강 건너에는 늘 사채 부인의 낭랑하고도, 약간은 짜증스러운 소리가 산속을 짜랑짜랑 울리곤 했다. 한참을 서서 사채 부인의 목소리를 듣고 있어도 사채의 목소리는 늘 들리지 않았다. 2년 동안을 항상 그렇게 그의 집 앞을 다녔어도 강을 건너오는 사채의 목소리를 나는 한 번도 들은 적이 없다.

그의 집 앞을 지날 때 강 건너에서 아무 소리도 들려오지 않으면 나는 너무나 심심해서 강 건너 깊은 산에 있는 사채를 불렀다. 사채 부인이 있으면 금방 반응이 왔지만, 사채 부인이 없으면 대여섯 번쯤 불러서야 겨우 반응이 왔다. 그것도 아주 느리고, 착 가라앉은 목소리로 "알았어, 이 문둥아" 했다. 그러면 나는 그가 강에 띄워놓은 작은 줄배를 타고 강을 건너가 그의 잔일들을 도왔다. 감을 깎으면 감을 가져다주고, 밤을 털면 밤을 담았다. 함께 꿀을 따거나 버섯을 따고, 염소를 같이 몰기도 했다. 추운 겨울이 되어 강이 꽁꽁 얼면 나는 언 강을 건너가 그의 따뜻하고, 좁은 방에서 나도 몰래 잠을 자기도 했다.

나는 그의 잔일들을 조금 도와주며 실상은 더 많은 것들을 얻어먹었다. 어떤 날은 밤에 뱀을 잡으러 같이 가기도 했는데, 캄캄한 밤 뱀망을 쳐놓은 곳에 걸린 뱀들을 주워 담는 사채의 모습은 기괴

하기도 했다. 뱀망에는 더러 고슴도치가 걸려 있기도 했는데, 나는 고슴도치를 그때 처음 보았다. 토끼탕, 물고기 매운탕, 꿩국…… 어떤 때는 불을 피워놓고 표고버섯을 실컷 구워먹다가 오기도 했다.

사채는 그곳에다가 온갖 정성을 들였지만, 하는 일마다 늘 손해를 보았다. 몇 년 전, 그가 갑자기 많이 아프다는 소식을 듣고 병원으로 찾아갔을 때 본 그의 모습을 나는 잊을 수가 없다. 비쩍 마른 얼굴과, 축 처진 몸뚱어리, 허연 머리와 움푹 들어간 두 눈. 나는 그때 그가 꼭 죽는 줄 알았다. 그의 처참한 몰골 같은 그의 일생이 눈에 어른거려 어찌나 서럽던지, 병원 밖에 나와 한참 동안이나 혼자 어깨를 들썩이며 울었다. 산속에서 청정하게만 살아온 그의 삶이, 인생이, 도무지 억울했던 것이다. 도대체 그에게 산다는 것이란 아무짝에도 쓸데없는 껍데기 같은 세월뿐이었던 것이다.

그러나 그는 살아났다. 그는 다시 산골로 벌을 키우러 다니고, 심어놓은 매실나무도 돌보러 다니고, 감도 따러 다녔다. 아이들도 어느새 다 자라 큰아이는 군대 갔고, 작은아이는 고등학교를 나와 전주의 한 백화점에서 근무를 한다. 영화를 보러 백화점에 들를 때마다 나와 아내는 사채의 딸을 찾는다. 바빠서, 늘 시간이 서로 맞지 않아서 그 아이에게 밥 한 끼 사주지 못했다. 엘리베이터를 타고 올라가며 그 아이가 백화점을 돌아다니는 모습을 보면 나는 늘 가슴이 먹먹해진다. 괜히 슬픈 것이다. 그 아이가 태어난 저쪽 강변과 산속이 생각나는 것이다. 둘 다 내가 한 학년씩 가르쳤다.

사채는 점차 우리 쥐띠, 무자생 갑계에도 시들해 보였다. 삶이 시들해졌는가. 아니면 친구들이 있어봐야 저하고는 아무 상관이 없다는 뜻이었을까. 아무리 부질없는 삶일지라도 의미 없는 삶은 없다. 이 세상을 흐르는 저 강물이 어찌 무의미하겠는가. 어찌 아무런 뜻이 없겠는가. 그는 이따금 어둔 산속에서 어둠을 들치고 지금도 우리 곁으로 걸어 나온다.

그가 걸어 나온 그 어둑한 산속이 지금도 그의 집이다. 이따금 나는 그가 신혼을 살았던 그 초막 같은 집에 대고 그의 이름을 부른다.

"사채야, 시방 뭐 허냐?"

그러면 그가 이렇게 말하리라.

"알았어, 이 문둥아."

그는 늘 무엇을 알았다고 그런 대답을 했을까?

그가 걸어온 길은 우리 농촌이 걸어온 역사와 이어져 있으며 병든 그의 몸과 마음은 우리의 농촌 현실이다. 그에게 들씌워진 농촌 정책은 그의 농사처럼 하나도 성공한 것이 없다. 그는 이 나라 농촌 농민 농사의 끝이다. 그는 내내 벼랑에 서 있었다.

그리고 어느 날, 그가 죽었다는 부고를 받았다.

그는 죽었다. 나는 먼 하늘을 바라보았다. 눈물이 났다.

혁명의 시작

    우리 아버지의 형제는 5남 3녀. 지금은 남자 형제들은 모두 돌아가시고 가까운 곳으로 시집을 가신 고모 두 분만 살아 계신다. 아버지 쪽의 형제들이 많다보니 나에게는 나이가 같은 사촌들도 있고, 위아래로 한 살 터울인 형과 동생 들이 많았다. 큰아버지의 셋째아들인 용식이와 큰당숙 아들인 복두는 나이가 같고 나는 그 둘보다 한 살 위다. 큰집 용조 형은 나보다 한 살 위다. 복두와 용조 형과 나는 같은 학년으로 졸업했고, 용식이는 우리보다 한 학년 늦게 학교를 다녔다. 놀랍게도 나에게는 초등학교와 중학교를 다닐 때까지 용식이에 대한 아무런 기억이 없다. 한동네에서 10년을 넘게 살았는데도 그와 나 사이의 기억은 전혀 생각이 나지 않는 것이다.

이런 이야기를 들은 기억은 난다. 용식이가 두 살 먹고 내가 세 살 때였단다. 6·25가 일어나 우리 집안도 뿔뿔이 피란을 갔는데, 어느 날 피란지인 앞산 굴속에서 우리 식구와 용식이네 식구들이 만났단다. 그리 오래 헤어져 있었던 것도 아닌데 용식이네와 우리 식구들이 굴속에서 만나 반가워하고 있는 사이에 나와 용식이가 얼싸안고 훌훌 뛰며 반가워 어쩔 줄을 모르더라는 것이다. 당사자인 우리가 그런 일을 기억할 리 없지만 어머니의 이야기를 들으며 언젠가 둘이 서로 웃은 적이 있었다.

내가 용식이를 기억하는 것은 고등학교 때부터다. 우리 사촌들은 모두 순창으로 나가 중학교와 고등학교를 다녔다. 순창에서 자취를 해야 했기 때문에 우리는 거의 같은 방에서 이렇게 저렇게 어울려 자취방을 옮겨다니며 중고등학교를 마쳤다.

순창은 읍이다. 내가 학교를 다닐 때 순창읍에는 순창중학교와 순창농림고등학교, 그리고 여자중학교가 있었다. 내가 고등학교 3학년이 되자 남자중학교와 여자고등학교가 하나씩 생겼다. 나는 순창중학교를 다녔고, 고등학교도 순창중학교와 같은 교정에 있는 순창농림고등학교를 다녔다.

순창은 좋은 땅이다. 산과 강과 마을이 아늑한 곳이다. 이웃에 광주가 있고 남원이 있어서 왕래가 빈번하다. 순창은 전라북도지만 생활권은 광주다. 장날이면 순창은 물론 담양이나 남원의 문물들이

다 모여들었다. 특히 순창 장의 쇠전은 전국적으로도 유명했다. 쇠전과 함께 유명했던 것이 베개딱지였다. 베개 양쪽 옆에 대는 손바닥만한 딱지에다가 학이나 소나무 등을 수놓은 것인데, 정말 장날 베개딱지전은 대단했다. 순창의 모든 처녀들이 수를 놓아 장날 장으로 가지고 왔다.

아침 일찍 베개딱지 파는 곳에 가면 처녀들이 인산인해를 이루었다. 머리를 길게 땋아내린 처녀들이 아름답게 수를 놓은 베개딱지나 상을 덮는 상보나, 횃대를 덮는 횃대보 등을 파는 모습은 장관이었다. 장날 처녀들이 장으로 모여드니, 동네방네 총각들이 가만히 있을 리 없다. 그러하니, 장날 순창읍을 향한 모든 길은 장으로 열렸다. 마을과 마을에서 사람들이 실꾸리에서 실이 풀려나오듯이 장으로, 장으로 풀려나왔던 것이다.

당시 전국 어디나 마찬가지였겠지만, 내가 고등학교를 다닐 때 순창에는 유명한 조직이 있었다. '조폭' 수준의 조직이었는지, 아니면 논두렁 깡패같이 허술한 조직이었는지 모르지만, 아무튼 고등학교 학년별로 아홉 명씩 조직원으로 두었다. 들리던 말에 의하면 그들은 따로 훈련도 받고, 위아래 서열과 선후배의 규율이 칼 같다고 했다. 순창읍에서, 아니 순창 땅에서 그들의 조직은 무소불위의 권력을 자랑했다. 아무리 깡이 센 놈이라고 해도 개인적으로 그들을 당할 수는 없었다. 그들은 무서운 조직이었다. 우리처럼 촌에서 올라온 놈들은 그들이 알게 모르게 거느린 똘마니들에게도 눈 한번 제대로 뜰 수 없었다. 그들은 장날이면 촌에서 올라오는 청년들에게도 무서운 존재였다. 오늘날 일진회 같은 학교 조직이었는지 모른다. 나는 아직도 그들 조직원들 몇 명을 알고 있고, 그들은 지금도 살아 있으니, 그들이 한 일을 나는 말 못 하겠다. 혹시나 그 조직이 아직도 암암리에 건재하여 나를 어떻게 할지도 모르니까 말이다. 조직의 맛은 예나 지금이나 쓰게 마련이다.

그런 순창 바닥에서 촌놈들이 그들과 힘겨운 싸움을 해서 처음으로 이긴 적이 있는데, 바로 용식이 패들이었다. 용식이 패의 구심점은 순창 구림면 사는 사람 하나, 유등면에 사는 사람 하나, 그리고 용식이, 이렇게 셋이었다. 이 세 사람은 일찍이 서서히 허물어져가는, 그리고 변화해가는 한 시대를 읽고 있었다. 마을과 마을이 서로 가까워지고 소통이 원활해지면서 마을 단위로 힘을 뭉치고, 마을 단위의 조직적(?) 힘이 면 단위로 확대되던 참이었다. 교통의 발달, 산업화의 시작, 농촌 공동체의 와해가 맞물리며 지역 간에 새롭고 한층 폭넓은 교류가 일어났다. 순창읍과 읍이 아닌 변두리의 세력들이 서서히 강해지기 시작했다. 산업혁명이 불러온 시민혁명과 비슷하게 새로운 세력들이 규합을 해갔다. 순창읍의 힘이 서서히 와해되면서 그 조직의 세력이 약화되고, 또다른 시골 출신 학생들이 늘어나면서 읍내의 조직에서 소외된 읍내 세력들이 시골 세력과 암암리에 손을 잡아갔다.

이 세 사람은 진즉부터 같은 도장에서 태권도를 배운 유단자들이었다. 셋은 의형제를 맺었다. 어떤 꿈을 꾸며 이들이 형제애를 맺었는지는 모른다. 누가 유비고 관우고 장비였는지 모르지만 이 셋은 유비, 관우, 장비처럼 도원결의를 한 형제가 된 것이다. 이들은 읍내 태권도 도장 사범으로부터 아주 진지한 후원을 받고 있었다. 운동을 잘했기 때문이다. 사람을 대하는 예의가 밝았고, 정중했으며, 꿈을 가진 자들이 스스로 무장해가는 인간다움을 그들은 갖추고 있었다. 말하자면 주위로부터 인간적인 신뢰감을 얻어갔던 것이다. 순창읍의 조직이 약자들 편이 아니라 있는 자들의 편에 가까웠던 것을 역이용한 것이다. 이들은 약자들의 편이었다.

그들이 바라는 바였거나, 그렇지 않았거나 그들은 자신들에게 힘이 실리는 것을 감지했을 것이다. 그들은 순창읍에서 서서히 두각을 나타내기 시작했다. 그들 세 명의 모습에서는 신념의 냄새가 났다. 그중 한 명은 순창에 태권도 도장이 생긴 이후 처음으로 전국체전에서 동메달을 따 깃발을 날리게 되어 사범으로부터 더 두터운 신임을 얻었고, 그것이 큰 배경이 되어 순창읍을 장악하는 데 큰 힘이 되었을 것이다. 그 무렵 태권도 사범의 사회적인 힘은 거의 절대적이었다. 특히 주먹깨나 쓴다는 놈들에게는 더욱더 그 힘이 막강했다. 사범 역시 이 셋에게로 쏠려오는 힘을 감지하고 있었을 것이다. 대세였다. 시대의 흐름이었다. 혁명의 기운이 무르익어가고 있었다. 어디에서 어떤 계기로 그들의 힘이 분출할지는 아무도 몰랐다. 다만 무르익어가고 있었던 것이다. 때는 틀림없이 온다. 그걸 믿고 사람들은 혁명을 꿈꾼다.

아! 차부車部. 당시만 해도 읍내의 모든 사회·경제·문화적 힘의 집결지는 누가 뭐라고 해도 차부였다. 차부를 장악하면 그 고을을 장악할 수 있었다. 사람들이 모두 차를 타고 순창으로 오고 차를 타고 순창을 벗어났다. 아무리 뛰고 날아봤자 사람들은 차부를 벗어날 수 없었다. 이런 현상은 이 나라 모든 차부가 다 마찬가지였다. 차부를 장악하면 그 고을을 장악한 것이나 다름없었다. 시장과 차부는 그 고을 전체의 심적, 물적 토대요 핵심이었다. 그 두 곳은 고을의 상징적인 힘을 과시하는 정점이었다. 그 힘도 시대의 흐름을 따라 점점 쇠락해가고 있었다. 시대의 흐름은 한정된 어느 한곳에서 나타나지만 그 바탕은 전 사회적인 힘의 이동을 상징한다. 변화와 개혁은, 더 나아가 사회의 혁명은 늘 그렇게 종합적인 통섭의 흐름과 그 기반 위에서 가능해진다. 그렇게 힘의 상징성을 가진 차부를 장악하고 있는 세력이 무너지는 것을 사람들이 두 눈을 뜨고 확인하는 사건이 터지고 말았다. 그 차부의 정서가 이 세 명의 촌놈들에 의해 무너지고 부서지는 것을 사람들은 놀라움 속에 보게 되었다.

어느 날 이 셋을 중심으로 모인 촌놈들이 차부에서, 읍내의 그 유명한 조직들과 정면으로 부딪친 것이다. 엄청난 싸움판이 벌어졌다. 놀라운 일이 아닐 수 없었다. 그것도 벌건 대낮에 차부가 아수라장이 된 것이다. 그리고 그들은 이겼다. 모두 경찰서로 연행되었지만 훈계와 훈방 조치로 풀려났다. 그리하여 한 시대의 차부 정서는 서서히 그 종말을 향해 해체되었던 것이다. 이제 읍을 장악하고 그 힘을 과시하던 시대가 끝이 난 것이다. 촌놈들을 그렇게 귀찮게 하던 조직의 똘마니들이 점차 그 힘을 잃어갔다.

그후 용식이 패들은 학교 회장선거를 치밀하고 조직적으로 치러 한 명은 학생회장을, 한 명은 규율부장을, 용식이는 연대장을 하게 되었다. 그 고을에 하나밖에 없는 고등학교의 막강한 권력을 장악한 것이다. 참으로 오랜 세월 읍내 학생들이 잡고 흔들었던 그 권력의 이동이었다. 고등학교의 장악은 그 고을을 장악하는 힘이 되고도 남았다. 혁명이었다. 혁명은 시대의 흐름을 먼저 읽고 잡는 자들에 의해 이루어지고 그들이 주인이 된다. 이 셋이 꾼 꿈은 모르기는 하되 아마 장래 모두 국회의원이 되어 나라의 권력을 장악하는 것이었을 수도 있다. 이 믿음직스러운 3형제의 꿈은 순결하였으며, 아름다웠고 가상하였다. 그들이 이룬 첫번째 꿈 덕분에 촌놈들이 읍내의 자잘한 시달림으로부터 해방되었다. 불만은 혁명의 씨앗이 된다. 불만이 정의라는 이름으로 사람들을 모은다. 역사는 악순환한다. 힘은 부패하고 정의는 타락한다. 시대는 반복되고 그러나 끝내 우리 눈앞에 민중의 세상은 이루어지지 않는다. 혁명은 아직 끝나지 않았다. 지속될 것이다.

나는 운동을 하지 않았다. 용식이는 남자는 힘이 있어야 하고, 남의 공격으로부터 자기를 방어할 수 있는 힘을 길러야 한다고 생각했다. 어디 가서도 기죽지 않고, 남이 깔보지 않게 자기를 보호하는 힘을 그는 알고 있었다. 그때는 그랬다. 깡이 있어야 했다. 어딜 가나 깡패들이 있어서 약한 놈들은 늘 당했다. 하지만 사실 나는 태권도를 한다고 해서 얼마나 싸움을 잘할 수 있을까 의심했다. 그러다가 진짜로 용식이가 싸움을 잘하는 것을 본 적이 있다.

어느 초여름이었다. 보리가 익어갈 무렵, 모내기를 하기 직전이었다. 모내기를 하기 위해 바닥풀(그해에 자라난 나뭇가지들을 베어다가 말려 모내기 직전에 썰어 논에 뿌리는 일종의 퇴비)을 해다가 보리밭 여기저기에 쌓아두던 때였다. 보리밭 여기저기 쌓아둔 그 마른풀로 보리를 꼬실라 먹기도 하고, 천렵을 할 때 불을 때서 고기를 삶아먹기도 했다. 순창이나, 임실, 강진, 갈담에서 우리 동네로 천렵을 오는 사람들이 많았는데, 그날은 우리 외갓집 사람들이 스무명쯤 우리 동네로 천렵을 왔다. 그들이 하필이면 용식이네 보리밭에 있는 바닥풀로 고기를 끓여먹었다. 그 일 때문에 동네 사람들과 우리 외갓집 사람들 사이에 대판 싸움이 붙었다. 싸움판이 크게 벌어져 동네 정자나무 밑에 네 편 내 편이 뒤섞여 일대 치열한 혼전중이었다. 몽둥이가 여기저기서 번쩍거리고, 비명이 터지고, 조용하던 동네가 그야말로 아수라장이었다. 그때까지 용식이는 느티나무 한쪽 구석에서 가만히 팔짱을 끼고 싸움판을 구경하고 있었다.

그러다가 우리 동네 사람들이 불리해지자 용식이는 그 혼란스러운 싸움의 한복판으로 뛰어들었다. 나는 신발을 벗어 사람들을 패고 때리다가 용식이를 보았다. 용식이는 싸움 복판으로 뛰어들더니, 자기에게 달려드는 사람들에게 정확하게 주먹질과 발길질을 했다. 용식이의 주먹과 발길에 채인 사람들은 아이쿠, 아이쿠 하면서 픽픽 쓰러졌다. 사람들이 용식이에게 우르르 달려들었으나, 모두 추풍낙엽이었다. 나는 멍하니 용식이의 발길질과 주먹질에 쓰러지는 사람들을 보고 있었다. 번개 같다더니, 저런 걸 두고 하는 말이구나. 그렇게 싸움은 끝났다. 그들도 다 용식이의 빛나는 발길질과 주먹질을 보며 탄복 아닌 탄복을 했을 것이다. 코피가 터지고 입술이 터지고 피를 흘리며 사람들이 여기저기 흩어져 있었다.

그 당시 나는 선생이었다. 그 이튿날 출근을 하려고 이발소에서 버스를 기다리고 있는데, 순경이 나를 찾았다. 선생을 하는 사람을 찾고 있었다. 어제 우리 동네 사람들한테 맞은 사람들이 파출소에 신고를 한 모양이었다. 이발소에 있던 사람들은 그날 집에 오지 않은 용식이 친형의 학교를 가르쳐주었다. 내가 그곳에 있었으니, 설마 나를 자기 곁에 두고 찾는 것은 아니겠지, 했던 것이다. 용식이의 친형이 근무하는 학교로 찾아간 경찰들은 헛걸음을 하고 다시 내가 근무하는 분교의 본교로 가서 나를 찾았다. 내가 발령이 난 지 며칠이 지나지 않았던 때라 본교 선생들이 나의 이름을 몰라 그런 사람 여기 없다고 했단다. 며칠 후 우리 작은아버지가 사고를 잘 처리해 끝이 났기에 망정이지, 나는 선생이 된 지 한 달도 못 되어 졸지에 선생을 그만둘 뻔했다.

고등학교를 졸업하고 용식이는 어떻게 했는지 전주에 있는 사립 대학교로 진학을 했다. 그 과정을 나는 이해하지 못하고 또 알지도 못한다. 아무튼 용식이는 대학을 다녔다. 겨울비가 오던 어느 날 나는 용식이가 자취하는 전주의 집에 가보았다. 산꼭대기에 있는 너무나 허술한 집이었다. 나는 놀랐다. 그 추운 겨울 용식이 방은 냉방이었다. 어디다가 발을 들여놓을 수도 없었다. 달랑 얇은 담요와 가방뿐이었다. 아! 누추하고 초라한 용식이의 방 가운데 넋을 놓고 서서 나는 울었다.

우리는 밖으로 나가 막걸리 집에 가서 술과 안주로 배를 채웠다. 그때 나는 선생이었지만 집이 넉넉한 것은 아니어서 늘 담배와 책에 배고프던 때였다. 담배를 외상으로 피우던 시절이 아니었던가. 그렇게 가난하게 학교를 다니면서도 집에 오면 용식이는 앞산에서 노래를 부르며 풀을 베었고, 뙤약볕이 쏟아지는 논에서 온몸을 벌겋게 태우며 일을 했다. 일에 지치면 용식이는 일손을 놓고 동네를 향해 일장 연설을 해대기 시작했다. 그의 연설 내용 중에 기억나는 것은 없다. 아마도 당시 김대중씨의 연설 내용과 목소리를 흉내낸 게 아니었나 한다. 그의 목소리는 우리 동네 산천을 쩌렁쩌렁 울렸다. 동네 사람들은 용식이가 '한가락 할 인물'이라고 했다. 용식이는 예의 바르고 명랑하고 씩씩했으며 의리를 중요시했다. 친구들과 동네 어른들과 형들이나, 아우들에게 깊은 믿음을 얻고 있었다.

야간 대학을 다니던 용식이는 어떻게든 학비를 자기 손으로 벌고 싶어했다. 우리는 아무런 경제적 기반이 없는 집안에서 태어났다. 우리 집안은 세상으로 나갈 만한 경제적인 기반도, 정치적인 기반도, 사회적인 기반도 없었다. 집안에서 덕치면을 벗어난 인물이 없을 정도로 '빽'도 돈도 학연도 없었다. 다만 작은아버지가 조합 일을 하셨고, 큰집 형님 한 분은 우리 면에서 상당히 신망을 얻었을 따름이다. 그렇다고 그 두 분이 임실군까지 알려진 인물은 아니었다. 그렇다보니 덕치면을 벗어나면 모든 것이 캄캄했다. 전주에 아는 사람 하나 없었으며, 사회적으로 그 어느 곳 하나 영향력을 행사할 사람이 없었다.

용식이는 늘 우리의 힘으로 집안을 일으켜야 한다고 했다. 바탕이 없는 우리가 비빌 언덕을 두고 하는 말이 아니었기 때문에 그 말은 공허했다. 우리 집안에서 용식이 큰형님이 처음으로 고등학교를 다녔고, 그 밑의 형님이 그다음으로 고등학교를 졸업했고, 그다음이 나였다. 순창농림고등학교가 우리 집안의 최고 학력이었다. 그런데 용식이는 대학을 갔다. 놀라운 일이었다.

어느 날 용식이는 나에게 전주에서 있었던 이야기를 했다. 야간 대학을 다니니 낮에는 일할 수 있는 직장을 갖고 싶어 처음에는 전라북도 도지사를 찾아갔다는 것이다. 그다음은 전주 시장을 찾아가고, 교육감을 찾아가고, 경찰서장을 찾아가고, 그리고 전라북도 내 기업체들의 사장들을 다 찾아다녔다는 것이다. 그러나 시간이 가도 용식이는 취직이 되지 않았다.

그런데 참으로 놀라운 일이 벌어졌다. 지금도 이해가 되지 않지만 용식이가 대학을 옮겼다는 것이다. 용식이가 대학을 다니기 시작한 지 두어 해가 지난 어느 날 전북대학교 농과 대학생이 되어 우리 앞에 나타났고, 더 놀라운 것은 그가 ROTC(학사장교) 복장을 하고 있었던 것이다. 우리는 그가 어떻게 해서 그 대학으로 옮겼는지 모른다. 다만 놀라워했을 뿐이다. 용식이는 알고 있었는지 모른다. 아니 철저하게 계산을 했을 것이다. 그때 그 시절 군인이 되어야, 그것도 장교가 되어야 자기의 꿈인 정치를 할 수 있는 지름길이 열리리라는 것을 그는 알았을 것이다. 그래서 그는 어떻게든 군인이 되어야 했기에 국립대학에 들어가 학사장교를 하려 했던 것이다.

      · · ·

아! 그해 여름을 어떻게 표현해야 할까? 우리에게 가장 슬프고도 애달픈 일이 벌어졌다. 여름방학이 시작되고 며칠 지나지 않은 날, 나는 큰집 마루에 앉아 있었다. 큰집은 우리 동네에서 유일하게 남향집으로, 마루에 앉으면 뒷산 당산나무가 보여서 좋았다. 나는 그 큰집 마루에 앉아 할머니와 이야기를 하고 있었다. (이 할머니는 내게 아주 긴 시를 남기신 분이다. 할머니가 돌아가신 날 아침부터 장례를 치르기까지의 내용을 「맑은 날」이라는 시로 썼다.)

그때 담장 위로 까만 머리통이 하나 보였다. 낯익은 머리통이었다. 용식이였다. 그해 처음으로 ROTC 훈련을 받으러 갔다가 훈련이 끝나고 방학이 되어 집으로 온 것이다. 동네로 들어선 용식이는 할머께 인사를 하러 큰집으로 왔다. 나는 반가웠다. 할머니도 반가워했다. 용식이는 어느덧 우리 집안을 일으킬 기둥이 되어 있었고, 모두의 기대를 모았으며, 당연히 큰일을 해서 우리 집안을 부흥시킬 당사자가 되어 있었다. 우리는 늘 만나면 집안에 대해 이야기를 했다. 우린 이미 가난하고 힘없는 우리의 처지와 현실을 알고 있었다. 집안을 일으킬 구체적인 방법을 우린 알지 못했지만, 그냥 막연하게 그런 생각을 했고 때로 이야기를 나누었을 뿐이다.

할머니께 인사를 온 용식이를 보고 나는 그만 크게 고함을 지를 뻔했다. 용식이는 너무 깡마르고, 새까맣게 타 있었다. 마치 나무 조각같이 마른 얼굴이 너무 새까맣게 타서 강퍅하게 보여 나는 깜짝 놀랐다. 뜨거운 여름 혹독한 군사훈련 때문이라고 했다. 용식이는 너무 마르고, 생기를 잃고 있었다. 기상이 넘치던 용식이의 마른 얼굴은 흙빛에 가까웠다.

그날 저녁 우리는 인근 동네 처녀들을 모집해서 월파정으로 가서 놀았다. 용식이의 환영식이었다. 그러나 용식이는 자신이 없어 보였고, 어쩐지 매사가 시들해 보였다. 웬일인가. 그렇게 자신만만하던 용식이가 왜 저렇게 되었단 말인가. 그날 저녁이 우리의 마지막 잔치가 될 줄은 아무도 몰랐다. 용식이가 돌아와 신이 나야 했는데, 우린 무슨 큰 걱정이 생긴 사람들처럼 터덜터덜 걸어 집으로 돌아왔다.

훈련에서 돌아온 용식이는 남원에 있는 큰형님 댁으로 갔다. 거기서 며칠을 보낸 용식이는 다시 집에서 가까운 구림면에서 교사로 있는 작은형님네 집으로 갔다. 그리고 그는 거기서 죽어 집으로 돌아왔다.

해가 지고 있었다. 나는 숙직을 하러 가기 전 머리를 감으러 강으로 갔다. 강물에 머리를 막 담그려고 고개를 숙일 때였다. 강길 저 위쪽에서 사촌동생 용현이가 낫을 들고 고함을 지르며 막 뛰어왔다. 용현이는 울면서 뛰어오고 있었다. 비명에 가까운 울음소리가 섞인 고함을 지르며 낫자루를 불끈 쥐고 뛰는 용현이의 모습은 가슴을 철렁 내려앉게 했고, 해 지는 동네를 순식간에 긴장 속으로 몰아넣었다. 뭔가 큰일이 터진 것이다. 나는 머리를 감는 것을 포기하고 강물 밖으로 나가 용현이를 바라보았다. 용현이는 큰 소리로 외쳤다.

"용택이 성, 용식이 성이 죽었대."

"뭐? 용현아, 왜 그래? 응?"

"용식이 성이 죽었대."

이 무슨 소린가. 용현이는 정자나무를 지나 마을로 뛰었다. 용식이네 집으로 가기 위해서였다. 산그늘이 강을 건너 앞산을 오르고 있던 동네는 잠깐 정적이 흘렀다. 일순간에 용식이의 죽음은 동네를 놀라움 속으로 몰아넣었다. 사람들이 동네 앞으로 모여들었다. 누구누구였는지 모르겠다. 용현이와 나는 용식이가 죽었다는 구림으로 달려갔다. 어둠이 오고 있었다. 무슨 정신으로, 어떻게 그 마을에 갔는지 모르겠다. 용식이는 싸늘하게 식어 반듯하게 누워 있었다. 이 놀라운 현실이 받아들여지지 않았다. 그러나 그것은 현실이었다.

밤이 되었다. 용식이는 순창에서 자취하던 주인집 트럭에 실려 집으로 왔다. 트럭 뒤에 타고 집으로 오며 바라본 밤은 칙칙하게 어두웠고 별들은 지나치게 초롱초롱 빛나고 있었다. 우리가 그렇게도 날마다 놀러 다니던 길을 그는 죽어서 차에 실려 가고 있었다.

이웃 마을을 막 벗어났을 때 차가 덜컹 하더니 우뚝 멈추었다. 아니, 멈춘 게 아니라 무엇인가 작신 부서지는 소리와 함께 우뚝 서버렸다. 사람들이 차에서 내렸다. 차 밑 어딘가가 무엇엔가 심하게 부딪쳐 차가 움직일 수 없었다. 감나무였다. 그때가 새마을운동을 막 시작할 때였다. 길을 넓히려고 큰 감나무를 잘라냈는데, 그 감나무 밑동이 차 어딘가에 걸린 것이다. 그 감나무 밑동에 풀들이 우북하게 자라 돌출된 모양이 운전하는 사람의 눈에 보이지 않았던 모양이다. 차가 움직이지 않자 우리는 용식이를 차에서 내려, 리어카에 싣고 집으로 갔다. 친척들과 동네 사람들과 용식이의 친구들이 모여들었다. 용식이는 강 건너로 운구되었다. 용식이는 마을이 보이는 강 건너 큰집 산에 묻혔다.

우리 가문을 위해 무엇인가 이루어낼 것이라는 그 야무진 각오와 각고의 노력들이 물거품처럼 꺼져버렸다. 희망을 잃어버린 우리는 너무나 허망했다. 내 주위에서 가장 가까운 사람의 느닷없는 죽음을 본 나는 삶과 죽음이라는 말을 가장 실감나게 맛보았다. 우리 주위에 삶이 있듯이 우리 주위, 아니 내 주위에도 늘 죽음이 가까이 있었다. 희망과 좌절과 삶과 죽음은 함께한다는 것을 나는 오랜 세월이 흐른 후 서서히 깨달아갔다.

몇 년이 가도 용식이는 우리의 마음속에 지워지지 않는 생생한 사람이었다. 나는 이따금 용식이의 무덤을 찾아갔다. 용식이의 무덤 앞에 앉아 있으면, 때로 마음이 편안하기도 했고, 우리의 그 눈부신 청춘 시절의 찬란한 희망이 무덤 앞을 흐르는 강물처럼 여울지기도 했다. 설과 추석이 되면 우리 사촌 형제들은 꼭 용식이의 무덤을 찾았다. 그는 우리의 친구요 형제였으며, 꿈이요 희망이었으니까.

어느 초가을, 우리는 조상들의 묘 벌초를 다하고 강 건너 용식이의 묘를 벌초하러 갔다. 풀벌레들이 울어대고 있었다. 벌초를 다 하고 우리는 또 여느 해처럼 무덤 앞에 앉았다. 날이 어두워지고, 강물이 강굽이를 조용히 휘돌아갔다. 소쩍새가 울고, 마을에 불빛들이 하나둘 살아나 강물에 어렸다.

우리는 자박자박 걸으며 가슴에 고여 출렁이는 슬픔을 달래며 집으로 돌아왔다. 그리고 집에 와서 나는 한 편의 시를 썼다. 그날따라 유난히 소쩍새 소리, 풀벌레 울음소리, 물소리가 크게 들렸다가 작아졌다가 내 심사를 이리저리 달랬으나 내 마음은 달래지지 않았다. 나는 밤이 깊을 때까지 뒤척였다.

섬진강 19
무덤에서

아우야
여기 아무도 찾아온 흔적이 없구나.
풀들이 키도 넘게 우거져
몇 바퀴 무덤 밖을 헤매이다
풀들을 헤친다.
무덤에 이르는 길은
길이 없어도
무덤에 이르러 길이 끝나고
길이 막힌다.
아우야
저녁이면 풀벌레들이
얼마나 자지러지게 울고
반딧불들이 얼마나 여기저기 헤매이데.
밤이 늦도록 소쩍새는
또 얼마나 목쉬어 울고
강 건너 무논 개구리들은
얼마나 길길이 울어대데.

새벽엔 거미줄들이 얼마나 풀잎과
풀잎 사이에서 휘어져
안개 속에 흐득이고
마을 어머님 등불은
언제까지 깜박깜박 살아 있는데.
때때로 너를 까맣게 잊고
자연스레 나는 살았다.

어디서부터 이 무성한 풀을 베랴.
죽음 같은 우연으로 풀 한 주먹을 베어 들고
놓을 자리가 없어 망설일 때
문득 이 세상을 떠나는 물소리
풀 위에 풀을 눕히고 허리를 편다.
아득하여라 세상은
아우야 저승은 얼마나 멀고
너는 갈 길을 다 갔느냐.

풀을 베어내니
무덤이 이리 달처럼 단정하구나.
아우야

몇 밤을 밤이 밤으로 막막하고
몇 밤을 달이 달처럼 떠서 지데.
오늘밤 달이 가장 높이 떠서
가장 멀리 지리라
가장 늦게 지리라.

곧 서리 맞을 새 풀이 돋고
가을이 오리라.
또 몇 번 하얗게 눈이 내려
무덤을 키웠다가 낮추리라.
너는 그때 스물다섯
나는 지금 서른다섯
삶과 죽음이 이렇게 다정한 것 같아도
이제 우리는 한 살 차이가 아니구나.
아우야
너에게 전할 것이 없어
나란히 앉을 수 없어
땀 밴 낫자루를 놓고
무심히 흐르는 강물을 바라본다.
지는 초가을 햇살, 물빛이

이마에 닿아 따갑구나.
저 물을 너는 길 없이 건너왔지.
여울목엔 아직도 누이들의
서러운 울음소리들이
물길을 못 찾은 듯
길길이 자욱하구나.

날이 저물었구나.
벌써 풀벌레들이 애둘애둘 길을 찾고
반딧불이들이 깜박이며 헤매인다.
이제 내가 나갈 길은 들어온 길뿐이다.

그새 일어선 풀들을 헤치고
들어온 길로 어둑어둑 나가마.
아우야
너는 넘어진 풀들을 일으켜 길을 막아라.
내 그렇게 길 없이
또 오리라.

「그 여자네 집」을
쓰게 한 그 여자

내가 근무하는 학교 유리창 밖은 온통 산이다. 앞산은 내게 평생
의 산이다. 거의 하루도 빠짐없이 나는 그 산을 바라보며 살았고,
지금도 해가 뜰 때부터 질 때까지 그 산을 하루 종일 바라보며 산다.
그 산의 봄, 여름, 가을, 겨울, 그리고 시시때때로 변화하는 모습은
내게 늘 감동이다. 그 산 아래 마을이 있고, 마을 앞에는 작은 논들
이 있고, 그 논 앞에는 강이 있지만 봄부터 가을까지는 강과 논이 잘
보이지 않는다. 학교 운동장가에 큰 벚나무가 잎을 무성하게 피우
고 있기 때문이다.

나는 때로 유리창에 이마를 대고 그 앞산을 바라본다. 지금 앞산
은 더없이 푸르고 지루하다. 시인 장석남은 저 여름산을 반성 없는

삶처럼 지루하다고 했다. 산 중간 아래로는 밭뙈기가 있는데 그 밭에는 고추와 다른 곡식들이 심겨 있다. 봄, 여름, 가을, 겨울 그 밭에서 일어나는 변화를 바라보는 재미도 솔찬하다. 그 유리창에 이마를 대고 오른쪽으로 살짝 고개를 돌리면 동네 앞산에 있는 우리 밭이 보인다. 옛날, 그러니까 그 밭에 곡식을 가꿀 때는 우리 어머니가 흰 수건을 쓰고 일하시는 모습이 곡식들 사이로 가물가물 보이기도 했다.

그리고 우리 동네 가는 길이 보인다. 우리 동네 가는 길 중간에 동네가 하나 있다. 이웃 동네인 신촌 마을이다. 신촌 마을은 산을 등지고 마을 앞에 작은 들을 거느렸는데, 마을의 방향이 강물이 흘러오는 북쪽이다. 그 마을 앞에는 학이 날아가는 모습을 한 산이 있는데, 평지에서 돌출된 이 산의 두 봉우리가 유방 같아서 사람들은 그 작은 산을 '젖산' 또는 '브라자 산'이라고 한다. 나는 조금 유식하게 '브라자 마운틴'이라고 소개한다. 유리창에서 오른쪽으로 고개를 약간 돌리면 그 브라자 마운틴 한 자락이 끝나는 곳에 마을이 보이는데, 자세히 보면 푸른 기와집 옆에 까만 기와집이 한 채 보인다. 그 집이 바로 '그 여자네 집'이다.

내가 선생이 되어 막 발령을 받은 겨울이었다. 나는 작은 분교에서 근무하게 되었는데, 면사무소가 있는 버스정류소에서 40분쯤 걸어 들어가는 곳이었다. 나는 학교 근처에서 하숙을 하고 있었다. 겨울방학이 되어 집으로 가기 위해 정류소로 나온 날이었다. 크리스마스 무렵이었을 것이다. 그때는 크리스마스 바로 직전에 방학을 많이 했다. 눈이 오고 있었다. 작은 정류소에는 사람들이 북적였다. 작은 정류소는 잡화점과 옷가게까지 겸하고 있었는데, 나는 그 가게에서 물방울무늬가 있는 스카프를 하나 샀다. 하늘색 바탕에 난 물방울무늬는 마치 눈송이 같기도 했다. 밖엔 여전히 눈이 펑펑 쏟아지고 있었다.

선물을 산 나는 그것을 줄 여자를 생각하며, 어떻게 줄지 깊이 고민했다. 참으로 난감한 문제였다. 무지무지 어려운 문제를 나는 안고 있었다. 선물을 괜히 샀다는 생각이 나를 괴롭혔다. 눈이 오고 있었다. 정말로 눈이 많이 왔다. 사람들이 정류소로 들어설 때마다 몸에 쌓인 눈을 툭툭 털었다.

그때, 내 나이 스물하고 둘이었다. 처음으로 여자에게 주려고 선물을 샀다. 그리고 내 기억은 거기서 멎어버렸다. 내가 그 여자에게 선물을 주었는지, 어떻게 했는지 나는 모른다. 선물 안에다 편지글을 썼는데, 내 이름을 쓰지 않고 촌스럽게도 그러나 매우 멋을 부려 무슨 훈이니, 석이니 하는 외자를 썼던 것 같다.

『그 여자네 집』이라는 시집을 내고 여기저기에 기사가 나갔다. 많은 여자들한테서 전화가 왔다. 그 여자가 혹 자신이 아니냐는 것이었다. 방송국에서도 전화가 왔다. 그 여자를 찾아가자는 것이었다.

나는 응하지 않았다.

우리 동네 사람들이 밖으로 나가려면 그 여자네 동네를 지나야 한다. 그 여자네 동네를 지나야 할 뿐 아니라, 그 여자네 집 앞을 지나야 한다. 물론 나도 강변길로 가지 않는 한 그 여자네 집을 지나 집으로 가야 한다. 그 여자네 집은 그 동네의 중간에 있다. 집이 크다. 대문간이 있고, 사랑채가 있고, 본채가 있다. 본채 뒤에는 우물이 있고, 우물 뒤에는 커다란 감나무가 몇 그루 있다. 그 감이 붉게 익었을 때 나는 그 여자네 집 우물에서 물을 떠먹어본 적도 있다. 맑고 깨끗하고 시원했다.

그 여자네 집에 들어서면 오른쪽에 은행나무가 한 그루 있다. 그 은행나무에 단풍물이 들면 학교에서도 노란 은행잎이 고와 보였다. 그 은행나무는 지금도 있다. 그 여자네 집 본채에서 왼쪽을 보면 커다란 살구나무가 있다. 봄이면 그 살구나무에 꽃이 하얗게 피었는데 물론 학교에서도 그 살구꽃이 보였다. 학교에서 보면 그 여자가 그 집 앞길을 왔다갔다하는 모습이 언뜻언뜻 보였는데, 그럴 때면 나는 그 여잔지 아닌지 가늠을 해보곤 했다.

가을이면 그 여자의 아버지와 큰오빠가 지붕에 올라가 지붕을 이곤 했는데, 그 모습이 참으로 정겨웠다. 지붕 이는 일은 하루 종일 걸렸다. 새 짚으로 지붕을 다 이고 나면 그 여자네 집은 샛노란 초가지붕이 되었다. 노랗게 물든 은행나무 아래 그 여자네 집은 마치 꿈

속의 집 같았다.

그 여자네 오빠는 그 여자가 밖에 나가 노는 것을 아주 싫어했다. 아니, 그 무렵 처녀들이 밤에 밖으로 나가는 것을 어른들은 싫어했다. 가설극장이 들어오거나, 다른 마을에 콩쿠르가 있는 날이면 어떻게든 딸들을 밖에 못 나가게 하려고 감시의 눈길을 떼지 않았다. 처녀들은 또 어떻게든 오빠나 부모님의 눈을 피해 영화를 보러 가려고 온갖 수단을 다 부렸다. 저녁에 입고 갈 옷을 남의 집에 미리 가져다놓고, 때가 되면 얼른 옷을 갈아입고 나들이를 했다. 설사 나중에 부모님이 알았다고 해도 한번 혼나면 되었다. 배짱이었다. 휘영청 달 뜨는 밤, 강변에 울려퍼지는 영화 선전 확성기 소리를 듣고 그 소리를 따라가지 않을 청춘이 어디 있겠는가. 젊은 청춘들은 그렇게 가설극장에서, 콩쿠르에서 만났다.

내가 퇴근을 하면 그 여자는 내가 그 여자네 동네로 들어서는 것을 보고 그 집 앞을 지날 때쯤 내 앞을 미리 걸어서 감을 따러 가거나, 무를 뽑으러 갔다. 우린 만나질 때도 있었고, 그러지 않을 때도 있었다. 똑부러지게 기억나는 것은 없다. 그것 또한 이상한 일이다. 언젠가 큰집 형하고 나하고 어디를 갔다 오다가 그 여자를 만났는데, 그 여자네 감나무에서 그 여자랑 같이 감을 따먹은 기억이 어렴풋이 난다. 월남치마를 입고 있었고, 빨간 스웨터를 입고 있었다. 그 여자가 감망으로 감을 따서 준 기억이 난다. 그때 우리가 그 여자를 웃겼는데, 웃을 때 보이는 쪽니가 참 귀여웠다. 그 여자와 내가 서로 좋아한 것을, 그 여자 어머니와 오빠가 알았는지 어땠는지 지금도 나는 모른다. 다만 몇몇 그 동네 처녀들과 우리 동네 총각들만 알고 있었다.

그 여자는 열아홉 살인가 스무 살 때 마을을 떠났다. 그때는 너도 나도 고향을 떠날 때였다. 밤을 새워가며 강변에서 같이 어울렸던 처녀 총각들은 이제 다 늙었다. 푸른 물결 같은 청춘들의 꿈과 사랑은 이제 흘러가버렸다. 나는 많은 강물이 흘러가버린 후 용케도 그 여자를 생각하며, 「그 여자네 집」이라는 시를 한 편 썼다. 많이 생략하고, 많이 기억을 살리거나 보태고, 없는 것도 상상해서 시를 썼다. 그 시는 지금 고등학교 국어 교과서에 실린 박완서 선생님의 단편소설 「그 여자네 집」 첫머리에 실려 있다. 박완서 선생님께서 그 시를 보고 소설을 한 편 쓰신 것이다.

그 여자네 집

가을이면 은행나무 은행잎이 노랗게 물드는 집
해가 저무는 날 먼 데서도 내 눈에 가장 먼저 뜨이는 집
생각하면 그리웁고
바라보면 정다웠던 집

어디 갔다가 늦게 집에 가는 밤이면
불빛이, 따뜻한 불빛이 검은 산속에 깜박깜박 살아 있는 집
그 불빛 아래 앉아 수를 놓으며 앉아 있을
그 여자의 까만 머릿결과 어깨를 생각만 해도
손길이 따뜻해져오는 집

살구꽃이 피는 집
봄이면 살구꽃이 하얗게 피었다가
꽃잎이 하얗게 담 너머까지 날리는 집
살구꽃 떨어지는 살구나무 아래로
물을 길어오는 그 여자 물동이 속에
꽃잎이 떨어지면 꽃잎이 일으킨 물결처럼 가닿고
싶은 집

(…)

그 여자가 꽃 같은 열아홉 살까지 살던 집
우리 동네 바로 윗동네 가운데 고샅 첫집
내가 밖에서 집으로 갈 때
차에서 내리면 제일 먼저 눈길이 가는 집

그 집 앞을 다 지나도록 그 여자 모습이 보이지 않으면
저절로 발걸음이 느려지는 그 여자네 집
지금은 아, 지금은 이 세상에 없는 집
내 마음속에 지어진 집
눈 감으면 살구꽃이 바람에 하얗게 날리는 집
눈 내리고, 아, 눈이, 살구나무 실가지 사이로
목화송이 같은 눈이 사흘이나
내리던 집
그 여자네 집
언제나 그 어느 때나 내 마음이 먼저
가
있던 집
그
여자네
집
생각하면, 생각하면 생. 각. 을. 하. 면……

올봄이었다. 수업이 끝나 나는 봄이 오는 앞산을 바라보고 있었
다. 봄빛이 완연한 산과 들은 나를 기운 차리게 한다. 생동감이 넘
치는 산천은 나를 크게 숨 쉬게 한다. 파릇파릇 돋아나기 시작하는

강변의 풀은 그 기운이 사람에게까지 전달된다. 그렇게 앞산과 강을 바라보다가 우연히 오른쪽으로 고개를 돌렸다.

어? 하얀 연기가 그 여자네 집에서 솟아오르고 있었다. 나는 눈을 비비고 자세히 보았다. 분명히 그 여자네 집이었다. 조금 후, 전화가 왔다. 그 여자네 어머니가 돌아가셨단다. 자세히 보니, 그 여자네 집 앞에 차들이 보였고, 사람들이 오고갔다. 그 여자도 왔겠지? 하얀 상복을 입고 그 옛날처럼 마당을 왔다갔다할 그 여자가 생각이 났다.

그 옛날 내가 퇴근을 하다가 그 여자네 집 앞을 지날 때, 그 여자의 목소리가 들리고 그 여자의 옷자락이 대문 틈으로 언뜻언뜻 보이면 나는 그 여자네 집에서 벌어지고 있는 '그 어떤 일'에 대해 그렇게 궁금할 수가 없었고, 대문을 열고 들어가 '그 일'에 나도 참여하고 싶었다.

이 글을 쓰다 그 여자네 집을 한번 보고 온다. 운동장가 나뭇잎에 가려 언뜻언뜻 보이는 그 여자네 집은 오늘도 적막하다.

나는 오늘도 그 여자네 집 앞을 차를 타고 지나왔다.

그 여자,
시인의 첫사랑

가을비가 촉촉이 내리고 있다.

산도 젖고 강도 젖고 풀잎들도 젖고 내 마음도 젖는다. 가을비 내리면 추워지고 봄비 내리면 따뜻해진다는데, 이 비 그치면 들판의 곡식들은 더욱더 깊이 고개 숙이며 익어가고, 강가의 풀잎들은 노랗게 말라가리라.

가을의 섬진강가에 가보았는지. 해는 지고 억새들이 바람에 하얗게 나부끼는 가을 강가에 가보았는지. 해맑은 햇살 속에 마른 풀잎들이 사각이는 가을 강가에 서서 저무는 물을 보았는지. 외로움처럼 키 큰 포플러 마른 잎이 다 지고 마른 풀섶에 샛노란 산국이 지고 단풍 지면 산마다 빈산이 되어 저 강에는 겨울이 오고 저 강물로 하얀 눈이 내리리라. 그러면 나는 강가에 서서 강물로 사라지는 눈송이들을 보리. 내게 사랑은 늘 그렇게 왔다 갔다네. 계절처럼 소리 없이 왔다가 소리 없이 사라지면서 잎 피고 바람 불고 눈 내리고 비가 왔다네.

그 여자네 집은 우리 동네 윗동네에 있었다.

그 여자네 집 가는 길엔 벼가 익고 개구리가 울고 감나무가 있고 보리가 겨울달빛 속에서 자랐다. 그 여자네 집 가는 길엔 하얀 감자꽃이 피고 들국화가 피고 구절초가 피고 산벚꽃이 피고 강가에는 검은 바위들이 달밤에 반짝거렸다. 풀벌레 울고 밤산에서 소쩍새 울고 부엉새가 부엉부엉 울었다. 어두운 밤에도 굽이굽이 하얗게 살아나던 길, 달이 뜨면 허공에 둥 떠 보이는 적막하고 다정한 길이 늘 펼쳐졌다.

그 길은 슬프고, 외롭고, 쓸쓸하고, 그리고 정다운 길이다. 아버지들이 하얀 달빛을 받으며 나락을 지어 나르던 길이며, 어머니들이 아기 업고 머리에 곡식을 이어 나르던 길이다. 내 누이들이 돈 벌러 가던 길이며, 동무들이 밤도망을 치던 길이다. 어머니들이 울면서 자식들을 떠나보내고 눈물로 자식들을 기다리던 길이다. 꽃길이다. 서러운 눈물 뿌리던 길이다. 기쁨의 길이다. 그 여자를 만나러 가는 내 사랑의 길이기도 하다.

그 여자는 꽃같이 고운 열아홉이었다.

그 여자네 집 가는 길엔 커다란 느티나무가 한 그루 있었다. 그 느티나무 앞에는 작은 들판이 펼쳐져 있고 그 들판 끝에는 언제나 강물이 흐르고 있다. 그 들 끝에 그 여자네 무밭이 있었다. 곡식들이 다 떠난 그 무밭에는 늘 파란 무들이 싱싱하게 자라고 있었다. 그 여자는 이따금 그 무밭에서 파란 무나 배추를 뽑아 머리에 이고 가기도 했다. 느티나무 부근에 또 그 여자네 밭이 있었는데, 그 여자의 어머니가 늘 하얀 수건을 쓰고 일을 하고 있었다. 그 밭가에는 토란 잎이 넓적하게 자라는가 하면 가지나 오이가 열리기도 했다. 그 여자가 어머니와 함께 콩밭을 매기도 했다. 그 밭에서 그 여자네 아버지가 큰 암소로 느릿느릿 쟁기질을 하기도 했는데, 그 여자는 밭가에 서서 내가 지나가도 모른 척 제비꽃만 꺾고 있었다.

길가에 있는 느티나무는 참으로 크고 의젓하고 당당하다. 봄이 오면 새잎이 피어난다. 추운 겨울 잔가지로 어떻게 그 매서운 강바람 들바람을 이겼는지, 봄만 되면 어김없이 가지마다 수많은 새잎들을 피워낸다. 잎이 피면 그 주위에 수많은 풀꽃들이 피어난다. 하얀 꽃, 노란 꽃, 보라색 꽃 들이 피어나고 그 나무 아래는 환하게 빛난다. 그 여자는 어머니랑 같이 그 나무 아래를 지나며 나를 못 본 척 눈을 내리깔고 그냥 지나간다. 그러다 어디만큼 가서는 얼른 뒤를 돌아본다. 뒤태가 이뻤던 그 여자는 그때 꽃같이 고운 열아홉이었다.

그 여자가 나를 힐끗 뒤돌아본 날 밤이면 그 여자는 느티나무에서 나를 기다렸다. 나는 달빛을 받으며 그 길을 걸어 그 여자를 만나러 갔다. 달빛을 밟으며, 먼 산에서 우는 소쩍새 소리를 들으며, 물소리를 차며 그 여자를 만나러 갔다. 검정 우산같이 달그늘을 거느린 느티나무를 보면 나는 가슴이 뛰었다. 그 여자는 커다란 느티나무에 등을 기대고 서서 달을 보며 나를 기다렸다. 스웨터를 여미며 나를 보고 웃는 그 여자는 달빛 아래 하얗게 핀 박꽃이었다.

그렇게 우리는 밤이면 그 느티나무 뒤에서 만났다. 어쩌다가 사람이 지나가면 우리 둘은 그 나무 등에 딱 붙어서 숨을 죽이고 있었다. 그럴 때 우리는 너무 가슴이 뛰고 너무 좋았다. 어찌나 가슴이 쿵쿵 뛰는지 느티나무가 흔들리는 것 같았다. 그 여자의 숨소리, 따뜻해지던 몸, 그리고 어색하게 더듬어 찾던 손과 마주치던 눈길. 길 가던 사람이 지나간 뒤에도 우린 한참을 그렇게 느티나무 등 뒤에 서 있었다.

그 여자는 운동회 날이면 양산을 쓰고 학교에 왔다. 나는 선생이었고 스물셋이었다. 그 여자는 늘 느지막하게 학교에 동무들과 나타났다. 코스모스가 핀 운동장가에 그 여자는 동무들과 어깨를 마주 대고 오불오불 꽃처럼 모여 있었다. 마치 꽃무리 같았다. 그 여자는 부락 대항 경기에도, 졸업생 경기에도 나오지 않았다. 그 여자는 늘 나를 훔쳐보면서도 나에게 눈길을 주지 않았다. 운동회가 끝나가고 산그늘이 운동장을 덮고 마지막으로 아이들 소고놀이가 끝나면 그 여자는 동무들과 집에 갔다. 운동장가의 코스모스 속에서 그 여자는 웃고 있었다. 운동회가 다 끝나고 해가 진 뒤 나는 그 여자네 동네를 지나 집에 갔다. 그 여자가 어디선가 나를 보고 있는 모습이 보이거나, 내가 그 여자네 집 앞을 지날 때 얼른 그 여자가 지나가면 우린 그날 밤에 꼭 만났다. 늘 그랬다. 그렇게 만나는 날이 가면서 겨울이 왔다.

어떤 날 밤은 그 여자가 우리 집으로 오기도 했다. 동무들과 같이 와서 내 방문에 밤톨만한 돌멩이를 던졌다. 뒷문으로 들어와 동무들과 같이 있으면 그 여자는 늘 내게 무심한 듯했다. 멀리멀리 돌아서야 내게 닿는 애매한 말을 했지만 나는 그 말이 내게 한 말임을 잘 알았다.

방은 따뜻했고 우리는 이불 속에 두 다리를 뻗고 앉아 놀았다. 나는 그 여자의 발을 찾다가 다른 여자의 발을 잘못 건드리기도 했지만 우리 둘의 발이 닿으면 우리만 아는 웃음을 웃으며 좋아했다. 그런 밤이면 어머니가 감이며 고구마를 내오셨다. 그 여자는 안 그런 척하면서 그릇 하나를 치워도 다른 사람들에게 자기를 과시하기도 해서 자기가 이 집과 특별한 관계임을 은근히 보이기도 했다. 꼭 그렇게 티를 냈다. 그 여자들이 갈 때는 밤길을 걸어 그 느티나무까지 같이 갔다가 혼자 타박타박 걸어왔다. 먼 산을 지나는 밤바람 소리와 발끝에 채는 물소리가 들려왔다.

우리는 늘 만나 놀았다. 이웃 마을에 사는 젊은 청춘들이 만나 밤을 새워가며 강가에서 놀기도 했다. 달 뜬 밤 우리의 젊음을 견디지 못해 우리만의 장소에서 술 마시고 노래하고 춤을 추며 놀았다. 친구들이 군대 갈 때도, 이웃 마을 처녀의 생일에도 우리는 강가에서 만나 밤이슬이 내릴 때까지 놀았다. 칠석이나 백중날 밤에도, 명절이나 콩쿠르 때도 만나 놀았다.

그 여자는 오빠의 감시와 단속이 어찌나 심하던지 작은집 언니 방에 나들이옷을 감추어두었다. 아무리 감시가 심해도 어떻게 해서든지 그 여자는 다른 동무들과 가설극장 불빛 아래 곱게 화장을 하고 나타났다. 그렇게 사람들 속에 섞여 있어도 우리 둘은 어떻게든 따로 만났다. 넓은 바위 위에서 나는 눕고 그 여자는 내 곁에 앉아 달을 보며 우리는 행복했다. 먼 데서 사람들의 웃는 소리, 떠드는 소리가 까마득하게 들려왔다. 그럴 때일수록 우린 둘이라는 것이 그렇게 실감나고 호젓하고 좋았다.

나는 그 여자에 대한 몇 편의 시를 써서 우리 사랑을 기록했다. 기록할 만한 우리의 첫사랑은 다 그렇게 봄에 피는 새잎같이, 여름밤의 달빛같이, 가을 단풍 물든 물푸레 나뭇잎같이, 앞산에 오는 첫눈같이 곱게 왔다 갔다.

아, 우리 생애 첫사랑, 그 사랑은 세상으로 나가는, 세상에 대한 첫사랑이었다.

　그 여자, 생각하면 숨소리가 들릴 것 같은 그 여자네 집은 우리 동
네 윗동네에 있다.

우리 고모의 잠

우리 고모는 모두 세 분이다. 제일 위 고모를 '물우리 고모'라고 부르고, 가운데 고모를 '내인 고모', 막내 고모를 '장이동 고모'라고 부른다. 물우리 고모는 물우리라는 이웃 마을로, 내인 고모는 내인이라는 아랫동네로, 장이동 고모는 순창 장이동으로 시집을 가셨기 때문에 각각 마을 이름을 붙여 부르는 것이다. 지금도 '물우리 고모'라고 부르면 그 마을 전체가 아름답게 떠오르곤 한다. 물우리 큰고모는 여든이 넘어서 몇 년 전에 돌아가셨다.

내인 고모 집은 우리 동네에서 강길을 따라 한 시간쯤 가면 있다. 늦가을 우리가 곶감서리를 할 때 표적이 되는 집이기도 했다. 고모댁이 그 마을 제일 큰 첫 집인데다 우리가 고모의 집에 대해 소상히 알았기 때문이다. 그 집 뒤꼍에 있는 싱싱한 대나무숲에는 큰 배나무가 있다. 배나무 위엔 겨울에 먹을 감을 얹어놓기도 했는데 꽹장히 큰 장구감이었다. 이따금 우리가 고모 댁에 심부름을 가면 고모는 거기에서 감과 맛있는 곶감을 내려오셨다. 그래서 우리가 서리를 할 때 늘 그 감과 곶감이 표적이 되었다. 고모 댁의 그것들은 그어느 집 감이나 곶감보다 잘 보관되어 맛이 유난했다.

고모와 고모부는 나이가 같다. 우리 어머니는 시집올 때까지 아버지를 보지 못하셨는데, 시집온 날 큰방 아랫목에 앉아 있다가 볼일을 보러 잠깐 밖에 나갔다가 아버지와 고모부가 나란히 서 있는걸 보고 고모부가 남편인 줄 알았다며 지금도 그 이야기를 이따금하며 웃으신다.

우리 할아버지 제사에는 고모 내외가 꼭 참석하셨다. 제삿날 저녁에 온 집안 식구들이 다 모일 때 고모부는 늘 재미있는 이야기로 좌중을 사로잡으셨다. 고모부의 이야기는 늘 재미있고 현장감 있고 매우 우스웠다. 이것저것 바삐 일을 해야 할 사람들도 고모부의 이야기에 넋을 빼앗기고 있다가 어른들의 재촉을 듣고서야 제사상 보는 일들을 하곤 했다. 음식 장만하느라 방 뜨뜻하지, 음식 여기저기 풍족하지, 이야기 푸짐하지, 할아버지 제삿날은 무엇 하나 부족할게 없었다.

그렇게 우리가 따뜻한 방에서 고모부의 이야기에 취해 있을 때가 초저녁인데도 한쪽 구석에 반듯하게 앉아 꾸벅꾸벅 졸고 있는 이가 한 명 있었으니, 바로 내인 고모였다. '고모는 볼 때마다 졸고 있었다'고 해도 결코 틀린 말이 아니라는 것을 우리는 모두 알고 있었다. 우리 집안 누구도 그 말에 토를 달 사람은 없다. 그만큼 고모는 볼 때마다 따뜻한 양지쪽의 닭처럼 늘 자올거리셨다.

눈을 지그시 내리감고 끄덕끄덕 졸면 우리는 고모를 보고 다시 웃기 시작한다. 그러다가 누가 "고모!" 하고 크게 부르면 고모는 우뚝 몸을 세우고 그 졸린 눈을 살며시 뜨며 "아이고, 내가 시방 잤냐. 아이고, 참 졸린다이" 하고 피시식 웃고는 금세 또 거짓말같이 조신다.

우리에겐 대단히 신기한 일이었다. 그 시끄러운 방에 앉아서 잠을 자다니 말이다. 그러나 우리는 고모의 잠에 대해서 그보다 놀라운 일들이 얼마든지 있다는 것을 알고 있고, 그 이야기들이 우리 집안에 마치 전설처럼 전해지고 있다는 것도 다 알고 있다.

고모 댁은 논도 많고 밭도 많고 감나무도 많다. 고모부는 젊어 면유지였기 때문에 집에 있을 때보다 밖에 있을 때가 더 많았으니, 크고 작은 집안일은 다 고모 차지였을 것이다. 고모는 나무도 잘하셨으며, 논에 풀매기며 쟁기질까지 하셨단다. 일제 말기에 쟁기질 대회가 있었는데 고모가 이 근방에서 1등을 했다고 하니, 얼마나 집안일을 했을지 짐작이 간다. 감 따기, 밤 털기, 벼 베기, 벼 훑기, 나무하기, 소죽 끓이기, 밥하기 등 농촌의 일은 그 얼마나 끝도 없는가.

고모와 고모부가 나락을 베던 어느 가을날이었단다. 두 분이 한 참을 정신없이 나락을 베어갔더란다. 나락 포기들을 서너 포기씩 잡고 베기 때문에 나락 베는 곳에서는 '토도독 토도독' 벼 포기 베어지는 소리가 규칙적으로 들린다. 한참을 그렇게 나락을 베고 있는데, 문득 고모의 나락 베는 소리가 들리지 않고 벼가 움직이는 모습도 보이지 않더란다. 고모부가 이상한 예감이 들어 일을 멈추고 고모를 찾아보았더니 나란히 벼를 베던 고모가 저만치 뒤처져 까만 머리만 보이더란다.

'옳거니 또 잠이 들었군.'

고모부는 가만가만 다가가서 보니 아니나 다를까 고모는 서너 포기의 벼를 움켜쥐고 낫을 벼 포기의 밑동에 대고 막 벼를 베려는 자세로 아, 글쎄 잠이 들었더란다. 기가 딱 막히는 일이었다. 그렇게 잠든 고모를 내려다보던 고모부는 어찌나 아내가 불쌍하던지 낫도 벼도 놓게 하고는 살며시 그 자리에 잠자리를 마련해주고 눈시울을 적시며 벼를 베었단다. 그 이야기를 듣고 우리는 차마 웃지 못했다. 고모의 잠 이야기를 하며 우리가 웃고 있으면 고모는 늘 눈을 감고 빙긋이 웃으며 주무셨다.

또 어느 늦은 여름날이었단다. 고모 내외는 들에서 늦게 돌아와 고모부는 소죽을 끓이고 고모는 우물로 물을 길러 갔더란다. 부엌 쪽에서 인기척이 없어 문득 고모 생각이 난 고모부는, 여물바가지와 여물갈퀴를 내팽개치고 우물 쪽으로 달려갔더란다. 아, 그때 어둑어둑한 고샅에서 고모는 물동이 가득 물을 인 채 서서 잠들어 있더란다. 아, 물동이를 머리에 인 채 그 자리에 서서 잠이 든 고모 뒤로 초가지붕엔 흰 박꽃이 피고 먼 산에서 소쩍새가 울었으리.

물동이를 인 채 서서 잠이 든 고모 앞에서 이 일을 어찌해야 좋을지 모르고 안절부절못하셨을 고모부를 생각하며 우리는 그때도 웃지 못했다. 나의 머리엔 숙연한 한 폭의 그림으로 그 이야기들이 남아 있다. 얼마나 잠잘 틈이 없었으면 나락을 베다, 물동이를 인 채 잠이 다 들었을까.

이제는 우리 고모가 앉아서 주무시는 모습을 볼 수 없고 고모부의 그 신나는 이야기도 들을 수 없다. 모두 나이들이 너무 드셔서 제 삿날 닭을 머리에 이고 저 강굽이를 돌아오지 못하신다. 세월은 가고 고모의 잠 이야기만 남았다.

장이동 할머니

나는 이따금 길가에 있는 텅 빈 장이동 할머니 집을 담 너머로 들여다본다. 봄이면 마당엔 풀이 새파랗게 돋아나 무성하게 자라고, 풀이 나지 않는 곳에는 사람 발자국이 닿지 않아 이끼들이 새파랗게 자랐다. 부엌 옆 옹달샘에서 나오는 물은 참으로 맑게 마당을 지나 텃논으로 흘러갔다.

할머니 손길이 닿지 않는 장독 둘레에는 해마다 봉선화가 지들끼리 피었다가 졌다. 마루의 냉장고는 색이 바래가고, 제비똥 쥐똥 들이 먼지를 뒤집어쓰고 있었다. 집 이곳저곳에 낡을 대로 낡아 비바람에 시달리며 걸려 있는 망태나 녹슨 낫이나, 여기저기 헛간에 나뒹구는 괭이나 삽은 보는 이들의 마음을 늘 스산하게 했다. 눈이 오는 날이면 집 안에 발자국 하나 없이 오랫동안 쌓여 있던 눈들이 그대로 녹았다. 길가에 캄캄하게 서 있던 장이동 할머니 집은 늘 내 마음을 쓸쓸하게 했고 가슴 아프게 했다.

이따금 그렇게 그 빈집을 바라보며, "어머니, 장이동 할매, 서울에서 잘 계신대야?" 하고 물으면, 어머니는 이런저런 이야기를 전해주시곤 했다. 칠흑 같은 밤이 와도 장이동 할머니 집에 불이 켜지지 않는 것은 분명히 이 땅 농촌의 가슴 아픈 상징이다.

장이동 할머니는 내 시에도 이따금 등장하셨다. 다른 할머니들은 허리가 앞으로 굽었는데, 할머니는 이상하게 허리가 뒤로 굽었다. 허리가 앞으로 굽은 할머니들은 염소를 뒤에 두고 끌고 오는데, 장이동 할머니는 꼭 염소를 앞세우고 집으로 돌아오셨다. 흡사 염소가 할머니를 모시고(?) 오는 모양이었다. 우리는 허리가 앞으로 많이 굽은 세일이 할머니의 염소 끌고 가는 모습과 장이동 할머니를 끌고 가는 염소의 모습을 보며 늘 재미있어했다.

할머니는 항상 우리 집으로 무엇인가를 가지고 오셨다. 옥수수나 풋호박, 오이 등을 가져오셨고, 팥죽을 한 양푼 가지고 오시기도 했다. 동네를 소요하다 이따금 할머니 집에 들르면 할머니는 "아이고, 조카 왔는가. 근디 뭣을 줄 것이 없네잉" 하시며 사탕이나 과자를 내오셨다. 평소 어머니도 늘 할머니를 생각하셨다. 남의 집에 잘 가지 않는 할머니를 위해 이것저것 갖다 드리는 것을 여러 번 보았다.

어머니가 평소 할머니에게 각별하게 하셔서 할머니도 우리에게 늘 잘해주셨다.

할머니는 봄산에 올라가 고사리도 꺾어오고, 쑥도 말려서 팔고, 감도 깎아 곶감도 만들고 뒷산에서 밤도 주워 파셨다. 우리는 늘 궁금했다. 할머니는 조금씩 번 돈을 어디다 쓸까. 궁금해서 어디다 돈 다 쓰시느냐고 물어보면 "하이고 말도 마, 전기세도 내야 하고 장에도 가야 하고" 하시며 엄살 비슷하게 이것저것 돈 들어가는 구멍을 말씀하셨다. 연탄을 사거나 제사를 지낼 때는 이웃 면으로 시집간 딸 사위가 해주는 걸 우리도 다 아는데, 적은 돈이지만 그 돈들이 어디에 쓰였을지는 아무도 몰랐다. 혼자 그냥저냥 모자람 없이 잘 살던 할머니가 서울로 가시게 된 것은 하나밖에 없는 아들이 귀한 손자를 낳은 후였다. 할머니는 그 귀여운 손자를 보기 위해 서울로 가셨다.

몇 년이 흘러갔다. 드디어 할머니가 올여름에 돌아오셨다. 나는 얼른 할머니 집엘 갔다. 할머니는 더 늙으셨다. 머리칼도 더 하얗게 되고 허리도 더 많이 굽었다. 그런데 얼굴은 참 좋아 보이고, 편안해 보였다. 할머니는 나를 얼른 알아보고는 손을 잡으셨다. 집 안도 말끔히 정돈되어 있었다. 사위가 마당의 풀도 뽑고 부엌도 정리하고, 방과 마루, 장독대도 다 정리해주었다. 할머니 집은 금방 사람 냄새가 나는 집이 되었다.

할머니는 마루에 앉아 풀방에 서 있는 나에게 나와 어머니를 텔레비전에서 본 얘기를 해주셨다. 텔레비전에 대고 "어이, 조카, 내얼굴 좀 봐. 나 좀 봐랑게" 해도 쳐다보지 않더란다. 어머니가 화면에 나올 때는 그냥 눈물이 나더란다. "어이, 동상, 나여, 나랑게, 나장이동 떡이여, 나 좀 봐" 해도 쳐다보지도 않더라며 눈시울을 적시셨다. 나도 눈물이 나왔다.

"서울은 할 일이 없당게, 아침이면 청소허고 나면, 방도 어질러지지 않고, 마당도 없고, 뭐 헐 일이 있어야제."

아, 나는 할머니를 이해했다. 그 아들 현복이도 그래서 어머니를 시골로 내려오시게 했을 것이다. 늙은 어머니를 홀로 두고 서울로 돌아갔을 현복이의 떨어지지 않는 발길이 손에 잡힐 듯했다. 그러나 할머니가 마당을 돌아다니고, 강변에 가고, 동네 사람들을 만나는 일이, 무엇보다 끝없이 움직이며 할 수 있는 '일'이 있는 이곳이 얼마나 좋을까를 생각하면 나는 지금도 마음이 후련해진다.

할머니와 이야기하는 동안 어느새 날이 어둑어둑해졌다. 내가 간다고 하니, 일어서서 마루의 전깃불을 끄신다. 혼자 있는디 뭘 전깃불이냐며, 전기세도 겁나게 나온단다. 마당을 나오니 텃논에 벼가 잘도 자라 있다. 발걸음이 가뿐해짐을 느꼈다.

태환이 형,
진짜 미안해

토요일이었다. 다음날 아침 일찍 시골 시제에 참석해야 하기 때문에 토요일에 다른 일정을 잡지 않고 집에 있었다. 어머니께 내일 아침 일찍 집에 가겠노라고 전화를 하고 일찍 자려고 몸을 씻고 있을 때 전화가 왔다. 태환이 형이 죽었다는 어머니의 전화였다. 깜짝 놀랐다.

"왜요?"

"아, 글씨, 갈담 차부에서 갑자기 죽어부렀단다."

갈담 차부는 이웃 면소재지에 있는 작은 버스정류소다.

나는 아내와 함께 태환이 형의 주검이 안치되어 있다는 임실 의료원으로 달려갔다. 읍을 낀 작은 진료소는 음산하고 조용했다. 2층으로 올라갔으나 아무도 없었다. 다시 아래층으로 내려오는데, 누군가가 올라오며 나를 쳐다보고 인사를 했다. 얼굴을 찬찬히 들여다보니, 형의 동생이었다.

"네가 종현이지!"

참으로 오랜만이었다. 마흔이 넘어 보였다. 우선 형이 있다는 1층 영안실로 갔다. 영안실에는 형의 작은어머니와 형수가 앉아 있었다. 시제를 지내려 서울에서 내려온 나의 사촌형과 동생들이 사인을 확인해주기 위해 경찰서로 갔단다. 태환이 형은 우리 작은할아버지 댁이 외가다.

조금 있으니, 형님 한 분과 육촌동생이 왔다. 경찰서와 의사가 시신을 확인한 결과 심근경색이라고 했다. 형의 몸 어디에도 아무 이상이 없다고 했다. 갈담 터미널에서 그냥 갑자기 죽었다고 했다. 시체를 확인하고 온 사촌동생 말에 의하면 서울에서 내려와 집으로 가는데, 형이 혼자 터덜터덜 들길을 걸어오더란다. 차를 세우고 어디 가느냐고 하니까 그냥 좀 나간다고 하며 차를 타는 곳으로 가더란다. 그리고 한나절이 지나서 죽었다는 소식을 접했단다.

나는 다시 아내와 전주로 돌아왔다. 오래전 나는 태환이 형에 대해 몇 편의 시를 썼다. 그중 한 편이 「태환이 형 빗산 타고 가다」라는 시다. 형은 나보다 한 살 위로, 우리 동네에서 유일하게 얼굴이 곰보였다. 사람들은 형을 '곰보딱지'라고 부르거나 놀렸다. 형에 대한 최초의 기억이 뚜렷하다. 그날은 형네 집 작은방에 동네 아이들이 모여 놀고 있었다. 초등학교 때였을 것이다. 그렇지 않을 수도 있다. 아마 중학교 때쯤이었을지도 모른다. 아무튼 우리는 형네 집 작은방, 밖이 보일 정도로 흙벽이 다 허물어진 방에서 흙냄새를 맡으며 놀고 있었다. 갑자기 형이 편지 한 장을 들고 우리더러 읽으라고 했다. 연애편지였다. 형은 초등학교를 제대로 나오지 않았다. 형이 편지를 썼다는 것에 우리는 의아해하며 편지를 읽었다. 그러나 말이 되지 않았고, 글씨도 삐뚤빼뚤 엉망이었다. 그 편지의 대상은 우리도 다 아는 형의 집 바로 담 너머에 사는 누나였다. 우리는 모두 크게 웃었다. 편지 내용이 말도 안 될뿐더러 형이 그 여자를 감히 연애의 대상으로 삼았다는 게 그렇게 우스울 수가 없었다. 형은 화를 벌컥 냈다. 그때의 기억 외에 형에 대한 기억은 또 훌쩍 세월을 뛰어넘어버린다.

내가 고등학교를 졸업할 무렵 형은 어딘가에서 돌아왔다. 나중에 알았지만 형은 순창 구림에서 머슴을 살고 많은 돈을 모아 돌아왔다고 했다. 한동안 형은 말없이 일만 했다. 형은 참으로 행동이 느렸고, 동네의 또래들과도 잘 어울리지 않았다. 늘 혼자 느리고 더디게 자기 일을 했다. 사람들 눈에 형의 모습이 눈에 들어오지 않을 정도였다. 그런데 어느 해부터인가, 형의 행동은 이상해졌고 말이 많아졌다. 동네 무슨 일에나 간섭하고 상관을 해서 동네를 시끄럽게 했다. 그리고 형은 술을 너무나 탐했다.

여름방학 때였다. 점심을 먹은 동네 사람들이 느티나무 아래에 모여 잠을 자기도 하고, 짚으로 멍석이나 망태를 만들기도 하며 시간을 보내고 있었다. 그런데 형이 갑자기 난리를 치기 시작했다. 누군가가 팔려고 내놓은 삭정이를 느티나무 밑으로 한 다발 가져오더니, 그 나무에 불을 붙여버렸다. 불은 순식간에 타올랐다. 짙게 우거진 나뭇잎이 불길을 보고 오그라들며 탔다. 동네 사람들은 허둥지둥 나뭇단에 붙은 불은 끄고, 불붙은 나뭇가지들은 얼른 강변으로 던졌다.

느티나무 잎이 누렇게 된 것을 본 나는 화가 머리끝까지 치밀어, 불을 지르고도 큰소리를 치며 이리저리 씩씩거리고 다니는 형에게 달려들어 있는 힘을 다해 형의 어딘가를 때렸다. 형은 느닷없는 나의 주먹질에 놀라더니, 나를 향해 돌진했다. 부아 김에 형을 한 대 때리기는 했지만 나는 뒤를 감당할 만큼 힘이 세지도 싸움을 잘하지도 못했다. 나는 무서워서 도망을 갔다. 형은 나를 쫓았다. 우리는 여름 한낮 뜨거운 햇빛 속을 질주했다. 동네 사람들은 쫓고 쫓기는 우리를 보며 배꼽을 잡고 웃었다. 그 일은 그렇게 어느 여름 웃기는 해프닝으로 일단락이 났다.

우리 또래의 젊은이들이 도시로 나가기 시작했다. 몇 년 만에 동네에 젊은이들이 사라져갔다. 형은 서울로 두어 번 갔다가 왔다. 남의 집 일로 벌어온 돈으로 마늘 장사를 한다고 마늘을 사서 도회지로 가지고 가서는 어떻게 했는지 땡전 한 푼 남기지 않고 빈털터리가 되어 돌아왔다. 형이 어떻게 마늘 장사를 했는지는 모른다. 그저 사람들의 말에 의하면 형은 마늘 한 접에 300원에 사가지고 가서 200원에 팔고 온 격이라고 했다. 한심했다.

형의 그런 태도를 그 누구도 말리지 못했다. 형은 그렇게 말도 안 되는 장사로 그동안 번 돈을 다 탕진하고 말았다. 그리고 형은 한동안 잠잠해졌다. 묻는 말에도 잘 대답하지 않는 침묵의 시간으로 접어들었다. 형의 그런 잠잠한 모습은 마치 산그림자처럼 조용했다. 사람들과 잘 어울리지도 않고, 술자리가 있어도 술을 피했다.

열심히 일을 한 형은 또 돈을 조금씩 모았다. 소도 사서 열심히 키웠다. 나이가 들어 형은 장가를 들었다. 장가를 든 형은 조용조용하게 일을 했다. 술을 마시지 않았을 때의 형은 늘 수줍어했다. 일을 할 때도, 한쪽에서 묵묵히 일만 했고, 느티나무 밑에서 놀 때도 정말 조용하게 바위처럼 앉아 있다가 슬그머니 지게를 지고 들로 나갔다. 그렇게 조용하게 일을 나가는 형의 모습을 보면 나는 늘 가슴이 아렸다.

그렇게 일을 해서 소가 두 마리쯤 늘어났다. 그러자 형은 다시 서서히 동네를 시끄럽게 하기 시작했다. 술이 늘자 시비를 걸고 싸움을 하기 시작했다. 집 안이 늘 시끄러웠고, 동네가 조용할 날이 없었다. 몇 년 동안은 술을 탐하다가, 몇 년간은 술을 안 먹는 일이 반복되더니, 몇 년 전부터 형은 술을 놓지 못했다. 형은 이른 아침부터 저녁까지 술에 취해 살았다. 술을 마신 형은 사소한 일에도 시비를 걸고 동네 사람들과 끝없이 싸움을 하고 떠들었다. 형으로 인해 동네가 조용할 날이 없었다. 동네 사람들도 하나둘 형의 주사에 질려 나가떨어졌다.

몇 년 전부터 형은 혼자 살았다. 아들들이 성장해서 도시로 나간 데다, 형수는 광주에서 둘째와 살고 있었다. 혼자 지내는 형은 술을 더 마셨다. 말로 글로 다 할 수 없는 형의 술주정을 나는 한 번도 받아주지 않았다. 형이 죽고 난 후 나는 아래와 같은 일기를 썼다.

11월 22일 월요일 안개
날마다 안개

어제오늘 태환이 형의 죽음 때문에 우울했다. 태환이 형이 갈담 터미널에서 심근경색으로 갑자기 죽었다.

형이 차부로 가서 죽은 것이 너무나 가슴이 아프다. 형수와 아들과 오래 떨어져 살았던 형은 아내와 자식들이 뼈에 사무치게 보고 싶고 그리웠을 것이다. 제정신으로는 살 수 없어 술로 살아온 형의 인생.

태환이 형으로 인해 하루도 동네가 조용할 날이 없었다. 아무한테나 시비 걸고, 아무하고나 싸우고, 큰소리 뻥뻥 치고, 기죽지 않으려 더 소리치고, 때로는 비굴하고, 비겁하기도 했다. 혼자 사는 다 낡은 집, 술과 싸움, 무시당하고 멸시당하며 산 인생, 술 없이 못 견뎠을 형의 외로운 인생에 나는 술 한잔 권하지 않았다. 달이 높이 뜬 밤, 형이 혼자 술 마시고 고래고래 고함을 치며 살림을 때려 부술 때도 술 한 병 사들고 찾아가지 못했다. 외면하거나 무시하거나 형 탓만 했다. 나는 진짜 속 좁은 놈이다. 정말 내가 이렇게 미워본 적이 없다.

(…) 수업하다 말고, 동네로 돌아온 태환이 형 노제(거리제)에 가서 두 번 절했다. 태환이 형의 동생들도 많이 왔다. 절 두 번 하며 울었다. 안타깝다. 정말 안타깝다. 이런 인생도 있다는 생각에 나는 절하며 속으로 울었다. 다만 울 뿐이다. 어떻게 하겠는가. 죽음 앞에 서서 남은 자가 어떻게 하겠는가. 삶은 이렇게 허망한 것이다. 강물이 흐르고, 흐른다. 오, 산천이여! 이 눈물겨운 산하여! 삶이여! 낡고 가난한 형의 빈집이 아침안개 속에 있다.

형에 대한 내 몇 편의 시만 남루하게 남았을 뿐이다. 형! 잘 가소!

11월 23일 화요일
안개 걷히고 나면 날이 너무 좋다

너무 따뜻하다. 날씨가 이렇게 따뜻하면 불안하다.

아침부터 술을 마시고 진메 산천과 함께 술에 취해 떠들던 형의 고함 소리, 욕하는 소리, 싸우는 소리가 늘 진메 골짜기에 쩌렁쩌렁 울렸었는데, 그 목소리가 뚝 그치니 적막함에 산천이 다 놀라겠다.

형은 아침부터 술을 마셨다. 술이 있는 곳에 늘 형이 있었다. 그 누구도 형에게 술을 권하지 않았다. 술을 마시면 항상 아무하고나 욕하고 싸우고 집을 때려 부수니까 그 누구도 형에게 술을 권하지 않았다. 그래도 어디선가 늘 술을 구해 먹고 동네를 시끄럽게 했다.

매일 술에 취해 잠들었다가 깨어난 형은, 찬란한 햇살 아래 드러난 자기 삶의 누추함과 초라함과 참담함을 견디지 못했을 것이다. 그래서 형은 아침부터 술을 마셨을 것이다. 아내와 아들들과 헤어져 견디는 외로움이 그를 술 마시게 했을 것이다. 형은 늘 제정신이 아니었다.

남의 정신으로밖에 살 수 없었던 형의 현실을 왜 나는 이제야 이렇게 깨닫는단 말인가. 가난과 동네 사람들로부터의 멸시, 하얀 달밤과 적막한 어둠과 고요한 산골을 그는 견디지 못했을 것이다. 그래서 그는 그렇게 아침부터 술을 마시고 고래고래 고함을 지르고 싸움을 걸어 행패를 부렸을 것이다. 아! 나는 안다. 산골 마을의 적막을, 그 고요함을, 견딜 수 없는 외로움을. 형은 그것을 해소하지 못했다. 술로 달랬을 뿐이다.

그의 고함 소리, 술 마시고 싸우는 소리가 떠난 마을은 죽은 마을처럼 고요할 것이다. 그의 목소리가 유일하게 산천과 함께 살아 있었다. 형의 목소리가 유일하게 진메가 살아 있음을 사람들에게 알렸다.

사람들은 이따금 놀랄 것이다. 동네가 왜 이렇게 무덤 속처럼 조용하지? 동네가 왜 이렇게 휭 하니 찬바람이 불지? 왜 이리 밤이 죽음처럼 깊고 깊지? 산도, 느티나무도, 징검다리도, 바위들도, 강물도 자기와 고함지르며 놀아주던 사람의 목소리가 뚝 끊겨 그 조용함에 놀라리라. 이따금 그것들이 형을 찾을 것이다. 이제 형은 옛사람이 되었다. 나는 형을 생각하며 잠자리에서 뒤척이고 이따금 글을 쓸 것이다.

사라진 것들을 위하여

나는 지금 섬진강 이야기를 처음 쓰던 덕치초등학교 2학년 교실에 앉아 있다. 내 교실에서 고개를 진메 마을 쪽으로 돌리면 앞산이 보인다. 앞산, 내가 평생을 바라보며 살던 진메 마을 앞산은 지금도 변함이 없다. 그러나 지금 나는 진메 마을로 고개를 돌리기가 두렵다.

징검다리

마을 느티나무 아래에서 바라보는 강변과 산과 하늘과 작은 논과 밭, 그리고 징검다리는 그 위를 건너다니는 사람들과 함께 진메 마을의 상징이었으며, 말로 글로 다 할 수 없는 서정이 빛나던 곳이었다. 봄안개 속에 드러나는 징검다리와 강변의 파란 풀밭에 반짝이던 이슬, 징검돌 하나하나에 소복이 쌓인 흰 눈이며, 달빛을 받아 빛나던 크고 작은 검은 바위, 깊고 깊은 겨울밤 가만히 귀 기울이면 강 이쪽에서 저쪽까지 크고 작은 돌멩이를 지나가는 물소리. 아! 나는 얼마나 그 물소리를 따라다니며 내 삶을 내 인생을 살리고, 키우고, 또 죽였던가. 노란 나락짐을 짊어지고 건너는 사람, 감을 가득 이고 건너던 어머니, 붉은 고추를 바재기 가득 짊어지고 가던 사람들, 언제 바라보아도 정답고 정겨운 그 징검다리가 사라진 것이다. 그리고 그 자리에 작고 볼품없는 시멘트 다리가 놓였다. 어느 해던가 내가 몹시 아파 전주의 병원에 입원해 있던 두 달 사이에 그 아름다운 징검다리가 사라져버린 것이다. 징검다리를 부수고 시멘트 다리를 놓는 공사를 하던 사람들은 징검다리 부근 강물 위로 나온 크고 작은 바위들을 싹 쓸어가버렸다. 무지막지한 사람들이었다. 봄이면 붉은 숯불같이 피어나던 자운영 꽃밭과 쌀밥같이 피어나던 토끼꽃 풀밭이 사라져버렸다. 그렇게나 처참하게 강변을 부숴버리다니, 나는 놀랍고 분했고, 그 이후 오랫동안 그 강변으로 고개 돌리기가 두려웠다. 징검다리가 사라진 그 강가에는 여뀌풀이며, 어디선가 흘러들어온 잡풀들이 무성할 뿐이다.

그 뒤 옛 징검다리 아래쪽에 새로운 징검다리를 놓았지만 옛날의 징검다리처럼 정겹지 않다. 징검다리 역시 사람들과 오랜 세월 정이 들어야 하나보다. 징검다리든, 앞산의 꽃이든 대낮같이 밝은 보름달이든 사람이 있어야 꽃이고 달이다. 사람 없는 아름다운 풍경이 무슨 소용인가. 사랑하는 사람 없는 달이 무슨 소용인가.

강길

나를 키운 것은 9할이 강길이었다. 우리 동네에서 내가 평생을 근무하고 있는 덕치초등학교까지의 강길, 그 길이 나를 사람으로 만들어주었다. 초등학교 6년, 선생으로 23년을 나는 그 길을 걸어 다녔다. 눈을 감으면 내가 걸어 다녔던 세월, 수도 없이 변했던 그 길들이 영화 속의 장면처럼 떠올랐다 사라진다. 호수가 있던 길, 두 곳의 징검다리가 있던 길, 풀꽃이 피고 지고, 눈이 내리고 바람이 불던 그 길, 나는 그 길을 걸으며 내 문학을, 내 인생을 가꾸어왔다. 아! 막막하게 저무는 산과 바삐 흘러가던 강물, 나는 풀꽃 핀 강길에 주저앉아 시를 썼다. 나의 모든 시는 실은 그 길 위에서 쓰였다고 해도 과언이 아니다. 내 인생이 그 길 위에 있었으니까. 눈을 감으면 떠오르는 동무들과 어린 동생들과 아이들이 그 길 위에 있다. 그러나 그 길은 사라진 지 오래되었다. 작은 징검다리가 있던 곳은 형체도 없고, 작은 시냇물에 있던 징검다리 대신 시멘트 다리가 놓여 있다. 사람들이 산을 보고 물을 보며 다닐 길은 이제 없다. 다만 경운기와 트랙터, 그리고 자동차가 다니는 포장된 농로가 있을 뿐이다. 눈을 감으면 아련히 떠오를 뿐이다. 그 추억의 길에서 나는 지금도 울고 웃고 행복해하고 슬퍼한다.

암재 할머니

나는 암재 할머니 장례를 보지 못했다. 오랫동안 혼자 사시던 암재 할머니가 병이 들자 부산에 사는 아들이 암재 할머니를 모셔 갔다. 할머니가 그 북향집, 취꽃이 하얗게 핀 마당을 두고 진메를 떠난 후 동네 사람들은 암재 할머니를 보지 못했다. 우리 동네가 고향이 아닌 할머니는 죽어서도 동네에 오지 않았다. 이 땅 어딘가에 할머니는 묻혔을 것이다. 한 많은 삶이었는지, 행복한 삶이었는지 나는 모르겠다. 다만 암재 할머니는 농사도 짓지 않고, 논밭 한 떼기 없이 과자 장사, 풀빵 장사, 품팔이, 고사리나 산나물 뜯어 팔기, 다슬기 잡아 팔기 등으로 한목숨 세상에 빚지지 않고 깨끗하게 살다 가셨다. 봄에 피었다가 겨울이 오면 시들어 가버리는 풀잎같이 암재 할머니는 살다 가셨다.

객지에서 돌아가신 문수씨

우리 동네뿐 아니라 덕치면에서 그와 견줄 수 있는 소고쟁이를 나는 본 적이 없다. 그는 어쩌다 고향에서 살 수 없는 사정에 의해 고향을 떴다. 서럽고 슬픈 일이었다. 우리에게 수없이 많은 추억을 남겨준 문수씨의 빈집 앞을 지날 때마다 나는 애써 그 집 마당을 외면했다. 풀이 우북하고, 허물어진 벽들, 넓은 마당 앞에 서 있는 은행나무 잎이 노랗게 질 때마다 나는 그가 고향을 버리고 떠나 객지에서 얼마나 마음고생을 할까 생각하며 마음 아파했다. 고향을 떠난 지 얼마 되지 않아 문수씨는 죽어 돌아와 그가 떠났던 땅에 묻혔다. 아마 화병으로 죽었을 것이다. 술을 먹으면 동네가 떠나가게 고함을 지르던 그의 붉은 얼굴이 생각난다.

우리 집안 사람들

우리 집안 어른들도 많이 세상을 뜨셨다. 투망을 잘 던지던 큰아버지 내외가 돌아가셨고, 명렬이 당숙이 돌아가셨다. 그분이 돌아가시고 앞산은 묵었다. 평생 일만 아는 훌륭한 농군이었던 그 당숙에 대해서는 언젠가 다시 글을 쓸 것이다. 그리고 그 당숙 바로 아래 귀옥이 당숙도 돌아가셨다. 젊은 나이셨다. 명옥이 당숙모가 돌아가셨고, 작은아버지 내외도 돌아가셨다. 나의 시 섬진강 연작 중 「이사」라는 시가 있는데, 그 시의 주인공인 작은아버지는 우리의 아버지들처럼 파란만장한 삶을 살다 돌아가셨다. 그 작은아버지와 같이 우리 집안을 이끌었던 제일 큰집 큰형님도 돌아가셨다. 6·25 전쟁 때 군인이었고, 우리 집안에서 제일 아는 것이 많은 분이었다. 그 형님에 대해서도 나중에 글을 쓸 기회가 있을 것이다. 우리 집안에서 제일 큰 어른이었던 큰집 큰아버지도 돌아가셨다. 우리 아버지 형제들 중 둘째 형님으로 제일 오래 사셨다. 오랫동안 소거간을 하셨고, 한때 장사가 잘될 때 순창 장에 오셔서 우리에게 맛있는 음식을 많이 사주시기도 했다. 장수하셨다. 우리 아버지가 운명하실 때 나랑 같이 아버지의 운명을 보셨다. 우리 아버지가 숨을 거두실 때 아버지의 이름을 부르며 슬피 우시던 모습이 지금도 눈에 선하다. 평생 술을 입에 대지 않고, 바람을 더러 피우고, 곱사춤을 신명나게 잘 추시던 큰아버지를 나는 무척 좋아했다.

그리고

섬진강에서 가장 오랫동안 고기를 잡아오던 정수봉 어른 내외가 앞서거니 뒤서거니 세상을 뜨셨다. 어느 해 부인이 돌아가시더니, 그 이듬해 수봉 어른이 돌아가셨다. 모두들 참 모를 것이 부부 사이라고들 했다.

동네 사람들 모두 박새완이라고 부르는 분이 있었다. 그분이 언제 우리 동네로 이사를 왔는지는 잘 모른다. 어쨌든 가장 오랫동안 우리 동네에서 살다 돌아가셨다. 창호지를 뜨던 시절 오셔서 아들딸 잘 낳고 사셨다. 그분이 아파 벼가 파란 집 앞 논둑에 오래도록 앉아 저문 물을 바라보던 모습이 생각난다. 무슨 생각을 하며 그렇게 오래도록 산과 물을 바라보셨을까. 자기 몸이 어둠 속에 어둑어둑 묻혀서야 일어나 집으로 가셨다. 우리 동네에서 제일 높은 집에 살던 순창 할매도 돌아가셨다. 인정 많던 순창 할매, 순창 할매.

　모든 사라진 것들은 아름답다. 그리고 안타깝고 그립다. 이 세상을 떠난 것들이 어찌 그립지 않겠는가. 나도 언젠가는 덧없이 저들을 따라 이 세상을 떠날 것이다. 어찌 세상이 변하지 않기를 바라겠는가. 변하지 않으면 또 어찌 그것이 세상사겠는가. 나는 다만 변하고 사라진 모든 것들이 너무 가슴이 아픈 것이다. 어쩌면 나는 정말 지독한 '보수주의자'인지도 모른다. 그러고 보니 나도 많이 변했다. 사라진 것들, 내 곁을 떠난 내 피붙이 같은 사람들을 그냥 이렇게 덤덤하게 기술하고 있다니. 어쩌랴, 어쩌랴 어쩌겠는가. 삶이여! 삶이여! 오 삶이여! 내 인생이여!

내 친구 용택이

김훈(소설가)

김용택은 나의 오랜 친구다. 내 마음속에서 그의 사람됨과 그의 글은 관찰이나 비평의 대상으로서 객관화되지 않는다. 나는 이 비논리에 내 마음을 맡기고 이 글을 쓴다. 그러니, 이 글을 쓰는 새벽은 행복하고 편안하다. 김용택은 많은 독자를 누리고 있는 시인이지만, 독자들은 '섬진강 시인' 김용택이 시인이기 이전에 얼마나 갑갑한 시골 촌놈인지 전혀 모를 것이다. 용택이는 섬진강 상류의 산골 마을 토박이이고, 나는 서울 사대문 안에서도 달걀 노른자위에 해당하는 청와대 옆 동네인 청운동 토박이이다.

우리 집은 여러 대를 이 서울 한복판에서 살았다. 나는 가히 문화재급 서울 순토종인 것이다. 그래서 내 눈에는 용택이가 촌놈짓하고 돌아다니는 꼴이 훤히 잘 보인다. 이 글을 쓰기 전에 용택이한테 전화해서 "내가 네 흉을 좀 볼 테니 그리 알아라"라고 했더니 용택이는 대뜸 "얼레 얼레 염병하네"라고 그런다. 이 말은 네가 흉을 봐도 겁나지 않으니 흉을 볼 테면 보라는 뜻이다. 그래서 마음 놓고 흉을 보겠다.

용택이는 늘 제 아내 자랑을 시시콜콜히 늘어놓는다. 마누라 자랑은 팔불출이라고 해서 점잖은 사람은 입에 담지 않는 얘기인데 용택이는 늘 거침없이 마누라 자랑을 한다. 내가 보기에는 용택이의 마누라 자랑은 다 정말이다. 용택이네 아내는 굴러들어온 호박이다. 무주 여자인데, 용택이 시를 읽고 거기에 홀랑 빠져서 용택이네 마을에 놀러 왔다가 이 마을의 아름다움에 넋을 빼앗겼다. 어느 날 이 여자가 보따리를 싸갖고 용택이한테 와서 같이 살자고 그랬다. 용택이네 엄마는 이 새댁을 한 번 보고 두말없이 며느리로 정했다. 달덩이 같은 며느리가 제 발로 굴러들어온 것이다. 시를 써서 이처럼 복을 받은 사람은 용택이 말고는 없다.

용택이가 이 새댁을 데리고 신혼여행을 갔다. 호텔방에서 전등을 끄고 일을 치르려는데, 용택이 재주로는 전등을 끌 수가 없었다. 호텔방 전등은 침대 옆 탁자 밑에 붙은 여러 개의 스위치를 눌러서 끄게 되어 있는데, 용택이 촌놈 눈에 이 스위치가 보일 리가 없었다. 벽에 붙은 스위치를 아무리 내려도 전등은 꺼지지 않았다. 산골 출신인 새댁도 호텔방이라고는 평생 처음 들어와보니 어쩔 도리가 없었다. 그래서 용택이는 의자를 밟고 올라서서 전등갓을 풀고 전구를 돌려 빼서 전등을 껐다. 그랬더니 새댁이 신랑의 이 놀라운 임기 응변의 솜씨를 칭찬했다는 것이다. 용택이 부부의 금실은 이처럼 신혼 초야부터 두터웠다. 그야말로 촌놈의 금실이다. 나는 이 기막힌 얘기를 용택이네 집에 놀러 갔다가 용택이한테 직접 들었다.

"먼 놈의 호텔인지 지랄인지가 그리 불편하다냐! 아, 전구가 뜨겁기는 빌어먹게 뜨겁드만, 손가락이 홀랑 벗겨졌어야!"

용택이는 분개했다.

나는 배를 잡고 데굴데굴 굴렀다.

"야 웃지 말어. 사람 억장 무너지느만"이라면서 용택이는 약올라했다.

용택이는 일 년에 한 번쯤 서울에 올라온다. 서울의 동네며 길모퉁이를 하나도 몰라서, 용택이는 서울에 오면 꼭 길 안내인을 한 명 데리고 다닌다. 이 안내인은 대개가 시 쓰는 후배이거나 출판사에서 일하는 젊은 직원들이다. 길 안내인 없이 혼자서 돌아다니다가 가끔씩 길을 잃어버린다.

용택이는 서울에서 혼자 돌아다니다가 길을 잃어버리면 그 즉시 내 직장 사무실로 전화를 건다. 그는 자초지종을 설명하기도 전에 대뜸 "야, 여기가 어디다냐? 내가 지금 어디에 있다냐? 웬 놈의 차가 이리도 많다냐. 야, 나 지금 사람멀미 나서 토할 것 같다. 네시 차로 내려가야 하는데 어쩔거나? 야 빨리 좀 나와봐"라고 소리 지른다. 그러면 나는, 아, 이 촌놈이 또 서울에 와서 길을 잃고 헤매이는구나, 라고 판단한다.

"야, 너 지금 어디 있냐? 어디 있는 줄 알아야 내가 데리러 갈 것 아니냐."

"야, 내가 어디 있는 줄 알면 내가 왜 너한테 전화를 했겠냐? 내가 어디 있는 줄 모르니까 너한테 전화한 것 아니냐. 넌 서울놈이 그렇게도 답답하냐?"

"야, 그럼 네가 어디 있는 줄을 너도 모르고 나도 모르면 내가 어떻게 너를 데리러 가냐? 이 답답한 촌놈아."

"야, 촌놈 서울놈 따지지 말고 빨리 좀 나와."

"그러지 말고, 거기서 택시 타고 무조건 광화문 네거리 이순신 장군 동상 밑으로 가자구 그래. 내가 그리 나갈게."

"야, 택시를 어찌 탄다냐 택시를. 택시도 안 보여."

용택이와의 대화는 이처럼 진도가 안 나간다. 이런 답답한 대화가 한동안 오고 간 뒤에 나는 겨우겨우 그가 오도 가도 못하고 못 박혀 서 있는 거리의 모퉁이와 주변 주요 건물과 큰 간판에 관한 그의 목격자 진술을 청취해가지고 그를 구원하러 나갔던 적도 있다.

내가 용택이네 시골집에 놀러갈 때면 용택이는 늘 마을 어귀의 섬진강 강가까지 나를 마중 나왔는데, 언제나 아기를 업고 나왔다. 용택이가 아기를 업고 있는 폼은, 정말로 엄마가 아기를 업은 폼과 똑같았다. 맨손으로 엉성하게 업은 것이 아니라, 정식으로 업었다. 끈 달린 누비포대기를 둘러서 아기를 업고, 포대기 끈을 아기 엉덩이 밑으로 바짝 조여서 받치고, 다시 그 끈을 앞으로 빼서 나비 모양으로 묶었다. 그 폼은 영축 없이 시골 여편네였다. 제 아내가 내가 온다는 소식을 듣고 나를 먹여주려고 저녁밥을 짓고 있는데, 막 내가 칭얼거려서 업고 나왔다는 것이다. 등에서 아기가 칭얼거리면 용택이는 몸을 흔들어서 아기를 달래주었고, 고개를 뒤로 돌려서 까꿍까꿍, 올롤롤롤 하면서 아기를 얼러주었는데, 그 솜씨는 그야 말로 엄마 못지않았다.

나는 용택이의 등 뒤에 매미처럼 달라붙은 어린것의 머리를 쓰다듬어주었다. 함께 집을 향해 논둑길을 걸으면서 내가 "야, 젖은 안 먹이냐?"라고 놀렸더니 용택이는 "야, 내가 젖이 나와야 먹이지. 나는 왜 젖이 안 나온다냐? 나오지도 않는 젖꼭지가 왜 달려 있다냐?"라고 나에게 물었다. 그런데 그 묻는 말투가 정말로 남자의 젖꼭지에서는 왜 젖이 나오지 않는 것인지를 묻고 있는 어린아이의 질문처럼 진지하고 순진했다. 나는 낄낄낄 웃으면서 "내가 졌다. 내가 졌어"라고 항복했다.

용택이는 내가 놀러 가면 저녁때 강에 들어가서 투망으로 고기를 잡아 매운탕을 끓여주었다. 용택이는 투망질 한 번에 매운탕 한 끼 거리를 건져올렸다. 한 번 그물을 휙 던지면 한 끼 거리가 올라왔다. 고기가 다니는 목을 잘 알아서 그 자리를 겨누어 그물을 휙 던진다. 10년 전만 해도 용택이네 집 앞 섬진강에는 고기가 우글우글했다. 용택이는 '한 번에 한 끼'를 큰 자랑으로 여겼다. 그런데 용택이는 투망질할 때 내가 옆에서 구경하는 것을 별로 좋아하지 않는 눈치다. 왜냐하면 '한 번에 한 끼'가 미달할 때도 있는 것이다. 용택이는 이걸 큰 수치로 여긴다.

"야, 집에 들어가 있어라. 네가 보면 잘 안 돼. 끓여줄 테니까 먹기나 해"라고 용택이는 나를 쫓으려 한다. 그래도 나는 가지 않고 용택이 옆에서 투망질을 구경했다. 한번은 용택이가 내 앞에서 그물을 던졌는데 어획량이 별 볼일 없었다.

"야, 고기들 다 어디 갔냐?"라고 내가 약을 올리자 용택이는 대뜸 "서울놈 꼴 보기 싫어서 다들 먼 데로 가버린 모양이다. 우리 동네 고기들은 사람 냄새 알아보거던"이라고 오히려 제 마을 고기들을 두둔했다. 그러면서도 분이 안 풀리는지 "이놈의 고기 새끼들, 서울놈 앞에서 사람 망신 주네"라고 강물에 대고 투덜거렸다. 그날은 세 번 투망질을 해서 한 끼 거리를 올렸는데, 아기 엄마가 호박 썰어 수제비 띄워 끓인 매운탕은 달고 향기로웠다.

용택이네 학교에서는 담임선생인 용택이도 시를 쓰고 아이들도 동시를 쓰는데, 내가 보기에는 그 실력이 막상막하인 것 같다. 교실 뒷벽에 '우리들 차지'라는 칠판이 걸려 있다. 이 칠판에는 선생의 글과 아이들의 글이 나란히 걸려 있다. 언젠가 박완서 선생님이 이 학교에 놀러 오셨다가 '우리들 차지'에 붙은 글을 죽 읽어보시고는 그중 한 편을 골라 가리키시면서 "이건 참 잘 썼다. 이 아이는 좋은 시인이 될 것 같다. 잘 길러라"라고 말씀하셨다.

그랬더니 담임선생인 용택이는 뒤통수를 벅벅 긁으면서 "박선생님, 그건 제가 쓴 겁니다"라고 말했다. 용택이는 이 기막힌 이야기를 나한테 해주면서, 그래도 자기가 아이들보다 시를 잘 써서 박완서 선생님한테 칭찬받은 일을 기뻐했다. 용택이는 정말로 이걸 자랑이라고 나한테 자랑한 것이다.

"야, 정말이라니깐. 박완서 선생님이 내 시가 좋다고 했어야!"

용택이는 이런 인간이다.

• • •

용택이네가 살던 섬진강가의 집은 돌아가신 용택이 아버지가 지게를 지고 산에 올라가서 나무를 베어다가 손수 지은 집이다. 용택이네는 지금 전주로 아파트 얻어서 이사 갔고, 이 집에는 지금 용택이네 엄마가 사신다. 용택이 내외와 아이들은 주말이면 이 집에 놀러 온다. 돌아가신 용택이네 아버지는 이 집 뒷산에 묻히셨다. 용택이네 아버지는 농사꾼이었다. 한평생의 농사일을 통해서 삶의 이치와 인간의 도리를 깨우치신 분이다. 인생이 무엇인지를 알기 위해서 딱히 책을 들고 공부를 해야 할 필요는 없다. 사는 게 전부 공부인 것이다. 그분이 지으신 집은 아직도 반듯하다. 그분은 손수 집을 지으셨고 손수 아궁이에 불을 때서 소죽을 끓였고 그 온기로 구들을 덥혀서 아이들을 길렀다. 나는 때때로 용택이네 집에 갈 때마다 돌아가신 용택이 아버지의 생애에서 삶의 경건성을 배운다. '아, 절대로 까불지 말아야겠구나.' 나는 그렇게 다짐하고 서울로 돌아온다.

용택이네 아버지는 돌아가실 때 용택이를 불러 앉히고 유언을 했는데, 그 유언의 내용은 다음과 같다.

"너네 엄마 아궁이에 불 때느라고 고생 많았다. 부디 네가 돈 벌어서 방마다 연탄보일러 놓아드려라."

나는 이 기막힌 얘기를 용택이네 엄마한테서 직접 들었다. 그때 나는 속으로 울었다. 나는 용택이네 아버지의 유언이 어느 고승 대덕이나 철학가나 예술가의 그 귀신 씨나락 까먹는 소리, 자발맞고 허망한 유언보다 훨씬 더 힘 있고 아름다운 언어라고 생각했다. 용택이 아버지의 유언은 적어도 삶의 사실에 입각해 있고 미래를 지향하고 있었다.

용택이네 엄마는 놀라운 엄마다. 용택이네 엄마는 짐승이건 곡식이건 채소건 간에 자라려 하는 것들을 자라나게 하고, 살려는 것들을 살아가게 하는 놀라운 힘을 지녔다. 용택이네 엄마는 그 힘으로 자식도 길렀고 남편 수발도 들었다. 용택이네 엄마는 학교 문전에도 가보지 않았지만 세상 사는 이치며 사람과 사람의 관계가 어떠해야 하며 사람과 자연의 관계, 사람과 짐승의 관계가 어떠해야 되는지를 훤히 잘 알고 있다. 알 뿐 아니라 한평생의 노동으로 그 앎을 실천해왔다. 알기 때문에 실천하는 것이 아니고, 실천하기 때문에 알아진다. 용택이네 엄마는 자신의 체험과 기쁨과 슬픔을 거침없고 정확한 언어로, 음악적인 언어로 한없이 이어가는 놀라운 언어능력을 가지고 있다. 용택이 엄마의 그 놀라운 언어능력을 다음과 같이 맛보기로 소개하겠다.

"곡석(곡식) 기르는 것과 자석(자식) 기르는 것이 매한가지여. 오리 새끼 기르는 것도 도야지 새끼 기르는 것도 다 한가지여. 내 속이 폭폭 썩지 않으면 아무것도 자라지 않는 법이여. 내 자석 저놈(용택이)을 키울 때는 애를 나무그늘에 재워놓고 논일을 했는디 애가 깨서 울기에 일을 할 수 없어서 애를 때려주고 나도 울었어. 그놈들이 자라서 시방 도회지에 나가서 일 댕기는데, 명절 때는 돌아와. 내가 논에서 일할 때 누런 곡석들 틈으로 멀리서 논두렁길을 걸어오는 내 자석들 모습이 보이면 눈물이 쏟아져서 치맛자락에 코를 팽

팽 풀었지. 농사꾼 속 썩는 일이 한두 가지가 아니지만, 그중에서도 못 견딜 일이 가을에 제값을 못 받는 것이여. 한번은 강 건너 산에 감을 심었는데, 온 산의 감을 10만 원에 내놓아도 사가는 놈이 없었어. 곶감을 만들면 겨우내 팔 수가 있지만 껍데기 까는 품삯을 댈 수가 없었어. 감이 지천으로 썩어서 떨어지는데, 동네 애녀석들이 텔레비에서 본 야구 흉내를 내느라고 감을 소쿠리에 담아서 물가로 가지고 내려와서 몽둥이로 감을 두들겨 깨면서 장난질을 쳤어. 내가 하도 억장이 무너져서, 이 못된 놈들아 사람 입으로 들어가는 음식을 가지고 이게 무슨 벌 받을 짓거리들이냐고 소리소리 질러서 쫓아버렸지. 애들을 쫓아버리고 나서 강가에 서서 나는 울었어. 낸들 이 지천으로 썩어나는 감을 어떻게 할 수가 없었어. 요렇게 소쿠리처럼 산속에 폭 빠진 마을이지만 여기서 살아온 이야기 다 하자면 한도 없고 끝도 없어. 죽은 우리 영감 임종할 때 자석들 불러 모아놓고, '너네 엄마 불 때느라고 고생 많이 했다. 부디 연탄보일러 놔드려라'라고 유언을 했는데, 여적지 방방이 보일러를 들이지 못했어. 죽은 우리 영감 등짐을 너무 많이 져서 땅속에서 어깨부터 썩었겠지만, 나는 밭일을 너무 많이 해서 죽으면 허리부터 썩을 것이구만. 하기사 죽으면 썩어질 몸뚱이인데, 어디가 먼저 썩기로 대수관대. 꿩꽤이란 게 대체 뭐여. 우리들처럼 코를 땅에 박고 땅 파먹고 살다가 죽는 게 바로 꿩이여 꿩. 나라에서 이걸 좀 알아야 혀. 삭신

부서지게 일하다 죽는 것이 바로 굉이란 말이여. 내 손이 이렇게 갈퀴처럼 되어버렸어도 논밭에서 자라는 퍼런 곡석들을 보면 맘이 좋고 좋고 했어. 오늘 가보면 좋고 내일 가보면 더 좋고 했었어. 그나저나, 내일 손주 녀석 겨울 잠바 사러 전주 갈 일이 있는디, 내가 이 갈퀴손을 해가지고 어찌 임실을 나가고 전주를 나갈꺼나?"

용택이네 엄마는 '구리무' 통을 열어서 손등에 구리무를 발랐다. 손등의 주름살 틈새로 구리무들이 몰려들어가서 구리무는 잘 퍼지지가 않았다. 용택이네 엄마는 오른손 손등과 왼손 손등을 거꾸로 대고 비볐다. 그러자 갈퀴 손등의 주름살 틈새로 몰려들어간 구리무가 손등으로 퍼졌다.

용택이네 엄마의 언어능력은 맛보기로 소개해도 이 정도다. 용택이가 글을 잘 쓴다고 하지만, 용택이네 엄마의 언어능력에 못 미치는 점이 있다. 용택이는 이걸 알아야 한다. 용택이네 엄마는 아무 이야기나 끄집어내서 줄줄 풀어나가는데, 그걸 그대로 받아 적으면 아주 훌륭한 문장이 된다. 말 속에 음악이 살아서 출렁거리고 모든 단어들이 정확하게 골라지고 모든 정황이 논리적으로 배치되고, 명석한 결론을 제시한다. 이 모든 것이 다 저절로 술술 나오는 것이다. 아, 용택이 엄마의 그 한도 끝도 없는 살아온 이야기를 들으면서 나는 얼마나 용택이 엄마의 언어능력을 부러워했던가. 용택이 엄마의 언어가 그토록 활달하고 정확하게 작동될 수 있는 비밀을 나는 안다. 그것은 언어가 삶과의 직접성의 바탕 위에서 태어나고 또 가동되기 때문이다. 그 언어의 밑바탕에 삶이 살아 있기 때문이다. 그래서 용택이 엄마의 말은 한도 끝도 없고, 한없이 살아 있고, 끝없이 출렁거린다. 오늘은 오늘의 언어가 있고 내일은 내일의 언어가 있으며, 기쁜 날의 언어가 있고 슬픈 날의 언어가 있다.

용택이의 글들은 용택이네 엄마의 언어작용과 닮아 있다. 그것은 삶과 긴밀히 사귀는 언어의 건강함이다. 의미는 언어에 뿌리박는 것이 아니라 인간의 몸과 대지에 뿌리내린다. 거기에는 관념의 조작이 없고 기발한 이미지나 남을 놀래키려는 수사학적 장치가 없다. 그리고 많은 경우에, 그의 기쁨과 슬픔은 농업공동체적인 삶의 질감과 그 아름다움, 그리고 그 공동체적인 삶을 파괴하는 사회 경제적인 해체작용 사이에 끼여 있다. 그가 보여주는 아름다움이, 더 이상 미래사회의 전망이나 구성원리로서 무력한 것이라고 폄하하는 일은 아주 쉽다. 그리고 그 '무력'은 아마도 맞는 말일 수도 있다. 그러나 그가 보여주는 아름다움은 인간이 끝끝내 단념하지 못할 한 바탕의 운명인 것이다. 산다는 것은, 직접적으로 살아간다는 뜻이라야 옳을 것이다. 삶은 영원히 아날로그인 것이다.
쓰기를 마치면서, 흰 눈에 덮여 겨울을 움츠리고 버티는 그 작은 산골 마을과 작은 학교와, 머리 뒤통수 가마에서 늘 햇볕 냄새가 나던 그 아이들을 생각하고 있다.

* 이 글의 앞부분은 『작은이야기』 1999년 11월호에 실렸던 글 「촌놈 김용택」의 일부분을 끌어온 것이다.

김용택의 섬진강 이야기 4

진메 마을 진메 사람들

ⓒ김용택 2013

초판 인쇄 | 2013년 1월 11일
초판 발행 | 2013년 1월 18일

지은이 김용택
펴낸이 강병선
책임편집 이연실 | 편집 주상아 임혜지 | 독자모니터 이상효
디자인 엄혜리 이효진 | 마케팅 우영희 나해진 김은지
온라인마케팅 김희숙 김상만 이원주 한수진
제작 서동관 김애진 임현식 | 제작처 영신사

펴낸곳 (주)문학동네
출판등록 1993년 10월 22일 제406-2003-000045호
주소 413-756 경기도 파주시 문발동 파주출판도시 513-8
전자우편 editor@munhak.com | 대표전화 031)955-8888 | 팩스 031)955-8855
문의전화 031)955-2660(마케팅) 031)955-2651(편집)
문학동네카페 http://cafe.naver.com/mhdn | 트위터 @munhakdongne

ISBN 978-89-546-2032-1 04810
      978-89-546-2028-4 04810 (세트)
* 이 도서의 국립중앙도서관 출판시도서목록(CIP)은 e-CIP 홈페이지(http://www.nl.go.kr/
  ecip)와 국가자료공동목록 시스템(http://www.nl.go.kr/kolisnet)에서 이용하실 수 있습니다.
  (CIP제어번호: CIP2013000063)

www.munhak.com